予路人文阅读
系列丛书

彭元鹤——著

# 宋词

## 一百零一夜

中华书局

**图书在版编目（CIP）数据**

宋词一百零一夜/彭元鹤著. —北京:中华书局,2024.5
（予路人文阅读系列丛书/杨晓燕主编）
ISBN 978-7-101-16402-2

Ⅰ.宋… Ⅱ.彭 Ⅲ.宋词-青少年读物 Ⅳ.I222.844

中国国家版本馆 CIP 数据核字（2023）第 207447 号

| | | |
|---|---|---|
| 书　　名 | 宋词一百零一夜 | |
| 著　　者 | 彭元鹤 | |
| 丛 书 名 | 予路人文阅读系列丛书 | |
| 丛书主编 | 杨晓燕 | |
| 责任编辑 | 周　天　詹庆莲 | |
| 封面设计 | 许丽娟 | |
| 责任印制 | 陈丽娜 | |
| 出版发行 | 中华书局 | |
| | （北京市丰台区太平桥西里 38 号　100073） | |
| | http://www.zhbc.com.cn | |
| | E-mail:zhbc@zhbc.com.cn | |
| 印　　刷 | 天津裕同印刷有限公司 | |
| 版　　次 | 2024 年 5 月第 1 版 | |
| | 2024 年 5 月第 1 次印刷 | |
| 规　　格 | 开本/920×1250 毫米　1/32 | |
| | 印张 13⅜　插页 2　字数 280 千字 | |
| 印　　数 | 1-8000 册 | |
| 国际书号 | ISBN 978-7-101-16402-2 | |
| 定　　价 | 68.00 元 | |

# 编辑委员会

# 目　录

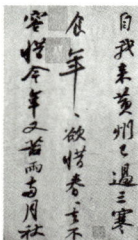

# 为什么要读宋词

你听过一个武将和一个儒生吵架的故事吗？吵架的内容是，当战争来临时，谁的本事大，谁更能在乱世中"定风波"？

武将说："攻书学剑能几何？争如沙塞骋偻偻。手执绿沉枪似铁，明月，龙泉三尺斩新磨。　　堪羡昔时军伍，谩夸儒士德能多。四塞忽闻狼烟起，问儒士，谁人敢去定风波。"大意是说，你们儒生能做啥，战争来临时，早都吓得屁滚尿流，还能平定风波？哪里像我们武将，手持宝剑与铁枪，驰骋沙场，真堪称乱世中的英雄！

儒生说："征战偻偻未是功，儒士偻偻转更加。三策张良非恶弱，谋略，汉兴楚灭本由他。　　项羽翘据无路，酒后难消一曲歌。霸王虞姬皆自刎，当本，便知儒士定风波。"大意是说，打仗靠的不是蛮力，靠的是智慧，你看，项羽本事大吧，但怎奈张良有计谋，最终竟逼得项羽、虞姬都自杀了，谁又说儒生不能定风波呢？

这个故事来自敦煌曲子词《定风波》二首。

敦煌曲子词是词的初始状态。词的源头，大都是些"酸曲"

"佛曲""小调"之类，多由民间的"无名氏"创作，包括乐工、歌女、和尚、道士、医生、武将、农夫等。他们在创作时，纯粹是自娱自乐，很少有什么功利的目的，基本上都是缘事而发，写的都是生活中的一些小故事、小场景、小冲突，很有民间文学的色彩。

至中晚唐、五代，便出现了许多文人词。文人词萃取了民间词的精华，主要提炼出"词深于言情"的特质，并在言情方面，逐渐深化了词的特质。温庭筠、韦庄、冯延巳、李煜，是这一时期的翘楚，也都是写情的行家。尤其是李煜，堪称"词中情圣"。其词《虞美人》(春花秋月何时了)，回首往事，花也谢了，月也落了，唯有这眉上的愁、心中的恨，总是郁结在胸中，问这愁、这恨有多少，却像那东流的江水，滔滔不绝，永无尽头。陈廷焯在评价此词时说"一声恸歌，如闻哀猿，呜咽缠绵，满纸血泪"，李煜的词，可谓情词中的情词，情词中的顶峰。

到了宋代，文人们自觉意识到诗与词的差别：诗以言志，词以传情。他们普遍认为，词善以言情，比较擅长传达内心最柔弱、最隐秘、最细腻的感情，尤其是要记录自己内心不可告人的情事时，最好是填词。在审美风格上，也逐渐出现"诗庄词媚"的特征。诗就像一个庄重的君子，词就像一个妖娆的女子。作诗不可太放荡，要端着，尽量表现出温柔敦厚的样子；填词则不然，没有太多的忌讳，可以放纵笔墨，尽可能地把心底那些不敢言说的私情、柔情、相思之情，甚至艳羡之情，都一股脑儿地倾泻出来。

比如，欧阳修的诗与词，就呈现出两种迥异的风格。欧阳修的诗，以贬谪的诗歌为例，给人的印象是，他就是一位"少达而多穷"的正人君子，而他的词，今日流泪、明日落花，仿佛他是一个痴情公子，整日沉溺于男女之情事中，拈花问柳，吟风弄月，以至部分当代学者在评价欧阳修时，认为他具有"两重人格""多重人格"。究其原因，可能是宋代的诗与词有着清晰分工的事实。

苏轼是努力打破诗与词分工的第一人。他认为"诗词一家"，并在词的创作过程中实践"以诗为词"的写作技巧，开一代豪放派词风。可纵观其词集，在他一生创作的三百多首词里，能真正称得上"豪放"二字的，也为数寥寥。

宋词就像一部隐秘的情史。词人以词写情，并因其叙事性的场景描写，给后人留下了许多值得探绎、勾勒、叙述的情事。

读宋词，如读私人小说，让人着迷。宋词之美，犹如醇酒。如果说，唐诗是一味药，那么，宋词就是一杯酒。这杯酒，只醉人心，不醉人身。

《宋词一百零一夜》写的就是那些能醉人心的词的故事，从由南唐入宋的李煜，到作为宋词殿军的张炎，基本上以词人生卒年为序，较为忠实地描述了这些词人的传奇人生。值得一提的是，本书所说的宋词之"宋"范围较广，不仅包括北宋、南宋，还囊括了辽与金，因而也收录了辽代女词人萧观音、金代词人元好问的作品，请读者留意。

关于宋词的分期，学者们众说纷纭。如果把词的发展看作人生阶段，有童年、少年、青年、壮年、晚年五个时期：敦煌曲子词是词的童年时期，顽皮可爱，质朴自然，想说什么就说什么；五代与北宋初年的词，是词的少年时期，多写"少年情""少女心"，处处流露出青春的气息与烦恼;北宋中晚期是词的青年时期,以苏轼为代表,给词指出了"向上一路"的途径,风格雄健、豪迈;南宋初期的四五十年,是词的壮年时期,以辛弃疾为代表,多抒发激烈抗争的感情,以写壮词为盛;南宋中晚期是词的晚年时期,多写亡国之哀音,消极避世,衰老之态尽显,就是写爱情也多"少年情事老来悲",颇多悲苦之音。自然,词人作词时,并不知其处于哪个时期,也不会为人为的分期而创作。任何分期都有其不尽完美、难以囊括穷尽之处,本书将宋词分为四期,亦不过是为读者开一个方便之门,以助于逐层理解宋词的奥义。

读词如品酒,愿君品得词中三昧,悟得人间至理。

# 第一季
# 少年之词

　　北宋初年的词，延续晚唐五代的词风，写的多是"少年情事"，风格偏柔嫩、感伤。如欧阳修"寸寸柔肠，盈盈粉泪"（《踏莎行》）、"未知心在阿谁边，满眼泪珠言不尽"（《玉楼春》），真是满纸"泪语"，让人读来总觉得这都是少男少女们的烦恼，温婉清丽，含蓄蕴藉。

　　柳永是这一时期的代表作家。其词拈出一个"情"字，多写儿女之间的柔情与蜜意，如"多情自古伤离别"（《雨霖铃》）、"恨薄情一去，音书无个"（《定风波》）。他的词对后世影响很大，南宋王灼在《碧鸡漫志》里说，今之少年，十有八九多学柳永的词。

　　对后世影响巨大的，还有由南唐入宋的李煜。李煜前期的词，多写闺房之乐，像个没长大的少年，而其人生后期，惨遭命运之摧残，他的词便多写愁苦，"眼界始大，感慨遂深"（《人间词话》），字字血泪，仿佛是忏悔录，又像是启示书，给后人留下许多思考与评说。

## 第1夜　李煜·玉楼春

晚妆初了明肌雪,春殿嫔娥鱼贯列。笙箫吹断水云间,重按霓裳歌遍彻。

临春谁更飘香屑?醉拍阑干情味切。归时休照烛花红,待放马蹄清夜月。

李煜是由南唐入北宋的词人,人称"南唐后主"。南唐历经三主:李昪、李璟、李煜。李昪本是一个乞儿,整日和一群地痞流氓混在一起,只因为人机警,被淮南节度使杨行密收为义子。李昪竟恩将仇报,先是逼迫杨行密的儿子杨溥禅让帝位于自己,接着,又欲设计毒死另一个养父徐温的儿子徐知询。那天,他宴请徐知询,用一个金杯给徐知询倒了一杯酒,说:"愿弟弟千岁。"徐知询知道酒中有毒,就将酒分了一半,递给李昪,说:"我不愿活一千岁,愿和哥哥各活五百岁。"李昪很尴尬,端着手中的毒酒,一言不发。伶人见状,夺过两人手中的毒酒,一饮而尽。那伶人到家后,毒性发作,倒地而亡。

李昪死后,李璟继位。李璟是李昪的大儿子,性格柔弱,很不想当皇帝。李昪驾崩后,他含着眼泪,欲将皇位让给诸弟,但为大臣周宗所阻拦。无奈之下,李璟很不情愿地当上了皇帝。即位后,李璟马上封诸弟为王,并在父亲的灵柩前发誓,皇位兄终弟及。

李煜是李璟的第六个儿子,他也不想当皇帝,但他的其他四个哥哥相继夭亡。至于大哥李弘冀,本有望成为皇帝,可他太性急了,因担心叔叔李景遂夺了自己的皇位,竟毒杀了叔叔。李璟得知后,一怒之下,废除了李弘冀的太子之位。李弘冀忧郁成疾,最后病死了。

李煜幼年就生活在这个兄弟相残、侄儿毒杀叔叔的罪恶家族当中。他大概目睹了太多的家族丑闻,就一心避祸,醉心于诗词、书画,远离风高浪急的政治漩涡。李璟见李煜颇类自己,就在李弘冀死后,封李煜为太子。

　　李煜做太子之前，曾娶司徒周宗的大女儿周娥皇为妻。周娥皇比李煜大一岁，通诗书，善歌舞，尤其擅长弹琵琶，可谓是李煜艺术上的知音。李煜十分喜欢周娥皇，他们整日在一起，以下棋对弈、填词谱曲为乐。李璟去世后，李煜继位，便封周娥皇为皇后。

　　传说，周娥皇曾为李煜还原了失传的《霓裳羽衣曲》残谱。《霓裳羽衣曲》是唐玄宗所作，曲谱传至五代十国时，早已残破不堪，几近绝唱。一日，李煜偶然搜集到《霓裳羽衣曲》残谱，如获至宝。他便命宫廷乐师曹生演奏，但很不理想。周娥皇得知后，便改正讹谬，删繁就简，不仅还原了旧曲，还在旧曲的基础上，添了一些新声。乐师们依照周娥皇的曲谱，演奏了一遍，竟清越可听，激昂回转，宛如开元、天宝之余音重现。李煜十分高兴，就让宫女们在大殿上多次演奏。这首《玉楼春》记录的，就是《霓裳羽衣曲》被重新演奏时的盛况。

　　李煜与周娥皇共同生活了十年。周娥皇在二十九岁那年，生了一场重病。生病期间，李煜整日衣不解带，亲自喂周娥皇食药。为了让周娥皇静心养病，李煜还命人将他们的三个儿子领到别的院子看护。可谁料，他们四岁的二儿子李仲宣在佛像前玩耍时，因一只琉璃灯被猫撞翻在地，惊吓过度，竟不幸夭折了。周娥皇得知爱子死讯，顿时号啕大哭，跌倒在地，昏死过去。

　　过了些日子，周娥皇自知命不久矣，她退下手腕上常戴的玉环，取出她的烧槽琵琶，赠与李煜以作辞别，然后沐浴了一番，便在瑶光殿去世了。

周娥皇死后，李煜哀伤不已，好几次哭着要投井而死，都被人连忙拉住。葬礼期间，他作《昭惠周后诔》，并让人将诔文刻在石碑上。这篇诔文，皇皇千言，声泪俱下，极尽酸楚之语，把李煜的悲苦之情，以长歌当哭的方式留存了下来。安葬了周娥皇，李煜自称"鳏夫"，心灰意懒，形销骨立，以至于拄着拐杖才能行走。

周娥皇去世后，李煜的生母钟氏也于次年九月亡故。李煜为其母守丧三年后，便纳小周后（大周后的亲妹妹，名字不详）为妃，随后又立小周后为皇后。小周后比李煜小十三岁，青春活泼，生性泼辣。据说，最早的扑克牌就是小周后发明的。李煜沉迷于后宫，整日和小周后研究"帐中香""北苑妆"等小玩意儿，国事便一日比一日荒废了。

## 第2夜　李煜·破阵子

四十年来家国,三千里地山河。凤阁龙楼连霄汉,琼枝玉树作烟萝,几曾识干戈?

一旦归为臣虏,沈腰潘鬓销磨。最是仓皇辞庙日,教坊犹奏别离歌,垂泪对宫娥。

李煜继位时，赵匡胤已在汴京称帝，国号"宋"。在宋朝建立之前，后周就曾连年进攻南唐。李璟抵抗不住，不断割让江北诸地，并去掉帝号，自称"南唐国主"。李煜登基后，继续称臣于宋，甚至连南唐的国号也不要了，自称"江南国主"。但宋军步步紧逼，先后灭了南平、后蜀、南汉，已形成对南唐的合围之势。

国事危急，到了非整顿不可的地步。李煜想来想去，竟想到了三朝元老韩熙载。韩熙载自称韩愈后代，生性狂傲，为人放荡，经常在家中举行夜宴。

传说，韩熙载每次夜宴时，都先遣家妓、女仆与宾客杂居厮混。待这些宾客们丑态毕露，韩熙载才装模作样地走出来。他还经常让人把自己打扮成乞丐的样子，到自己妻妾的房间里讨钱。李煜也听说过此等荒唐之事，但不知是否属实，便命画院待诏顾闳中伪装成客人，晚上潜入韩熙载的宅第，偷偷观察，用心记住，然后画给他。顾闳中不辱使命，就用画记录了韩熙载的荒唐生活，这就是著名的《韩熙载夜宴图》。

李煜看了顾闳中画的《韩熙载夜宴图》，十分恼火，就将韩熙载贬到南都。谁料，韩熙载一点也不生气，遣散诸妓，坐了一辆马车，高高兴兴去南都了。半路上，李煜反悔了，又忙命韩熙载返回金陵。但谁料，韩熙载刚回到金陵就去世了。李煜十分痛惜，仍下诏追赠韩熙载为宰相。

李煜对国事束手无策，整日不是与小周后在后宫玩乐，就是与徐铉、张洎等人一边宴饮，一边悲歌。内史舍人潘佑忠心耿耿，屡谏不止。

后来,潘佑连上七疏,针砭时弊,建议让李平署理司会府事,推行变法。但他的建议遭到徐铉、张洎等人的反对,并说"李平妖言惑众,煽动潘佑犯上"。李煜大怒,命人逮捕了李平。潘佑知道后悲愤不已,就在家中自杀,随后,李平也在牢中上吊自杀了。

公元974年,赵匡胤有些不耐烦等后唐自动归降了,就命李煜入汴京,不然就派兵来攻打。李煜推托有病,没有从命。于是,赵匡胤便命曹彬等人,水陆并进,攻打南唐。南唐落第士子樊若水,因在科场上屡次失利,怀恨在心,竟在采石江上,以垂钓为名,驾船往来,暗测江面之阔狭。他见宋军要攻打南唐,便携着自己测绘的长江险要图,献给了赵匡胤,并愿做带路党,带领宋军踏平自己的母国。

在樊若水等带路党的协助下,宋军很快冲破长江天险,随后,一路势如破竹,直捣金陵。李煜闻报,连忙派徐铉急入汴京,请求赵匡胤罢兵。徐铉说:"李煜待您如父,请不要再进攻了。"赵匡胤说:"父子是一家,哪有南北对峙,分作两家的道理?"徐铉听罢,无言以对。过了些日子,李煜又急命徐铉再次恳请赵匡胤缓兵。赵匡胤听了,十分生气,按着宝剑,厉声说道:"不许再给我说'江南亦有何罪'的话,只是天下一家,卧榻之侧,岂容他人酣睡?"不久,金陵陷落,曹彬的大军包围了宫门。李煜知道大势已去,只好率领众人,手持降表,出宫城投降。

曹彬接受了李煜的降表,并催促李煜收拾行李,与一班大臣、嫔妃等人,即日入京。这首《破阵子》就是李煜城破之后在入汴京的路上写的一首词。

## 第3夜 李煜·虞美人

春花秋月何时了,往事知多少。小楼昨夜又东风,故国不堪回首月明中。

雕栏玉砌应犹在,只是朱颜改。问君能有几多愁,恰似一江春水向东流。

公元 976 年正月,李煜被押解到汴京。在明德楼,赵匡胤下令赦免了李煜等人,并接见了李煜。赵匡胤对李煜说:"我早就派人请你到京城来住,你却一再推辞,早知如此,又何必当初呢?"李煜诚惶诚恐,连忙低头谢罪。随后,赵匡胤封李煜为"违命侯",封小周后为"郑国夫人",并赐宅第一座,让他们在汴京住下。

一日,赵匡胤与众大臣宴饮,李煜也在席上。赵匡胤对李煜说:"听说你在江南颇好吟诗? 能不能举一联诗句呢?"李煜沉吟了一会儿,说了一句咏扇子的诗句:"揖让月在手,动摇风满怀。"赵匡胤听了,大约是嫌李煜器量太小,就说:"满怀之风,能有多少?"

八九个月后,赵匡胤去世,赵光义继位。赵光义摘掉了李煜"违命侯"的帽子,封他为陇西郡公。第二年,李煜上书赵光义,说自己家贫。赵光义看罢,当即命人增加李煜的月俸,并另赐三百万钱。其日,赵光义在崇文馆看书,召见李煜。李煜来之后,赵光义说:"崇文馆这些书,很多都是你家的旧物,不知你最近还在读书吗?"李煜连忙答谢,并不言读书之事。赵光义亦不在意,就留李煜在中堂饮酒,一直喝到酩酊大醉,才放李煜回去。

表面上看,赵光义似乎待李煜不薄,摘掉他"违命侯"的帽子,还给他送米、送钱,但在精神上,李煜备受折磨。李煜居汴京时,写了许多思念故国的词。如:

无言独上西楼,月如钩。寂寞梧桐深院锁清秋。　　剪不断,理还乱,是离愁,别是一般滋味在心头。(《相见欢》)

林花谢了春红,太匆匆,无奈朝来寒雨晚来风。　　胭脂泪,留人醉,几时重,自是人生长恨水长东。(《相见欢》)

帘外雨潺潺,春意阑珊,罗衾不耐五更寒。梦里不知身是客,一晌贪欢。　　独自莫凭栏,无限江山,别时容易见时难,流水落花春去也,天上人间。(《浪淘沙》)

但最有名的,莫过于这首字字血泪的《虞美人》。

传说,李煜最后是被赵光义毒死的。据宋人王铚《默记》载:一日,赵光义问徐铉:"你可曾去见李煜?"徐铉说:"臣安敢私自见他。"赵光义说:"你只管去,就说是我命你去见他的。"徐铉到了李煜家,见李煜头戴纱帽,穿着一件道服出来了,连忙下拜。李煜急忙下了台阶,拉着他的手,把他引到会客厅。徐铉要行君臣之礼,李煜则说:"今日相见,怎能行如此之礼?"徐铉只好斜着身体,坐了椅子的一角。李煜沉默了很长时间,忽然大哭,接着还是长久不语,后来,长叹了一口气,说:"当初我错杀潘佑、李平,悔之不已!"

徐铉回去后,赵光义问他李煜说了什么,徐铉不敢隐瞒,只好全说了出来。赵光义听完,大怒,便命其弟赵廷美在酒中下牵机药,强令李煜服下。李煜被逼服下毒药后,痛苦地嚎叫了多时,直到第二天凌晨,才气绝而死。小周后目睹此等惨绝人寰之状,先是发狂,后亦悲惨死去。

## 第4夜 钱惟演·木兰花

城上风光莺语乱,城下烟波春拍岸。绿杨芳草几时休,泪眼愁肠先已断。

情怀渐觉成衰晚,鸾鉴朱颜惊暗换。昔时多病厌芳尊,今日芳尊惟恐浅。

钱惟演，字希圣，吴越王钱俶的第七个儿子。钱俶是吴越国最后一位国君。他尊奉祖训，重民轻土，一直对大宋王朝供奉很勤。赵匡胤出兵征讨南唐时，他出钱、出物资、出人马，俨然是大宋王朝的后勤部长兼运输大队长。南唐灭亡后，钱俶主动纳土归宋，带领家人来到汴京居住，后亦被赵光义毒死。

钱惟演随父入京时还在襁褓中，但刚到汴京，他就被赵光义授为右屯卫将军。身为亡国之君的儿子，钱惟演长大后，为人十分低调，不像其他贵族公子那样，整日游猎赌博，而是以读书为乐。他曾对人说，平生最爱读书，坐则诵经史，卧则阅小说，上厕所则浏览小词，常年手不释卷，毫不倦怠。

二十四岁那年，钱惟演应试学士院，特授太仆少卿。此后，钱惟演一路高升，曾任工部侍郎、工部尚书等职。钱惟演极力攀附皇权，他先是把自己的妹妹嫁给真宗时刘皇后的哥哥刘美。接着，他让大儿子钱暧娶了仁宗时郭皇后的妹妹为妻，又让二儿子钱晦娶了驸马都尉李遵勖的女儿，即宋太宗的外孙女为妻。

更令人不齿的是，他竟与奸臣丁谓沆瀣一气，狼狈为奸。丁谓原是寇准举荐的，可有一次，官员在一起聚餐，寇准的胡子上沾了些汤汁，丁谓站起来，细细地为寇准擦去胡子上的污渍。寇准笑着说："君为参知政事（副宰相），怎么能干为上司擦胡子的事？"丁谓碰了个大钉子，觉得自己被寇准当众羞辱了，就怀恨在心。

后来，宋真宗患了风疾，难以亲政，政事多由刘皇后处理。寇准极力反对，力主皇太子赵祯（后来的宋仁宗）监国。丁谓却极力拥护刘皇后，反对太子监国。寇准便密令翰林学士杨亿起草太子监国书，并欲援引杨亿一起辅政。谁料，此事泄露，刘皇后、丁谓等人先下手为强，结果寇准被罢免了宰相之职，丁谓则被任命为宰相。

钱惟演见丁谓得势，便将女儿嫁给了丁谓的儿子，并为虎作伥，协助丁谓驱逐寇准，致使一代名相客死雷州。

但让钱惟演想不到的是，宋真宗驾崩后，丁谓竟勾结宦官把持政事。刘太后察觉后，大怒，又因丁谓勾结女巫师，语涉妖诞，便将丁谓贬到崖州。钱惟演作为丁谓的死党，担心遭到清洗，竟见风使舵，反咬一口自己的亲家。宰相冯拯见钱惟演人品如此之差，就弹劾道："钱惟演是太后的亲家，不宜参与政事，请将他调走。"朝廷商议了一番后，就将钱惟演调为镇国军节度观察留后，后又为河南府长官。

后来，刘太后去世，宋仁宗亲政。燕王赵元俨告诉宋仁宗："你并不是刘太后的儿子，而是刘太后的侍女李宸妃的亲儿子。"宋仁宗听说后，哀伤不已，多日都没上朝。钱惟演揣摩皇帝的心思，竟上书建议将李宸妃的牌位移入太庙，以配真宗之灵位。随后，他又挖空心思想和李宸妃家的人通婚。御史中丞范讽实在看不下去钱惟演如此卑劣的行为，就弹劾钱惟演，说他妄议皇家宗庙，是大不敬。

不久，钱惟演再次被赶出朝廷，出任随州崇信军节度使。在随州，钱惟演意志消沉，渐露衰老之态。这首《木兰花》就是他临死前不久写的一首词。

## 第5夜　潘阆·酒泉子

长忆观潮,满郭人争江上望。来疑沧海尽成空,万面鼓声中。

弄涛儿向涛头立,手把红旗旗不湿。别来几向梦中看,梦觉尚心寒。

潘阆,字逍遥(一说号"逍遥子"),大名府人,是北宋初年的一名狂生。他曾两次卷入宫廷斗争,两次被官府追捕,一次入狱,一生跌宕起伏,极富传奇色彩。

潘阆年少轻狂,很早就有了诗名。二十多岁时,他来到汴京,可他没有去参加科举考试。据《湘山野录》记载,他在相国寺附近,开了一个药铺子,并高调雇鲍少孤、刘少逸做药童,为其在药铺子里站台卖药。随后,他结交京城名士柳开、王禹偁、宋白等人,不久,他竟成为秦王赵廷美的记室参军。

赵廷美是赵匡胤、赵光义的弟弟。传说,赵匡胤母亲杜太后临死前,曾召赵普入宫,密授皇位继承顺序问题,即赵匡胤死,赵光义继位,赵光义死,赵廷美继位,而赵廷美死则传位给赵德昭(赵匡胤之子)。赵光义继位后,侄儿德昭、德芳都不得善终,廷美心中颇为不安,便与卢多逊勾结,准备篡位夺权。潘阆是赵廷美的记室参军,遂也参与了篡位之事。

后来,有人告发了赵廷美的阴谋。赵普让人密切监督赵廷美的动向,很快就截获了卢多逊与赵廷美的书信。卢多逊给赵廷美的书信写道:"愿当今皇上早死,我好尽心服侍大王。"赵廷美给卢多逊的信写道:"愿当今皇上早死。"赵光义看了这两封信后,大怒,就将赵廷美驱赶出朝廷,把卢多逊流放崖州,并大肆追捕赵廷美身边的人。

潘阆听说官兵要来抓捕他,就连忙跑到邻居家,并对邻居说:"我是朝廷要犯,要是被捉住了,肯定会被砍头的。我若抓住,也就死我一个人罢了。可你若把我交出去,官府见你窝藏朝廷要犯,那就不是死一个人,而是死一家人,甚至会被株连九族的。你看着办吧!"邻居见潘阆耍无赖,只好把潘阆藏在夹墙里面。后来,风声稍松,潘阆就剃光头发,穿着和尚的衣服,手持钟磬,扮作僧人的模样,于半夜五更时分,逃出了汴京。

逃出汴京后,潘阆又扮成一个箍桶匠,去秦亭投奔他的故人阮思道。阮思道是秦亭的狱官,他认出潘阆后,竟装模作样把潘阆引到自家院子,让他补家里的一个旧桶。接着,他提着三环铜钱,给潘阆看了看,然后将钱很大声地扔到桌子上,便乘着马出门了。潘阆会意,连忙拿着钱,跑到阮思道屋子里藏了起来。过了一会儿,阮思道回到家,就责问看门人:"我桌上放的三环铜钱与那个箍桶匠,跑哪里去了?"看门人都说不知道。阮思道便命人用棍子痛打了看门人,并说:"你们知道那个箍桶匠是谁吗?他就是朝廷要犯潘阆。我正要派人捉拿他,你们竟把他放走了,赶紧给我去找。"看门人十分痛恨潘阆,就嚷嚷着在大街上寻找,可寻了数日,也不见潘阆的踪影。

朝廷对潘阆的捉拿,日渐松弛,潘阆就离开了秦亭,四处浪迹。后来,潘阆来到了杭州。潘阆十分喜欢这里,就写了许多咏杭州的词。其中,以《酒泉子》十首最为出名。而这十首词中,又以第十首咏钱塘江潮最为人所称道。太子中舍李允十分喜爱潘阆的这首咏钱塘词,曾让人用绢纱,彩绘了一幅《潘阆咏潮图》,并请吴县知县罗思纯作序、长洲知县王禹偁作赞。此事竟成了当时文坛的一件盛事。

淳化年间,潘阆又回到汴京卖药。因他卖的多是延年益寿之药,于是,他便通过别人,结识了宦官王继恩。潘阆曾通过王继恩推荐向宋太宗献药，宋太宗见他有才能，便赐他进士及第，并授予国子四门助教。

潘阆见皇帝授官，竟狂态复萌，作《扫市舞·出砒霜》词："出砒霜，价钱可。赢得拨灰兼弄火。畅杀我。"公然叫嚣只要是肯出钱，就是砒霜都敢卖。宋太宗听说了此词，很是恼火，就忙命人收回诏书。

过了两年，宋太宗驾崩。在其驾崩前夕，王继恩与胡旦、李昌龄等人，密谋立赵匡胤之孙赵惟吉为帝。宰相吕端察觉后，急忙给太子赵恒写了一封密信，催其即刻入宫。宋太宗驾崩后，王继恩来中书省向吕端报丧，吕端便将王继恩反锁在阁里，并命人看守。随后，他急忙拥立太子登基，是为宋真宗。宋真宗继位后，便将王继恩流放到均州，并大肆抓捕参与谋反之人。

潘阆将受牵连，连忙逃出京城，一直狂奔，潜藏在舒州潜山寺。后来，他不甘寂寞，又跑回汴京，谁料，竟被抓了个正着。但宋真宗惜才，非但没有杀他，还任命他为滁州参军。

潘阆后来又被任命为泗州参军，最后，死在泗州官所。他的好友道士冯德之听说了他的死讯，就把他的尸骨带到杭州天柱山，安葬在洞霄宫石边的某处。

## 第6夜　林逋·霜天晓角

冰清霜洁，昨夜梅花发。甚处玉龙三弄，声摇动、枝头月。

梦绝。金兽爇，晓寒兰烬灭。要卷珠帘清赏，且莫扫、阶前雪。

◎爇(ruò)：点燃；焚烧。

　　林逋，字君复，奉化黄贤村人，北宋著名隐逸诗人。林逋终其一生没做过官，也没娶过妻子，宣称"梅花就是我的妻子，白鹤就是我的儿子"，颇为后人所仰慕。

　　不幸的是，林逋出生后不久，他的父亲就去世了。更为不幸的是，林逋长到十一岁，他的母国吴越国也灭亡了。林逋的祖父林克己曾任吴越国钱氏的通儒院学士。林克己大概耻于在北宋为官，怕后人骂他是贰臣，就带着孙子林逋等家人，一路迁徙，回到了祖籍地浙江奉化黄贤村。

　　成年后，林逋游历于江淮之间。在这期间，林逋曾干谒过一些京城名士，但都没成功。直到四十多岁，他才回到杭州。

　　林逋大概感到此生与功名无缘，加上心性恬淡，便索性做起了隐士。他在杭州郊外西湖旁的孤山上建造了一座房子，并在屋旁种了些梅花，养了两只白鹤。

　　林逋十分喜欢梅花，大约爱其高洁孤傲的品质。他的《山园小梅》诗，颇负盛名。这首《霜天晓角》词，也是写冬梅的。

　　值得一提的是，林逋虽为隐士，但并不排斥功名。林逋早年不愿参加科举，就希望有人像荐举司马相如一样，把他举荐给皇帝。其诗《赠任懒夫》，便是明证。此诗曰："未肯求科第，深坊且隐居。狂游携野客，高卧看兵书。点药医闲马，分泉灌晚蔬。汉廷无得意，谁拟荐相如。"可惜未能成功。他的侄儿林宥考中进士后，他欣喜若狂，竟连连称颂皇帝圣明。其诗《喜侄宥及第》曰："新榜传闻事可惊，单平于尔一何荣。玉阶已忝登高第，金口仍教改旧名。闻喜宴游秋色雅，慈恩题记墨行清。岩扉掩罢无他意,但冀灵芜感圣明。"可见,林逋并不是真的隐士,隐逸只是赚取声名的终南捷径罢了。

林逋晚年,名声越来越大,范仲淹、梅尧臣等人都争着与他和诗,就连宋真宗也听说了林逋的名声。宋真宗命人赏赐林逋粮食、布匹,并诏令当地官员每年都要亲自登门慰问。后来,林逋在屋子附近为自己造了一座坟墓,临终前还写了一首诗。宋仁宗听闻林逋的死讯,十分感伤,便赐他"和靖先生"的谥号,又送了些粮食、布帛,以资助丧事。

## 第 7 夜　范仲淹·渔家傲　秋思

塞下秋来风景异，衡阳雁去无留意。四面边声连角起，千嶂里，长烟落日孤城闭。

浊酒一杯家万里，燕然未勒归无计。羌管悠悠霜满地，人不寐，将军白发征夫泪。

范仲淹，字希文，苏州人。范仲淹童年十分不幸。两岁时，他的父亲范墉不幸亡故，两年后，母亲谢氏因为家贫，不得不改嫁给时任苏州推官的朱文翰，并将他的名字改为朱说。范仲淹长大后见朱氏兄弟浪费钱财，便上前劝阻。谁知，朱氏兄弟十分不悦地说道："我用我朱家的钱，和你有什么关系？"范仲淹不解。母亲便告诉了他的身世。范仲淹听后，感愤不已，决定自立门户，便毅然辞别母亲，去应天府学习。

范仲淹在应天书院求学期间，十分刻苦。他经常昼夜苦读，有四五年时间，常常因读书到深夜，不脱衣服就睡觉了。冬天，十分寒冷，他为了驱逐疲倦，便以冷水浇脸，继续苦读。他的食物经常不够吃，他就每天煮一锅粥，用刀子割成四块，早晚各取两块，就着切碎的咸菜吃。他常年如此生活，别人都不能忍受，但范仲淹却不以为苦。

范仲淹的一位同学是应天府留守的儿子，看到他的境况，十分同情，就回去告诉了自己的父亲。于是，范仲淹收到了同学父亲送来的美食，可他却没动，直到把它放到发馊了。这个同学感到十分奇怪，就问他缘故。范仲淹说："我的胃已经适应吃粥了，如今突然吃这么好的食物，我以后怎么再能吃粥呢？"

二十七岁时，范仲淹终于考中进士，并被授予广德军司理参军事。范仲淹刚一上任，就把母亲接到府中奉养。后来，他奉母命上表朝廷，奏请归宗复姓，改回了自己的姓，因倾慕大诗人江淹，便取名为范仲淹。

范仲淹为母守丧期间，晏殊时任应天府知府，他听说范仲淹学识渊博，就召请范仲淹来应天书院任教。范仲淹任教期间，手捧经典，诲人不倦，每每谈起国家大事，常常奋不顾身，言辞激烈，很是动情。当时士大夫之风，蔚然为之一变，皆由范仲淹以身作则而起。

范仲淹丁忧期满后，经晏殊推荐任秘阁校理一职，成了一名京官。范仲淹任京官时，秉公直言，不留情面。西夏进犯北宋边境时，宋仁宗任命夏竦为陕西经略安抚使、缘边招讨使，韩琦和范仲淹做他的副手。范仲淹到任后，实施积极防御、固本安民的政策，增设城堡，安抚诸羌，抓住敌人的弱点，适时出击，深为西夏元昊所忌惮，以至于当地有传言说"小范老子腹中自有数万兵甲"，民谣也唱道"军中有一范，西贼闻之惊破胆"。

范仲淹固守边关时，曾写过许多边塞词，其中，以组词《渔家傲》最为出名。这组词皆以"塞下秋来"为首句，风格悲凉，语多酸苦，流传至今的，只有这首《渔家傲·秋思》。

北宋魏泰在《东轩笔录》里记载，欧阳修认为范仲淹的《渔家傲》过于反映边塞军旅生活之苦，称其为"穷塞主之词"。后来，尚书王素镇守平凉，欧阳修也填了一首《渔家傲》，其末尾曰："战胜归来飞捷奏。倾贺酒，玉阶遥献南山寿。"欧阳修颇为得意，并对人说："此真元帅之事也。"

后来，宋仁宗见范仲淹守边有功，便提拔他为参知政事。此时，北宋王朝内忧外困，宋仁宗遂有锐意革新之意，多次向范仲淹询问中兴之策。范仲淹诚惶诚恐，退而上疏"变法十事"，宋仁宗一一采纳，史称"庆历新政"。新政实施后，权贵们的利益大为受损,于是群起而攻击。范仲淹招架不住,只好请求外放,出任邓州知州。

后来,范仲淹还出任过杭州知州、青州知州,但在去颍州的路上,不幸病逝!范仲淹去世后,宋仁宗哀悼不已,数日都不愿上朝。西北羌族部落聚集数百人,像是丧父一样,痛哭流涕,并设立灵牌,整整斋戒了三日,这才离开。

## 第8夜　柳永·望海潮

东南形胜，三吴都会，钱塘自古繁华。烟柳画桥，风帘翠幕，参差十万人家。云树绕堤沙，怒涛卷霜雪，天堑无涯。市列珠玑，户盈罗绮，竞豪奢。

重湖叠巘清嘉，有三秋桂子，十里荷花。羌管弄晴，菱歌泛夜，嬉嬉钓叟莲娃。千骑拥高牙，乘醉听箫鼓，吟赏烟霞。异日图将好景，归去凤池夸。

◎叠巘(yǎn)：重叠的山峰。

柳永,原名三变,福建崇安人。其父柳宜是南唐时的监察御史。李煜投降宋朝后,他被降职处理,当了费县县令。柳永就是在费县出生的。

柳永小时候曾随父亲在雷泽、费县、任城等地生活过。十三岁左右,他随叔父回到家乡福建崇安。在福建崇安,柳永读书、游玩,十分开心。一日,他在读书时,偶然读到一首当时十分流行的词《眉峰碧》。其词曰:

蹙损眉峰碧,纤手还重执。镇日相看未足时,忍使,鸳鸯只。　薄暮投村驿,风雨愁通夕。窗外芭蕉窗里人,分明叶上心头滴。

柳永十分喜欢这首词,便把它写在墙上,整日吟诵,反复揣摩,竟悟得了作词的章法。

十八岁左右,柳永参加地方乡试,考试合格。于是,他决定前往汴京,参加礼部的进士科考试。但途经杭州时,柳永竟因迷恋杭州的美景与歌女,在杭州滞留了两三年。

当时,孙沔任杭州知州。柳永听说他礼贤下士,就很想拜见他。但孙沔作为朝廷重臣,门禁很严,一般人很难受到孙沔的接见。

于是,柳永便写了一首词,即这首《望海潮》,盛赞杭州风景优美、政治清明,顺带将孙沔吹捧了一番。只是,这首词怎么才能送到孙沔手中呢?柳永想到了杭州名妓楚楚。于是,柳永去见楚楚,说:"我想拜见孙沔大人,怎奈没有门路。我这里有词一首,若孙府举办宴会招您前去,请借您的朱唇,把它唱给孙大人。倘若孙大人问起此词是谁所作,您就说是我柳七写的。"楚楚当即应允。

过了些日子,中秋节到了,孙沔果然在府上举行酒宴,并邀请了名妓楚楚前去助兴。在酒宴上,楚楚唱了柳七的这首《望海潮》。孙沔听后,很是受用,就问楚楚,此词是何人所作。楚楚便回答说是柳七。孙沔听后,连忙让人把柳永请来,并盛情地招待了柳永。

据说,柳永的这首词流传甚广。后来的金朝皇帝完颜亮听了柳永的这首词,颇为心动,很是羡慕杭州"三秋桂子,十里荷花"的美景,便兴起了渡过长江、占领杭州的野心。

## 第9夜　柳永·鹤冲天

黄金榜上，偶失龙头望。明代暂遗贤，如何向？未遂风云便，争不恣狂荡？何须论得丧。才子词人，自是白衣卿相。

烟花巷陌，依约丹青屏障。幸有意中人，堪寻访。且恁偎红翠，风流事，平生畅。青春都一饷。忍把浮名，换了浅斟低唱！

柳永在杭州滞留了两三年，后又在江淮之地浪游了两三年，这才启程去了汴京。汴京是当时中国最大的都市，人口一百余万，商业经济高度发达，再加上十方士子云集皇都，其繁华景象令人啧啧称赞。据孟元老《东京梦华录》记载：汴京"举目则青楼画阁，绣户珠帘，雕车竞驻于天街，宝马争驰于御路，金翠耀目，罗绮飘香。新声巧笑于柳陌花衢，按管调弦于茶坊酒肆"。

柳永到了汴京后，不禁留恋于此等繁华景象，一头扎进了烟花柳巷，无心备考。

关汉卿虚构的杂剧《钱大尹智宠谢天香》中有这样的剧情：柳永在汴京时，十分喜欢一个名叫谢天香的女子。他的同学钱可时任开封府尹，对此十分着急，担心柳永如此沉沦下去，可能与功名无缘。于是，钱可假意娶谢天香为妾，让柳永弃绝了对谢天香的眷恋。柳永遭此打击，竟奋发图强，一举中了状元。之后，钱可把柳永请到家中，把事情的原委一一向他道明，并将谢天香完璧归赵，送还给柳永。

柳永在汴京期间十分喜欢一个叫"秀秀"的青楼女子，但春闱将近，只好收拾了春心，准备应考。考前柳永踌躇满志，颇为自负，曾对那女子说："我一定能高中，你就等着给我贺喜。"

但谁料，柳永落第了。原因是宋仁宗崇尚儒家务本崇实的精神，十分排斥浮艳虚美之词，因此曾下旨："凡是读的不是圣贤书、用词浮夸靡丽者，一律不用。"落第之后，柳永很是不服，负气之下，便写了这首《鹤冲天》。

据说，宋仁宗看到柳永这首词后，就很不高兴。待柳永第二次参加科举考试时,宋仁宗特地删除了柳永的名字,并说:"且去浅斟低唱,何必要这浮名!"后来,有人向宋仁宗推荐柳永。宋仁宗说:"莫非是那个填词的柳三变?"那人说:"是。"宋仁宗说:"那就让他填词去。"连续四次落第,柳永一蹶不振,更是整日在妓馆酒楼,与荡子妓女吟歌狎玩,不再检点自己的行为,并用了一个板子,上面写着"奉圣旨填词柳三变",专门为歌女们填词,此生险些再与正途无缘。

## 第10夜 柳永·定风波

自春来、惨绿愁红,芳心是事可可。日上花梢,莺穿柳带,犹压香衾卧。暖酥消,腻云亸,终日厌厌倦梳裹。无那。恨薄情一去,音书无个。

早知恁么。悔当初,不把雕鞍锁。向鸡窗、只与蛮笺象管,拘束教吟课。镇相随,莫抛躲。针线闲拈伴伊坐。和我。免使年少,光阴虚过。

◎亸(duǒ):下垂。

柳永在汴京十多年,与他关系密切的女子很多:有名有姓的,有张师师、刘香香、钱安安等人;有名无姓的,有虫娘等人;无名无姓的,就不计其数了。这些女子都争着要柳永为她们写词,甚至要他把她们的名字也写进词中。

《醉翁谈录》记载,一日,柳永从丰乐楼路过,忽然听见楼上有人叫"柳七官人",柳永抬头一看,原来是张师师。于是,柳永登上酒楼。张师师说:"多日不见,你跑哪里去了? 请为我填一首词吧。"柳永刚铺好纸,提起笔,就听见有一个女子走了上来。柳永连忙把纸笔藏在怀里。来人是刘香香。刘香香说:"你这个没良心的,藏什么呢? 我知道你正在填词,请把我的名字写到你的词中。"柳永只好把纸笔拿出来,正构思着,又有一人进来了,那人是钱安安。钱安安说:"是在填词么?"柳永答"是",钱安安说:"不要把我扔下,把我的名字也写到你的词中。"没奈何,柳永只好写了一首《西江月》,把张师师、刘香香、钱安安的名字,都写了进去。其词曰:

师师生得艳冶,香香于我情多。安安那更久比和。四个打成一个。　　幸自苍皇未款,新词写处多磨。几回扯了又重挼。奸字中心著我。

据学者考证,柳永之所以专为青楼女子写词,除了所谓的"奉旨填词"的缘由之外,最重要的是出于经济原因。柳永出身并非豪富,其父柳宜虽官至工部侍郎,但此时也已去世,没了经济来源,他不得已才卖词为生。据《醉翁谈录》说,柳永在汴京时,青楼女子们都愿出钱让他为自己填词,而一经柳永品题,身价立即倍增。于是,在汴京烟花柳巷里,流传着这么几句话:"不愿穿绫罗,愿依柳七哥;不愿君王召,愿得柳七叫;不愿千黄金,愿中柳七心;不愿神仙见,愿识柳七面。"这首《定风波》大约是一名青楼女因薄情郎遗弃了她,她便来找柳永,请柳永代自己写给她那薄情郎的词。

关于柳永与青楼女子的故事,数不胜数。比较有名的,还有两个。一个故事说,柳永考中进士,出任余杭县令。途经江州,与江州名妓谢玉英相识。谢玉英因倾慕柳永之名,愿与柳永永结同心,誓死不离。临别之际,谢玉英对柳永发誓,从此闭门谢客,专等柳永回来。柳永在余杭三年任满,回到江州。但谢玉英却随孙员外同往湖口看船去了。柳永气愤不过,便写了一首《击梧桐》,后书"东京柳永,访玉卿不遇,漫题",并贴在谢玉英家墙壁上。谢玉英回来后,得知柳永来过,十分羞愧,便变卖家私,连忙追赶到汴京。后来,两人尽释前嫌,重修旧好,宛如夫妻一般恩爱。

另一个故事,就是有名的"众名姬春风吊柳七"。这个故事说,柳永病逝后,家里穷得叮当响,谢玉英与众青楼女子出资为他买棺材,起坟地,披麻戴孝,如丧亲夫。出殡之日,只见一片缟素,哭声震天,场面空前。不久,谢玉英因悲伤过度,生病死了,被人葬在柳永墓旁。每年清明,众青楼女子不约而同备好祭礼,到柳永的坟上,为他烧钱祭奠,名曰"吊柳七",此风一直延续到宋高宗南渡,才慢慢消停。

## 第 11 夜　柳永·雨霖铃

寒蝉凄切,对长亭晚,骤雨初歇。都门帐饮无绪,留恋处,兰舟催发。执手相看泪眼,竟无语凝噎。念去去,千里烟波,暮霭沉沉楚天阔。

多情自古伤别离,更那堪,冷落清秋节!今宵酒醒何处?杨柳岸,晓风残月。此去经年,应是良辰好景虚设。便纵有千种风情,更与何人说?

柳永在汴京混迹十多年,前后参加了四次科举考试,均名落孙山。因专业写词也挣不了多少钱,而京城房价贵,生活成本高,柳永在汴京的生活日渐拮据。于是,他准备离开汴京,去江南一带漫游。

离京之前,柳永很是不舍。尤其是虫娘,柳永更难以割舍。虫娘是一位性情温婉的女子,在柳永穷困潦倒之时,虫娘一直不离不弃。柳永曾专门为她写了一首词《木兰花》:

虫娘举措皆温润,每到婆娑偏恃俊。香檀敲缓玉纤迟,画鼓声催莲步紧。　　贪为顾盼夸风韵,往往曲终情未尽。坐中年少暗消魂,争问青鸾家远近。

从此词中,可以略匀,虫娘是一名舞姬,舞姿超绝,虽身为下贱,却心性高傲,很看不起那些纨绔子弟,是一个为真情而生的痴情女子。柳永是一个落魄文人,但虫娘爱柳永至深。柳永在汴京没有出路,他想去江南一带,寻一个为他人做幕僚的工作。这首《雨霖铃》写的是柳永离开汴京前,与虫娘难分难舍的场景。

柳永去了江南,先是到了苏州。在苏州,他写了一首《西施》词,凭吊西施这位吴越美女。随后,他又去了杭州。他来杭州,是故地重游,可孙沔已去,新任杭州知州对柳永并不感兴趣,他在杭州并没有寻得一官半职。不得已,他只好去了会稽,游览了会稽山和广慈禅院。

在江南漫游了四五年,他倍感身如浮萍,凄凉孤独,便又回到了汴京。可此时的汴京,已是物是人非,虫娘早已离去,旧日的情人也如云烟一样,四散而去,只留下朱扉,在夕阳下,寂寞地半掩着。柳永触目伤怀,不禁泪满襟袖。

于是,他又西出汴京,在关中一带漫游。随后,他又去了成都。在成都,他为当时任益州知州的蒋堂写过一首《一寸金》。蒋堂是北宋名臣,治理蜀地颇有章法,不为苛察,柳永在词中将蒋堂比作诸葛亮与文翁,可蒋堂似乎并没有被柳永的词打动。柳永在成都寂寞地滞留了一段时间,便又出三峡,离开了蜀地。

出三峡时,柳永大约来到杜甫当年在夔州的登高之处,因感叹这些年漂泊之苦,便写了一首《八声甘州》:

对潇潇暮雨洒江天,一番洗清秋。渐霜风凄紧,关河冷落,残照当楼。是处红衰绿减,苒苒物华休。惟有长江水,无语东流。　　不忍登高临远,望故乡渺邈,归思难收。叹年来踪迹,何事苦淹留?想佳人、妆楼颙望,误几回,天际识归舟。争知我、倚阑干处,正恁凝愁。

此处的"故乡"大约是汴京,因为那里才有"佳人妆楼颙望",在等着柳永。于是,柳永便决心不再漫游,坐船回汴京去了。

## 第 12 夜　柳永·醉蓬莱

　　渐亭皋叶下，陇首云飞，素秋新霁。华阙中天，锁葱葱佳气。嫩菊黄深，拒霜红浅，近宝阶香砌。玉宇无尘，金茎有露，碧天如水。

　　正值升平，万机多暇，夜色澄鲜，漏声迢递。南极星中，有老人呈瑞。此际宸游，凤辇何处，度管弦清脆。太液波翻，披香帘卷，月明风细。

景祐元年(1034)，柳永五十一岁。这一年，宋仁宗为了延誉、笼络士子，决定扩大科举名额，并特设"恩科"，下令"进士五举年五十，诸科六举年六十"，一律直接录为进士。柳永再参加一次科举考试，就正好符合"进士五举年五十"的条件。于是，柳永第五次参加科举考试，并与其兄柳三接同登进士榜单。

柳永中进士后，出任睦州团练推官。此时，睦州的知州是吕蔚。吕蔚是北宋名相吕端的儿子，他十分欣赏柳永。柳永到任一个多月，吕蔚就向朝廷推荐了柳永，请求为柳永加官。但侍御史知杂事郭劝直接反对，说："到任刚一个多月，政绩在哪里？"宋仁宗也没有采纳吕蔚的推荐，并下令以后百官只有任期已满，才可得到上司的推荐。

柳永在睦州任满，调为余杭县令。在余杭，柳永为官清廉，又修建玩江楼，与民同乐，百姓十分爱戴，后将他列入"余杭名宦"。三年任满，柳永调任浙江定海盐场盐监。他目睹盐工在海边晒盐的艰辛，写了著名的长诗《煮海歌》，很是为当地盐工鸣不平。后来，当地修地方志《昌国州图志》时，亦将柳永列入"名宦"。后来，柳永又做了泗州判官。一晃在地方上任官多年，仍没有得到升迁，柳永十分郁闷，感叹自己"游宦成羁旅"。

庆历三年(1043)，宦官史某十分倾慕柳永的才华，怜惜他久困官场，一直没有得到升迁，便很想帮帮柳永。这时，教坊进献了一支新的曲子《醉蓬莱》，掌管天文的官员上奏，称发现了老人星，预示着皇帝高寿。宋仁宗听了，十分高兴，史某便乘机向皇帝进言，请柳永为《醉蓬莱》填词，以向皇帝祝寿。柳永接到圣旨，十分兴奋，于是，欣然运笔，很快就写成了这首《醉蓬莱》。

　　平心而论,这首颂圣词从词的角度来说堪称完美,但作为给皇帝的祝寿词,却显得少了些富贵王侯之气。宋仁宗看柳永的《醉蓬莱》,刚看到第一字"渐",就有点不乐意了,待读到"宸游凤辇何处",此句正好与给先帝宋真宗的挽词暗合,脸色就有些冰冷了,及读到"太液波翻"中的"翻"字,就更是心生忌讳,因为"翻"的谐音是"反",便说:"为什么不说'太液波澄'呢?"说完,便将柳永的词扔在地上,并下令不准再给柳永升官。

　　柳永在皇帝那里碰了个大钉子,不服气,就跑到吏部投诉。晏殊当时为宰相,便问柳永:"你也算一个填词的吗?"柳永反击道:"难道就只许宰相你填词吗?"晏殊说:"我虽也填词,但从未写过'针线闲拈伴伊坐'的句子。"柳永一听,脸露愧色,只好低头退下。

　　后来,柳永经过多次申诉,终于从地方官转为京官。他先是做著作郎,后转为太常博士,最后转为屯田员外郎。柳永在屯田员外郎任上干了两年,就到了北宋官员的退休年龄七十岁。柳永退休后,移居润州,不久就在润州病逝,终年七十一岁。柳永死后,因身边并无亲人,其灵柩便寄存在润州某寺庙中。二十年后,王安石之弟王安礼知润州时,才将其安葬在润州丹徒县。可见,所谓"众名姬春风吊柳七"之说,亦不过是传说罢了。

　　柳永虽然去世了,但他的词流播甚远。叶梦得在《避暑录话》里说自己出仕丹徒县时,曾遇到一位从西夏归顺北宋的官员。这位官员对叶梦得说:"凡有井水处,即能歌柳词。"可见,柳永之词在北宋时期就广为传唱,而柳永也因其词,被后世冠以"婉约派之祖"的称号。

## 第 13 夜　张先·谢池春慢

玉仙观道中逢谢媚卿

　　缭墙重院，时闻有、啼莺到。绣被掩余寒，画幕明新晓。朱槛连空阔，飞絮无多少。径莎平，池水渺。日长风静，花影闲相照。

　　尘香拂马，逢谢女、城南道。秀艳过施粉，多媚生轻笑。斗色鲜衣薄，碾玉双蝉小。欢难偶，春过了。琵琶流怨，都入相思调。

　　张先，字子野，乌程人。其父张维，少年时读书好学，但因为家贫，只好在乌程以种田为生。张维平时喜欢吟诗，经常和当地能诗之人在一起吟咏。张先在其父的教诲下，很快就学会了写诗。

　　据说，张先年轻时，曾喜欢上一个小尼姑。但佛门清净，戒律甚严，张先只好等夜深人静之时，才偷偷地溜进尼姑庵。小尼姑窥见张先来了，便从窗子里偷偷地放下梯子，让张先爬到自己的房间里。

　　谁知，庵中老尼因夜里闷热，便睡在池中岛上的一个小阁里。夜晚，张先来到尼姑庵，准备爬上小尼姑放下的梯子时，老尼就察觉了。她本以为庵内进了贼，正要大声呼喊，却见一个男人进了尼姑的房间。老尼这才恍然大悟，于是，她严厉地训斥了小尼姑，并责令张先以后不得再来。张先无奈，只好与小尼姑分别。后来，张先十分想念小尼姑，便以小尼姑的口吻，写了一首《一丛花令》词。

　　这首词是这样写的：

　　伤高怀远几时穷，无物似情浓。离愁正引千丝乱，更东陌、飞絮濛濛。嘶骑渐遥，征尘不断，何处认郎踪？　　双鸳池沼水溶溶，南北小桡通。梯横画阁黄昏后，又还是、斜月帘栊。沉恨细思，不如桃杏，犹解嫁东风。

　　张先的这首《一丛花令》，流传出去后，很快被人传唱。传说，张先到汴京，去拜访比他小十七岁的欧阳修。欧阳修听门人说张先来了，连鞋子都没穿好，就跑了出来，说："呀呀呀，这不是

‘桃杏嫁东风’郎中吗?”

　　一日,张先游玉仙观,在半路上,遇见当地名妓谢媚卿。张先早听说过谢媚卿的艳名,谢媚卿也早听说过张先的词名。一个是才子,一个是佳人,两人都有相见恨晚之意。那天,只见谢媚卿穿着一件薄薄的彩衣,佩戴着双蝉样的玉坠,秀艳夺目,煞是迷人。谢媚卿见到张先后,对他轻轻地笑了一下。张先见了,心醉神迷,竟与谢媚卿在路边痴情地对望了许久。过后,谢媚卿走了,张先又是惆怅不已,骑着马,缓慢地走着,并写下这首《谢池春慢》词。

## 第 14 夜　张先·天仙子

时为嘉禾小倅，以病眠不赴府会。

水调数声持酒听，午醉醒来愁未醒。送春春去几时回，临晚镜。伤流景，往事后期空记省。

沙上并禽池上暝，云破月来花弄影。重重帘幕密遮灯，风不定。人初静，明日落红应满径。

张先三十多岁时，通过了乡试，成了一名乡贡生。但他似乎并不急着进京。直到四十一岁，张先才来到汴京，参加礼部的进士科考试，并一举考中进士。当时的考官是小他一岁的晏殊，和他同年登第的，有小他十七岁的欧阳修。晏殊十分欣赏张先的词，两人惺惺惜惺惺惺，时常在一起诗酒唱和。

张先中进士后，先做了宿州掾，接着当了吴江县令，后又做了嘉禾判官。嘉禾就是嘉兴，与张先的故乡湖州相邻，而所谓判官，就是地方长官的副手，张先在其手下任职，似乎并不得意。

这年春天的某一日，地方长官举行宴会，张先心绪不佳，便以生病为由，推掉了上司的邀约。那天，他喝了点酒，睡了一会儿觉，酒醒之后，揽镜自照，忽感韶华已逝，倍感凄凉，便写下这首嗟老伤春的《天仙子》。

张先这首伤春词，历来被人称颂。工部尚书宋祁十分欣赏张先的才华，就前去拜访。他对看门人说："宋尚书想拜见'云破月来花弄影'郎中，可以吗？"张先在屏风后面喊道："莫非是'红杏枝头春意闹'尚书？"随后，张先邀宋祁入内，摆酒盛情招待了宋祁。

张先曾写过一首《行香子》，其中有"心中事，眼中景，意中人"句，便有人称其为"张三中"。张先听说后，便对那人说："何不曰'张三影'？"那人不解，便问原由。张先说："'云破月来花弄影''帘玉卷花影''堕风絮无影'，这才是我平生最得意的诗句。"于是，后人便称张先为"张三影"。

张先嘉禾任满后，座师晏殊知永兴军，便召张先为永兴军通判。后来，晏殊以生病为由，调回汴京，张先也随晏殊回到汴京，后又知渝州、安陆，最后以尚书都官郎中致仕。张先退休后，便定居在杭州，从此，过起了诗酒风流的快活日子。

张先晚年十分风流，八十多岁时，还蓄养了许多歌姬。当时，苏轼任杭州判官，与张先常有来往。张先八十五岁时，纳了一个小妾。苏轼听说后，便写了一首《张子野年八十五，尚闻买妾，述古令作诗》，调侃了张先一番。其诗云："锦里先生自笑狂，莫欺九尺鬓眉苍。诗人老去莺莺在，公子归来燕燕忙。柱下相君犹有齿，江南刺史已无肠。平生谬作安昌客，略遣彭宣到后堂。"张先也回了一首诗，现已残缺，只存有"愁似鳏鱼知夜永，懒同蝴蝶为春忙"两句，解释了自己为什么纳妾，大约是因为孤寂，别无他故。苏轼看后，大笑不已。

后世之人，可能觉得这两人写的诗，太含蓄了，就假冒苏轼与张先之名，各写了一首诗。冒苏轼之名写的诗曰："十八新娘八十郎，苍苍白发对红妆。鸳鸯被里成双夜，一树梨花压海棠。"冒张先之名写的诗曰："我年八十卿十八，卿是红颜我白发。与卿颠倒本同庚，只隔中间一花甲。"这两首诗趣味低下，但在民间流播甚广，几乎掩盖了苏轼与张先当时写的原诗。人们在谈论老夫少妻之时，想到的多是这两首伪诗，而很少知道苏、张二人的原诗。

## 第 15 夜　晏殊·蝶恋花

槛菊愁烟兰泣露。罗幕轻寒，燕子双飞去。明月不谙离恨苦，斜光到晓穿朱户。

昨夜西风凋碧树。独上高楼，望尽天涯路。欲寄彩笺兼尺素，山长水阔知何处？

晏殊,字同叔,临川人。晏殊是江西神童。据说,他七岁就能写文章,十四岁就被荐之于朝,赐同进士出身。殿试时,宋真宗见晏殊年少,就让他写一篇赋。晏殊说:"我曾经私下里练习过这篇赋,请出一个别的题目吧!"宋真宗十分喜欢他的真诚,就出了别的题目。殿试完毕后,宋真宗称赞不已,就授予他秘书省正字。

晏殊任秘书省正字时,经常下了班后,就把大门紧闭,坐在家里读书,从不流连于烟花柳巷。后来,宋真宗为太子选伴读,点名就要晏殊。众人不解。宋真宗便说:"你们这些馆阁大臣,整日沉湎于宴饮,只有晏殊,每天在家读书,他才是太子伴读的最佳人选啊!"谁知,晏殊却说:"不是啊,不是我不想出去宴饮,只是我家旦穷,没钱出去玩! 我要是有钱,肯定也会出去宴饮游玩的!"宋真宗听了,没有责怪,却更加喜欢他了。

宋真宗去世后,宋仁宗继位。仁宗年幼,刘太后便垂帘听政。晏殊因为上疏刘太后,请她不要任用张耆为枢密使,触怒了刘太后。几个月后,他被贬为应天府知府。应天府有一座学堂,名叫应天书院,里面有校舍数百间、藏书数千卷,是当地规模最大的书院。晏殊上任后,大力扶持应天书院,并聘请范仲淹等人在书院任教,使应天书院声名日隆,逐渐成为北宋四大书院(应天书院、岳麓书院、白鹿洞书院、嵩阳书院)里影响最大的书院。

宋仁宗亲政后,晏殊被拜为宰相。在宰相位上,晏殊重用范仲淹、韩琦、富弼(晏殊的女婿)等一批俊杰,北宋政坛气象大为改观。此外,他曾主持礼部考试,选拔过张先、欧阳修等人为进士,另外,因宋庠、宋祁中举时,他也参与排名,也可算是宋庠、宋祁的恩师。

但晏殊因任宰相前,曾撰写李宸妃的墓志铭,没有直言李宸妃就是宋仁宗的生母,遭到蔡襄等人弹劾。当宋仁宗得知自己并不是刘太后的亲生儿子,而是李宸妃的儿子后,十分恼怒,就罢免了晏殊的宰相职务。后来,晏殊知永兴军时,召请张先为永兴军通判。

晏殊十分喜欢家中新来的一个侍女,张先来时,晏殊就让这个侍女出来敬酒,并让她唱张先写的词。可晏殊的妻子王夫人是个醋坛子,很看不顺眼这个侍女,就逼迫着晏殊将她赶走。晏殊不得已,只好让人把她送回去。送走之后,晏殊十分伤痛,就写了这首《蝶恋花》。

后来,张先来了,得知此事,便写了一首《碧牡丹》,并让一名营妓唱出来。张先的词中有一句"望极蓝桥,但暮云千里。几重山,几重水",与晏殊词中的"独上高楼,望尽天涯路。欲寄彩笺兼尺素,山长水阔知何处",简直就是二重唱。晏殊听了,不禁喟叹,说:"人生在世,行乐而已,为什么要这样自苦呢?"于是,他忙命人拿着钱,快马加鞭把那个侍女追了回来。

晏殊后来生了重病,就请求回到汴京治病,宋仁宗爽快地答应了。晏殊回汴京后,宋仁宗待他仍如旧日宰相。后来,晏殊病危,宋仁宗准备去晏殊家探望,晏殊连忙上奏,说:"我没事,只是老了,病很快就好了。请皇帝不要担忧。"谁知不久,晏殊就去世了。宋仁宗十分伤心,亲自登门,前来祭奠晏殊,并罢朝二日,以追念他的老师。

## 第 16 夜　晏几道·鹧鸪天

彩袖殷勤捧玉钟,当年拼却醉颜红。舞低杨柳楼心月,歌尽桃花扇底风。

从别后,忆相逢。几回魂梦与君同。今宵剩把银釭照,犹恐相逢是梦中。

晏几道,字叔原,号小山,晏殊的第八个儿子。晏几道出生时,晏殊已经四一八岁,四年后,晏殊就当上了宰相。晏几道的一生,不是在恋爱,就是走在恋爱的路上,简直就是《红楼梦》中贾宝玉的原型。晏几道早年富贵,整日在脂粉堆里厮混,晚年凄凉,四处搬家,穷得一塌糊涂,最后连葬在何处,都无人知晓!

晏几道从小就是个多情的种子,很小的时候,就爱上一个在汴京西池边遇见的女孩。可后来晏几道随父辗转各地,待到重回汴京时,已是十年后的事了,而那个女孩子,却和其母一样,成了一名歌女。

晏殊病重,宋仁宗出于感恩,赐予晏殊的子孙辈官职。晏几道有幸得到了一个太常寺太祝的小官。不久,晏殊病逝,这年,晏几道十八岁。

过了三年为父亲守制的凄冷日子,二十一岁时,晏几道又爱上了汴京的一名歌女。这名歌女不知姓名,因她住在西楼,晏几道在词中便常称她为"西楼歌女"。但不久,晏几道要去长安任职,不得已,只好在西楼外的杨柳树下,与她洒泪而别。晏几道在长安待了三四年,多次给那个西楼歌女写信,但都没得到她的回信。后来,晏几道回到汴京,就去找她。谁料,他却从"念奴"口中得知,那个西楼歌女因不堪忍受与晏几道的离别,竟生病去世了!晏几道听罢,哀伤不已,随后连着为她写了好几首词。

后来,晏几道又相继喜爱过名为"杏""柳"的歌女。据他描述,杏的眼睛很大,一闪一闪的,就像两颗饱满的露珠;柳身材纤细,脸上常有愁色,经常皱眉头。晏几道很喜欢她们,去江西和扬州任职时,还常常梦见她们。晏几道在江南任职约十年,回到汴京时,竟奇迹般地与杏和柳当中的一人重逢。晏几道十分感慨,就写下了这首《鹧鸪天》。

晏几道很高兴遇见了这个歌女,谁承想,一桩横祸无端地向他飞来。他的好友郑侠命人画《流民图》,并上《论新法进流民图疏》,陈述因王安石变法所造成的饥荒惨状。此时在位的是宋神宗。宋神宗看罢,十分不悦,便暂停新法改革。王安石见宋神宗已不信任自己,就辞去宰相之职。随后,宋神宗又任命王安石的亲信吕惠卿为宰相。郑侠十分痛恨吕惠卿,就再次上书,并将一幅《正直君子邪曲小人事业图》献上,将吕惠卿比作大奸相李林甫。吕惠卿大怒,以谤讪罪将郑侠打入大牢。不久,在郑侠家中,政敌们搜出晏几道写给郑侠的诗《与郑介夫》,并认为此诗讽刺新政,就将晏几道也打入了大牢。

大约过了半年,宋神宗开恩,将郑侠贬到英州,晏几道无罪释放。但经此劫难,晏几道家道骤然中落,变得十分穷苦,不得已,他只好又离开心爱的女人,去江南投靠他的四兄晏崇让。

# 第 17 夜　晏几道·临江仙

梦后楼台高锁，酒醒帘幕低垂。去年春恨却来时。落花人独立，微雨燕双飞。

记得小蘋初见，两重心字罗衣。琵琶弦上说相思。当时明月在，曾照彩云归。

晏几道在江南待了一年，又回到汴京。因常去好友沈廉叔、陈君龙家中饮酒，在沈、陈两家，晏几道遇到了莲、蘋、鸿、云四名歌女。

据晏几道描述，小莲眉毛细长，整个人像出水的芙蓉，别有风韵；小蘋笑起来很好看，爱在香径上捻着一枝梅花微笑；小鸿也爱梅花，尤其是雪梅，喜欢低下头轻嗅梅花的香味；小云身体不太好，内向，最喜欢写信。晏几道到了沈、陈两家，经常为她们写词，然后交给她们演唱。他和沈、陈二人，就坐在一旁，端着酒杯倾听，十分快乐。

可到了第二年春天，晏几道被外放到颍昌，在许田镇做了一个小小的监察。此时，韩维正好任颍昌知州。韩维是北宋名臣韩亿的儿子、晏殊的门生。于是，晏几道便将自己的词作，恭恭敬敬地誊录了一份献给了韩维。谁料，韩维看后，竟回信说："你这个人，才有余，德不足，请以多余的才，好好补一下你不足的德！"晏几道看后，几乎气晕在地，便闷闷不乐地在许田镇做了三年的监察。

回到汴京后，晏几道又去沈、陈两家。谁知，沈廉叔已去世，陈君龙卧病在床，小莲、小蘋、小鸿、小云一个个流落民间，不知道去了哪里。晏几道十分伤感，为这四个女子，写了许多思念她们的词。这首《临江仙》，就是晏几道回到汴京后的第二年，特地为小蘋写的一首词。

晏几道从许田回京城后，就住在自家的房子里，既不去吏部讨官，也不愿与达官贵族们交往，唯独与江西人黄庭坚有诗文往来。苏轼看了晏几道的词，很是佩服，就想通过黄庭坚，与晏几道结交。但晏几道冷冷地拒绝了。他说："今日政事堂上的高官，多半都是我晏家的旧客，我都没空见。"

晏几道晚年，日子越过越穷，他四处搬家，十分凄惶。六十多岁时，他似乎又出来做官了，但时间很短，不久就退休了。他大概是七十三岁去世的，但葬在何处，无人知晓。

## 第18夜　欧阳修·临江仙

　　柳外轻雷池上雨,雨声滴碎荷声。小楼西角断虹明。阑干倚处,待得月华生。

　　燕子飞来窥画栋,玉钩垂下帘旌。凉波不动簟纹平。水精双枕,傍有堕钗横。

欧阳修，字永叔，庐陵人，与晏殊、王安石、黄庭坚、曾巩等同为江西人。欧阳修的父亲欧阳观，性格孤傲，是个书呆子，整日抱着书在家里苦读。他的前妻嫌他长期不能发达，骂他没出息。欧阳观一怒之下，就休了她，于是，她就带着儿子欧阳晒走了。四十九岁时，欧阳观终于考中进士。他的前妻很后悔，但没脸回来，就让欧阳晒前来认父。欧阳观对这个儿子没好脸色，遂很不情愿地认下了，但待他就像一个仆役一样。

后来，欧阳观娶郑氏为妻。郑氏为他生了一个儿子。这个儿子就是欧阳修。欧阳修三岁时，欧阳观病逝于泰州任所。因欧阳观为官清廉，死后并无积蓄与田产，不得已，郑氏只好带着欧阳修，去随州投靠他的叔父欧阳晔。

欧阳晔只不过是随州的推官，生活也不富裕。但郑氏安于贫贱，一心扑在教育儿子上。由于无钱购买笔墨纸砚，郑氏便用芦荻在沙子上教儿子识字。欧阳修聪明颖悟，读书极其刻苦，但苦于无书可读，他便四处借书来读，遇到感兴趣的就抄录下来。随州有一个李姓大户，欧阳修常去借书，有一天他在其中得到一部残缺的韩愈文集，喜出望外，便将这部文集抄录下来，整日诵读，细心揣摩。

十七岁时，欧阳修参加了随州的州试，但不幸落第。他总结原因，发现当今受重视的是骈文，而不是韩愈的古文。于是，他改弦更张，转攻骈文。二十二岁时，欧阳修去拜见汉阳军长官胥偃。胥偃读了他的文章后，大为惊叹，几年后便将自己的女儿许配给了他。

随后,因胥偃的推荐,欧阳修直接在汴京参加国子监考试,为第一名(监元),接着,欧阳修就参加国学解试,也是第一名(解元)。第二年,欧阳修参加礼部的进士科考试(省试),仍然是第一名(省元)。相传欧阳修踌躇满志,去参加殿试时,以为状元必是自己,于是,他购置了一件新衣,准备在唱名时穿。谁知,他的新衣服被同学王拱辰穿去了,而且王拱辰果然高中状元,而欧阳修只名列甲科第十四名。事实上,据史料记载,欧阳修此次未获状元是考官有意挫其骄傲之气。

欧阳修进士及第后,便被任命为西京(洛阳)留守推官。当时西京的留守是钱惟演,虽然钱惟演喜欢通过女人的裙带,攀附权贵,很为时人所鄙薄,但担任西京留守时,他却在幕府聚集了一大批文学才士,包括欧阳修、梅尧臣、尹洙、富弼等人。欧阳修等人经常举办文学活动,钱惟演一直暗地里支持着。

某年重阳节后,欧阳修和好友去游嵩山,途经香山时,暮雪纷纷。众人正赋诗吟对,猛地发现在蒙蒙雪雾中,一队人马渡过伊水,朝他们走了过来。走近一看,原来是钱惟演派来慰问他们的厨师与歌女。来人说:"钱公说了,你们爬山累了,就在香山上好好休息一会儿。府里事情少,你们不要着急回来!"

欧阳修在钱惟演手下任职时,曾与一个歌女两情相悦。一天黄昏,他们两人在一起幽会时,竟忘记了晚上钱惟演要举办聚会。等欧阳修猛地想起此事,与歌女匆匆赶到时,宴会已经开始。钱惟演见了,不好在众人面前责备欧阳修,就问那歌女:"为什么来晚了?"那歌女说:"我中暑了,在凉亭里乘凉,谁知,醒来后,头上的金钗不见了,于是,我到处找,因此来迟了。"钱惟演知道她在撒谎，就说："如果欧阳修能作一首词，写出你丢金钗之事，我就赔你的金钗。"欧阳修略略思索了一下，当场写了这首《临江仙》。

众人看了，都说写得好。钱惟演也十分赞许，就让那歌女满满地斟上一杯酒，端给她的情郎欧阳修。随后，他又让人取了钱给那歌女买了一副金钗。

可好景不长，钱惟演后来被范讽参了一本，随后被贬到随州。欧阳修的好友，也一个个去了外地。而欧阳修在洛阳的任职，也快要到期了。

## 第 19 夜　欧阳修·踏莎行

候馆梅残，溪桥柳细。草薰风暖摇征辔。离愁渐远渐无穷，迢迢不断如春水。

寸寸柔肠，盈盈粉泪。楼高莫近危阑倚。平芜近处是春山，行人更在春山外。

◎辔（pèi）：驾驭牲口的嚼子和缰绳。

钱惟演走后，王曙继任西京留守。王曙是寇准的女婿，做人方正，为政严苛，很看不惯整日就知道游玩、作诗的欧阳修等文学才子。

一日，他将欧阳修等人集中在一起，正色道："你们知道寇莱公（寇准）晚年遭祸的原因吗？就是因为耽于享乐，才被贬的。"年轻气盛的欧阳修立即反驳道："才不是呢，你丈人之所以遭难，是因为他贪恋权位，那么老了，还不知道从高位上退下来。"王曙听了，居然没生气，只是默默不语。

不久，王曙回到汴京，出任枢密使。1034 年，朝廷要充实馆阁，王曙便想到了欧阳修。他让欧阳修快快来汴京，准备参加馆阁的考试。

欧阳修回到汴京，认真备考，很顺利地通过了考试。随后，他被任命为崇文院馆阁校勘，参与编修《崇文总目》。在馆阁校书时，欧阳修与范仲淹惺惺惜惺，十分相善。

此时，范仲淹和宰相吕夷简因郭皇后之事发生激烈冲突。郭皇后是已故中书令郭崇的孙女，是刘太后在宋仁宗十四岁时选的儿媳妇。郭皇后性格暴躁，蛮横无理，宋仁宗很不喜欢她，而喜欢尚美人。一日，郭皇后与尚美人在宫中相遇，两人一言不合，便大打出手。宋仁宗连忙过来拉架，谁料，争执中，郭皇后一记响亮的耳光重重地扇在宋仁宗的脸上。宋仁宗被打后，居然没有生气，而是急召宰相吕夷简入宫，哭哭啼啼地让他看郭皇后印在自己脸上的"爪痕"。吕夷简主张废后，宋仁宗问他："有没有先例？"吕夷简说："光武帝的皇后因为骂皇帝，就被废了，更何

况郭皇后还是打了您一个耳光呢？"宋仁宗听罢，就以郭皇后不
育为由，废除其皇后之位。

　　范仲淹、孔道辅极力反对废后之举。吕夷简便将孔道辅贬
为泰州知州。范仲淹不服，便让人绘百官图，当着宋仁宗和吕夷
简的面，说哪个官是忠臣，哪个官是奸臣，哪个官该提拔，哪个官
该贬黜，并说："官吏的升迁，皇帝应该知情，不应该全部委托给
宰相。"吕夷简气得鼻子都歪了。后来，皇帝询问迁都之事。范
仲淹说："汴京是四战之地，只可平时居住。洛阳城池坚固，一到
战时，需立刻迁都洛阳。请平时就加固洛阳的城池。"宋仁宗问
吕夷简的看法，吕夷简趁机攻击范仲淹，说范仲淹之说乃腐儒之
见。范仲淹立马上"四论"（《帝王好尚》《选贤任能》《近名》《推诿》），力
劝皇帝应大权独揽，千万不要让吕夷简把持了大权。但吕夷简
为相将近二十年，宋仁宗一直对他十分信任，又怎么能轻易离开
他呢？于是，吕夷简以辞职要挟皇帝，宋仁宗权衡再三，决定放
逐范仲淹。

　　此事一出，百官悚然，仗义执言的欧阳修十分愤怒，他给左
司谏高若讷写了一封信，即著名的《与高司谏书》。他在信中说：
"高若讷，你身为谏官，范公被贬，一声不吭。更可恶的是，你还
诋毁范公，告诫别人也不要乱说话，真不知你是否还好意思出入
于朝堂之上？你身为谏官，却只知自保，简直不知世间还有羞耻
二字！"高若讷看后，暴跳如雷，竟直接将欧阳修的信交给了宋仁
宗。宋仁宗看后，便以"讪上"之罪，将欧阳修贬为夷陵（今湖北宜
昌）县令。

　　当时的夷陵，还十分偏僻，俗称荆蛮之地。欧阳修走了整整

五个月，才带着母亲郑氏与新寡的妹妹、外甥女，从汴京走到了夷陵。

　　在离开汴京时，欧阳修有点不舍，主要原因是，他心里牵挂着一个女人。这个女人就是副宰相薛奎的第四个女儿。欧阳修的夫人胥氏、杨氏，比时相继病逝。薛奎没有儿子，却有五个女儿，其中，三女儿、三女儿都嫁给了那个夺走欧阳修状元服的王拱辰。欧阳修初入馆阁时，薛奎就有意将他第四个女儿嫁给欧阳修。欧阳修见过薛奎的第四个女儿，十分中意。可谁料，薛奎还没来得及将四女儿嫁出去，就于当年八月病逝了。薛奎死后，四女儿必须为父亲守丧。这桩亲事就暂时耽搁了。欧阳修离京时，因为没有去见薛奎的四女儿，心中十分不舍，于是，便在去夷陵的路上，写了这首《踏莎行》。

　　欧阳修在夷陵做了约有一年县令，一日，他突然收到薛奎的侄子(也是薛奎的养子)薛宗孺的来信。信上说，他希望欧阳修能早日来许州，和他堂姐(薛奎的四女儿)缔结良缘。欧阳修自是不胜欢喜，连忙向上司请了假，并将薛氏迎娶到夷陵。两人恩恩爱爱，过了一段甜蜜的生活。

　　后来，西夏来犯，吕夷简推荐了范仲淹。范仲淹出任龙图阁直学士兼陕西经略安抚副使后，又向皇帝举荐了欧阳修。于是，朝廷下诏，让欧阳修重回汴京，仍任馆阁校勘，修撰《崇文总目》。

## 第 20 夜　欧阳修·朝中措

送刘仲原甫出守维扬

平山阑槛倚晴空,山色有无中。手种堂前垂柳,别来几度春风。

文章太守,挥毫万字,一饮千钟。行乐直须年少,尊前看取衰翁。

　　欧阳修结婚之后,夫人薛氏为他生了一儿一女,再加上母亲与寡妹、外甥女等人都在京城居住,家庭负担很重。于是,欧阳修请求外放,朝廷恩准,任命他为滑州通判。

　　此时的京城,正在酝酿一场风暴。庆历三年(1043),吕夷简因病辞去相位,范仲淹出任参知政事,并广开言路,力图革新。这时,枢密使晏殊推荐了欧阳修。欧阳修便从滑州回到汴京,就任谏官。随后,范仲淹、富弼推出《答手诏条陈十事》,在官吏选拔、科举考试、农桑徭役等方面,进行了大刀阔斧的改革,史称"庆历新政"。

　　但庆历新政遭到了以夏竦为首的守旧派的激烈反对,范仲淹、富弼随后相继被贬黜到外地,而欧阳修被无端地卷入一场丑闻。

　　十年前,欧阳修的妹夫张龟正病死,留下了欧阳修的妹妹和张龟正与其前妻生的女儿(与欧阳修无血缘关系的外甥女)。母女俩无人可依,只好来投靠欧阳修。后来,欧阳修被贬夷陵、滑州,就一直带着寡妹与外甥女张氏。欧阳修待他的外甥女长到十七岁,便把她许配给自己的族侄欧阳晟。谁料,张氏并不喜欢欧阳晟,竟与家仆陈谏私通。此事被欧阳晟发觉,他一怒之下,便将家仆与张氏交给开封府右军巡院发落。

　　此事原本与欧阳修无关。但开封府尹杨日严曾因贪污遭欧阳修弹劾,一直怀恨在心。杨日严见案犯张氏是欧阳修的外甥女,便无端构陷欧阳修与张氏乱伦。夏竦等守旧派得知后,异常兴奋,便在欧阳修的诗文中寻找证据。最后,他们以欧阳修的一首《望江南》(江南柳,叶小未成阴)词为证据,指控欧阳修与张氏私通,并诬陷欧阳修霸占了张龟正留给张氏的财产。

欧阳修的这首《望江南》曰:

江南柳,叶小未成阴。人为丝轻那忍折,莺嫌枝嫩不胜吟。留着待春深。　　十四五,闲抱琵琶寻。阶上簸钱阶下走,恁时相见早留心。何况到如今。

此词上阕写柳,下阕写女,其意实在难以捉摸。但正因如此,才给人以口实。

据王铚《默记》说,张氏被拘留后,惧罪不已,为了给自己减罪,竟说自己未嫁之时,便与欧阳修私通。其语污秽不堪,令人惊骇。开封府军巡判官孙揆,见其事太过荒唐,就只治张氏与陈谏私通之罪,不愿让事态扩大。但宰相贾昌朝听说后,十分生气,就派三司户部判官苏安世重查。苏安世经多方查证,判明了事情的真相,但他惧怕贾昌朝的陷害,便上报皇帝,说欧阳修与其外甥女之事纯属捕风捉影,可欧阳修挪用外甥女钱财,购买良田一事属实。最后,朝廷宣布,将欧阳修贬为滁州知州。

欧阳修遭此不白之冤,十分郁闷。庆历五年(1045),他在滁州,自称"醉翁"(其实,欧阳修此年才39岁),寄情于山水,放浪于江湖,并写下了诸如《醉翁亭记》等优美的散文。

后来,宋仁宗认识到自己可能冤枉了欧阳修,就提拔他做扬州知州。扬州是个大都,东南水路交通枢纽,更是一个风景优美的城市。欧阳修在治理扬州之余,还在大明寺西侧修建了平山堂。平山堂在一个山冈上,堂外有栏杆,临高远眺,江南山水,尽在眼底。他还在平山堂前亲手种下一株柳树,即后人所称的"欧公柳"。后来,欧阳修被朝廷召回汴京,仍对扬州念念不忘。至和三年(1056),好友刘原甫(刘敞)出任扬州太守,欧阳修便写了这首《朝中措》,深情地回忆了自己在扬州的美好岁月。

## 第21夜　欧阳修·采桑子

轻舟短棹西湖好，绿水逶迤。芳草长堤，隐隐笙歌处处随。

无风水面琉璃滑，不觉船移。微动涟漪，惊起沙禽掠岸飞。（其一）

画船载酒西湖好，急管繁弦。玉盏催传，稳泛平波任醉眠。

行云却在行舟下，空水澄鲜。俯仰留连，疑是湖中别有天。（其三）

天容水色西湖好，云物俱鲜。鸥鹭闲眠，应惯寻常听管弦。

风清月白偏宜夜，一片琼田。谁羡骖鸾，人在舟中便是仙。（其八）

平生为爱西湖好，来拥朱轮。富贵浮云，俯仰流年二十春。

归来恰似辽东鹤，城郭人民。触目皆新，谁识当年旧主人。（其十）

　　欧阳修在滁州、扬州、颍州等地,被外放了数年后,又被宋仁宗召回了汴京。宋仁宗看到欧阳修一头白发,就问欧阳修多大年龄了。欧阳修说自己四十三岁。宋仁宗见欧阳修只比自己大三岁,却已满头白发,十分心疼,就让他留在自己身边。欧阳修因前几年与外甥女的丑闻事件,仍有人对他说三道四,请求将他外放,但宋仁宗没有允许,任命他为判流内铨,掌管官员选调之事。嘉祐二年(1057),宋仁宗又任命他掌管礼部贡举。

　　当时,科场上兴起了一种"太学体",主要是用一些生僻的词、怪诞的句式,写一些似是而非的文章。代表人物就是太学生刘几。欧阳修任主考官时,十分反感这类文章,见到这类试卷,就一律黜落。欧阳修的大胆改革引起了那些落第考生们的不满。他们站在欧阳修去朝堂的路上,大声谩骂他。街上巡逻的士卒见状,就来驱赶。可这些人根本不把士卒放在眼里,他们挤在欧阳修面前,骂个不停,有的人还扬言,要揍一顿欧阳修。更为过分的是,有一名考生竟写了一篇《祭欧阳修文》,然后把它扔到欧阳修家里,用祭祀死人的方式,咒骂欧阳修。

　　可欧阳修丝毫不为所动,他在主持贡举时,选拔了苏轼、苏辙、曾巩、张载、程颢等人才,尤其看重苏轼。欧阳修曾对好友梅尧臣说:"读苏轼的文章,不觉汗出。痛快啊,痛快啊,我应当让道,教这个小子赶紧出人头地!"

　　随后,朝廷又任命欧阳修为龙图阁直学士,执掌开封府。欧阳修此时眼睛近视,很想离开汴京,外放到颍州。可宋仁宗不放行,并将欧阳修提拔为参知政事,与韩琦、曾公亮一起,共同辅佐自己。后来,宋仁宗病逝,宋英宗继位。英宗在位约五年,就不幸病逝，宋神宗继位。欧阳修此时虽身居高位，但整日夹在吕诲与韩琦的争斗中，十分心烦，很想早日外放。

可谁料，他竟又一次无端地被卷入一桩丑闻中。淄州知州薛宗孺，也就是欧阳修妻子薛氏的堂弟，在任水部郎中时，举荐过崔庠任京官。后来，崔庠贪污受贿，被抓入大牢。按照宋律，推荐人举荐不当，也应受到惩罚，薛宗孺因此也被弹劾。薛宗孺以为，当年就是他为欧阳修和堂姐牵线搭桥，才成就他们的婚事的，自己有恩于欧阳修，欧阳修肯定会为自己说情。但让他没想到的是，欧阳修并没有为他说情，还特地上书表态，说不要因为薛宗孺是自己的亲戚，就网开一面。

薛宗孺被罢官后，十分恼火，竟造谣欧阳修和大儿媳妇吴氏偷情。谣言传到集贤校理刘瑾的耳中，刘瑾连忙告诉御史中丞彭思永，彭思永又连忙告诉自己的下属监察御史里行蒋之奇。于是，蒋之奇便上书弹劾欧阳修，指控欧阳修与吴氏乱伦，一时间满城风雨。

欧阳修得知后，十分愤怒，立刻上疏宋神宗，请求严查此事。后来，此事查明，指控纯属捏造。宋神宗虽然贬黜了彭思永、蒋之奇，但这种伤害却永远留在垂暮之年的欧阳修心中。欧阳修反思自己，当年他对王曙说，寇准是因为贪恋权位，才导致晚年蒙冤。今日这一幕，又何尝不是他自己不知急流勇退，才导致的结果呢？

于是，欧阳修坚决请求外放。宋神宗便任命他为亳州知州。后来，欧阳修又做了青州知州、蔡州知州，最后，欧阳修以太子少师的身份退休,定居在颍州(今安徽阜阳)。

传说,欧阳修当年被贬滁州知州时,路过颍州,便去拜访恩师晏殊。席间,欧阳修见一歌女,十分聪颖,能把他的词全都唱出来。欧阳修当时就戏言,他年若知颍州,一定要来再见此歌女。果然,欧阳修回到了颍州,但这个歌女却不知何处去了。

欧阳修定居颍州后,便整日徜徉于颍州西湖上,或赏月,或听蛙鸣,或观游人,或看燕子飞飞,并把关于颍州的词句整理、修改了一番,还命人用笙箫演唱。这些词就是著名的《采桑子》十首,本文仅选了其中的四首。

欧阳修在颍州的西湖中,徜徉了一段日子,便驾鹤升天,终年六十六岁。欧阳修身后留有词二百多首,其词早期多模仿冯延巳,后期则多吸收民歌的作法。这组《采桑子》颇有民歌的意味,可以说是欧阳修词集中,最为绚烂的一簇花朵。

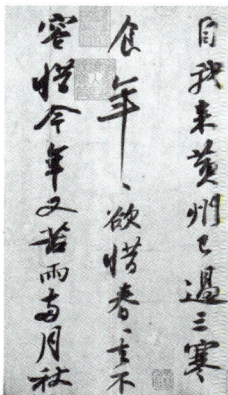

# 第二季
# 青年之词

　　词至宋朝中后期，蔚为大观，其情形完全可以比肩"盛唐诗"。

　　此时较之前期，词人笔下的形象成熟多了，俨然由少年期进入了青年期。如王安石《南乡子》："自古帝王州，郁郁葱葱佳气浮。四百年来成一梦，堪愁。晋代衣冠成古丘。"黄庭坚《渔家傲》："百丈峰头开古镜，马驹踏杀重苏醒。接得古灵心眼净，光炯炯，归来藏在袈裟影。"这等气势，此种景象，是少年期的词人难以想象的。

　　名家云集，佳作众多，也是这个时期的显著特点。粗略可以分类的，大致有豪放派之苏轼、婉约派之秦观、格律派之周邦彦、"本色"派之李清照等等。这些词人，皆自成一派，如奇峰耸立，令人望而惊叹。其中，尤以苏轼与周邦彦对宋词贡献最大。

　　清人潘德舆说"词之有北宋，犹诗之有盛唐"（《与叶生名沣书》），诚然是也。

## 第 22 夜　宋祁·鹧鸪天

画毂雕鞍狭路逢,一声肠断绣帘中。身无彩凤双飞翼,心有灵犀一点通。

金作屋,玉为笼,车如流水马如龙。刘郎已恨蓬山远,更隔蓬山几万重。

◎毂(gǔ):车轮中心,有洞可以插轴的部分,借指车轮或车。

宋祁,字子京,安州安陆人,徙居开封雍丘。宋祁兄弟两人,人称"大宋、小宋",大宋即哥哥宋庠,小宋就是宋祁本人。传说,他们的母亲生宋庠时,曾梦见一朱衣人送给她一串暖珠。过了两年,她生宋祁时,又梦见那个朱衣人来,送给她一部《昭明文选》。

宋祁小时候,体弱多病,十分贪玩,并不喜欢读书。他母亲溺爱儿子,就纵容他们玩耍。谁料,宋祁十三岁时,母亲病逝。宋祁痛定思痛,决心用功读书。二十岁时,他们的父亲也因病去世。兄弟俩无人可依,只好随继母朱氏回到安陆,跟随舅舅生活。

兄弟俩在安陆,生活十分困苦,有时只能喝稀粥度日。但他们心胸豁达,竟不以贫为苦。某年冬至,两人想请同学喝酒,但苦于无钱买酒。宋庠说:"过节怎么能不喝酒呢?父亲留下一把剑,我们把剑鞘上的饰品卖了,粗粗地办上酒席。"然后,他们就卖掉了剑鞘上的饰品,请同学们吃了一顿酒。吃完酒,宋庠笑着说道:"冬至吃剑鞘,春节就应当吃剑了!"

宋祁二十四岁那年,和哥哥一起去拜访安州太守夏竦。夏竦十分热情地接待了他们,并让他们各作一首《落花诗》。宋庠诗中有一联"汉皋佩冷临江失,金谷楼空到地香",宋祁诗中有一联"将飞更作回风舞,已落犹存半面妆"。夏竦看后,大为赞叹,评论道:"咏落花,却不说落,甚好。大宋风骨秀重,将来肯定会状元及第,来日还会做宰相。小宋呢,不如大宋,但将来也会登上尊位。"

于是，兄弟俩结伴到汴京，参加礼部的科举考试。二十七岁那年，宋祁与哥哥宋庠，一举考中进士。当时，礼部上报名次时，宋祁第一，宋庠第三。但刘太后认为，弟弟的名次排在哥哥前面，有违伦理，便命人将宋庠提到第一名，将宋祁放在第十位。兄弟俩同时考中进士，自然十分风光。晏殊当时是礼部侍郎，十分欣赏宋祁兄弟俩的才华，将他们视作自己的门生。他们每作一首诗，都要请晏殊为其润色。宋祁还将自己的诗作，辑录成《出麾小集》，献给了晏殊。

宋祁长得英姿飒爽，仙气逼人，加之他与哥哥同时举进士，一时众人皆知，名气很大。传说，宋祁一日骑着马闲逛，路过繁台街，遇见皇宫里的车辆从此经过。因为街道比较狭窄，宋祁只好在路边避让。谁料，一辆车子经过宋祁身边时，车里的一名女子突然掀起帘子，对宋祁说道："啊，是小宋啊！"然后，那车子就走了。宋祁见状，先是很惊讶，后望着车辆渐渐远去，顿感怅然若失，回到家后，便写了这首《鹧鸪天》。

此词一出，立刻在整个汴京传唱开，就连宋仁宗也听到了。宋仁宗便问："是第几辆车子的宫女叫了小宋？"只见一个宫女走了出来，说："我以前侍奉御宴，遇宣召翰林院学士时，旁边的宦官说，那个人就是小宋。后来，我坐在车子上，偶然见到他，就失声喊了出来。"于是，宋仁宗便召宋祁入宫，提及此事。宋祁听后，连忙跪下，浑身发抖，恐惧不已。谁料，宋仁宗却说："蓬山不远，就在眼前。"并将那个宫女赐给了宋祁。宋祁连忙谢恩，带着那个宫女，欢天喜地地回去了。

## 第23夜  宋祁·玉楼春  春景

东城渐觉风光好,縠皱波纹迎客棹。绿杨烟外晓寒轻,红杏枝头春意闹。

浮生长恨欢娱少,肯爱千金轻一笑。为君持酒劝斜阳,且向花间留晚照。

◎縠(hú):有皱纹的纱,此喻水波细微。

宋祁中进士后,官运亨通,一直在京城任官。传说,宋祁很爱热闹,特别喜欢请人吃饭,常常在家中大摆筵席,招待宾客。他唯恐客人早早离去,就在屋子外面,围上一重重帘幕,然后在屋子里点上大蜡烛,让歌女们为宾客又是唱歌,又是跳舞。因为宋祁的热情招待,宾客们常常忘了时间,待到想起回家之时,拉开帘幕一看,天早已破晓,竟已是第二天中午了!于是,宋祁的府邸常被人称为"不晓天"。

宋庠对弟弟的做法,很是不满。宋庠考中进士后,仍苦读不已。某年上元夜,宋庠在书院读《周易》,他听说弟弟在家中大宴宾客,心中很是恼怒。第二天,他让人捎话给他弟弟,说:"听说你昨晚点灯宴饮,不知你是否还记得某年上元夜,我们在某州学堂里,就咸菜、喝稀粥的旧事?"宋祁对来人说:"请转告我哥哥,我们当年就咸菜、喝稀粥,到底是为了啥?"

宋祁与哥哥宋庠,在中进士的名次上,就已心存芥蒂。虽不能做到一荣俱荣,但一损必然俱损。宋庠因与吕夷简不合,后又反对范仲淹的"庆历新政",被宋仁宗贬为扬州知州。宋祁受到牵连,被贬为寿州知州。

但宋祁并未因此消沉,途经扬州时,刘敞设宴招待他。他作《浪淘沙近》,回赠刘敞。其词曰:

少年不管,流光如箭,因循不觉韶光换。至如今,始惜月满、花满、酒满。　　扁舟欲解垂杨岸,尚同欢宴,日斜歌阕将分散。倚兰桡,望水远、天远、人远。

宋祁感青春易逝,韶华难留,人活着,就当珍惜这"月满、花满、酒满"的美好时光。后来,他又被调回汴京。回来后,宋祁更是宣扬及时行乐,发誓要把青春留住。这首《玉楼春》,就是他某次出东城踏春,因见春光旖旎,而感叹人生苦短,梦想把春光留住,所作的一首词。

这首《玉楼春》词流传出去之后,更是让人赞叹。宋祁因曾做过尚书工部员外郎,而本词中"红杏枝头春意闹",写活了春景,于是,人们便称宋祁为"红杏尚书"。

后来,宋祁奉命编修《新唐书》。传说,一日,宋祁正在修《新唐书》,天降大雪。宋祁便命人围起帘幕,中间点上一根大蜡烛,两边则让人手持点着的蜡烛,再放置烧红了碳的巨炉,并让众歌女围绕着给他研墨,然后,他才提起笔,饱蘸墨水,继续用澄心堂的纸,书写某人的传记。正写着,他停下环顾众歌女,说:"你们以前也曾在别的人家做过事,可见过有我这么清雅的吗?"众歌女忙说没有。宋祁问一个来自皇家宗室的歌女,说:"你家太尉遇此天气,会做些什么?"那歌女说:"他不过是拥着火炉,让人给他唱唱歌、跳跳舞,中间再唱些杂剧,然后把自己灌醉,睡上一觉,哪能和您相比呢?"宋祁说:"这也行啊,不算太俗!"于是,他放下笔,合上纸,端起酒杯,一直喝到天将破晓。

过了两年,宋祁出任益州知州。因《新唐书》还没修完,他便将书稿带到了益州府。益州百姓都传言宋尚书修《新唐书》,众歌女围着研墨、铺纸,那等情景,简直就是在仙境里!

后来,益州任满,宋祁回到汴京。他所负责的《新唐书》的部分也已修完,本指望着能当上宰相。但谁料,包拯因十分鄙薄宋祁的为人,觉得他性格轻浮,生活放荡,就极力阻止宋祁为相。宋祁十分郁闷,最后郁郁而终。临死时,他告诫儿子"三日敛,三月葬,慎无为流俗阴阳拘忌也",强调丧事从简,说人死了就死了,千万不要再麻烦活着的人。

## 第 24 夜　石延年·燕归梁　春愁

芳草年年惹恨幽。想前事悠悠。伤春伤别几时休。算从古、为风流。

春山总把，深匀翠黛，千叠在眉头。不知供得几多愁。更斜日、凭危楼。

石延年,字曼卿,宋城人。石延年为人豪爽,嗜好豪饮。其饮酒的方式,花样繁多,令人瞠目结舌。他有时散着头发,赤着脚,戴着枷锁,坐在地上喝酒,称之为"囚饮";有时坐在树枝上喝酒,称之为"巢饮";有时用禾秸把自己捆扎起来,伸出头来喝上一口酒,又把头缩回去,称之为"鳖饮";有时候一边饮酒,一边唱挽歌,称之为"了饮";有时喝上一杯,去爬树,从树上爬下来,再喝上一杯,称之为"鹤饮";有时晚上不烧蜡烛,藏匿在四周,忽然跑过来喝上一杯,接着又藏起来,称之为"鬼饮"。狂饮之后,他也不醉,只是卧倒在自己的草庵里,呼呼大睡,还给那草庵取了一个古怪的名字——"扪虱庵"。

传说,石延年在汴京时,经常与友人刘潜一起喝酒。一日,他们听说京城沙行王氏新开了一家酒楼,就相约前往。到了酒楼,石延年与刘潜对坐,整整喝了一天,却一言不发。店主王氏看了,十分诧异,以为遇到了神仙,就连忙取来佳肴与美酒,恭恭敬敬地端了上去。直到天色已晚,两人脸上仍一点酒色都没有,互相作揖后,就分别了。第二天,京城就传疯了,说王氏的酒楼昨天来了两个酒仙,他们喝了整整一天的酒,却一点都没醉。

石延年常年参加科举考试,却总考不中。这时,宋真宗大发慈悲,下令凡是参加过三次进士考试的,可以直接录取,一律由吏部授予三班奉职。石延年觉得这是一种对他的羞辱,就拒绝了。宰相张知白劝他就职,说:"你母亲年纪大了,你怎么还挑官呢? 难道要你的母亲一直养着你吗?"无奈之下,石延年只好就任。

石延年为官勤勤恳恳,从小小的右班殿直,一路升到金乡县令、大理评事、馆阁校勘、大理寺丞。后因与范讽交好，被吕夷简贬为海州通判。

刘潜听说后，便去海州拜访石延年。石延年得知刘潜要来，就特意前往石闼堰迎接。两人见了面后，一言不发，就在船上豪饮起来。他们一直喝到大半夜，都快将船上的酒喝光了。这时，石延年看到船上有一斗醋，便将醋倒入酒中，喝起了醋酒，两人一直喝到天亮。

海州任满，石延年回到汴京，出任秘阁校理。一日，宋仁宗从秘阁旁边的大庆殿经过，忽然望见一个醉汉直挺挺躺在大庆殿的台阶上，呼呼大睡。众奴仆上前，正准备把那醉汉赶走，一看，醉汉竟是石延年。宋仁宗得知，连忙制止众人，让他们都悄悄地从石延年旁边走过，唯恐惊醒了石延年。

石延年与和尚秘演，交往时间最久。一日，石延年对秘演说："俸禄太少，竟不能痛饮！"秘演说："我过两天，给你引荐一个供奉酒的主人。"过了数日，秘演果然引着一位姓牛的监簿。牛监簿带着十石宫廷美酒，来到石延年的家中。石延年见了，大吃一惊，问秘演："他是何人？"秘演说："他就是前日我给你说的供奉酒的主人。"石延年问牛监簿："您家住哪里啊？"牛监簿说："我住在繁台附近。"石延年说："繁台的寺阁，清静可爱，我好久没去攀登了。"牛监簿连忙说："要是学士与大师要登寺阁，我定当备好酒果，恭敬迎候。"石延年便答应了。过了数日，秘书阁放假，石延年就约秘演一起去繁台。秘演连忙让牛监簿，在寺阁附近备好酒器看核。两人到了，就一边高歌，一边痛饮，一直喝到太阳落山。石延年醉了，说："这趟来得值，可记下此游。"于是，他乘着醉意，用一支巨笔，蘸满了墨汁，在墙上大书道："石延年曼卿同空门诗友老演登此。"牛监簿跪拜道："请把我的名字也写上。"石延年大醉，问秘演："捧砚之人，可以写上吗?"祕演说可以。石延年便又题道："牛某捧砚。"后来，欧阳修听说了此事，大笑不已，就写了一首诗，其中有"捧砚得金牛"句，说的就是牛监簿给石延年捧砚之事。

石延年嗜酒，作诗豪放纵横，很有气势。但他的词，却风流蕴藉，一往情深。这首《燕归梁》，借一个女子的口吻，把心中的春愁，和盘托出。

公元1041年，石延年因饮酒过度，死在任所里。石延年死后，传说，有人看见他和苏舜钦，坐在王屋山的峰顶上，中间隔了一条汉水，相互对饮着。一日，他的朋友张生，梦见石延年骑着一头驴子，来到他家，说："我今日已做鬼仙，请随我同去吧!"张生知道石延年已死，便挂说老母需要奉养，不愿随石延年上天。石延年大怒道："你这个蠢货，让你当神仙，你还不去。你不去，我去找范讽。"数日后，范讽果然就去世了。

## 第 25 夜　魏玩·江城子 春恨

别郎容易见郎难。几何般，懒临鸾。憔悴容仪，陡觉缕衣宽。门外红梅将谢也，谁信道、不曾看。

晓妆楼上望长安。怯轻寒，莫凭栏。嫌怕东风，吹恨上眉端。为报归期须及早，休误妾、一春闲。

魏玩,字玉如,湖北襄阳人,家世较为显赫。她的祖母是集庆郡太守的夫人,但她的弟弟魏泰,却是襄阳一害。魏泰年轻时,逞强好斗,曾在试院里差点将考官活活打死。魏玩则自幼喜欢读书,尤其擅长写诗填词。她少女时,曾写过一首《菩萨蛮》,写的是她坐着木兰舟,和女伴们笑着划入了荷叶田田的鸳鸯浦,她们一直玩到月儿初上,才唱着菱歌回来。

十七岁时,魏玩嫁给了曾布。曾布是曾巩的弟弟,江西南丰人。曾布与曾巩早年屡试不中,备受乡人嘲笑。直到后来,二十二岁的曾布与三十九岁的曾巩,同时考中进士,这才大大地出了一口恶气。曾布考中进士后,就娶了魏玩。

曾布大概对魏玩没有爱情,他考中进士后,曾任宣州司户参军、海州怀仁县令,原则上,可以携带家眷,但他却让魏玩留在南丰。怀仁县令任满后,曾布竟带回来一个女孩子。

她是曾布任怀仁县令时,其手下张监酒的女儿。张监酒的妻子去世后,留下了年幼的女儿。曾布见其可爱,便将其收为养女。回到南丰后,曾布便将她交给魏玩抚养。因为魏玩还没有生养,就把她当作亲生女儿养育,想待其长大后,将其送入内宫做宫女。可就在曾布等候调令的六年时间里,他竟爱上了养女张氏。六年后,曾布被调回汴京,竟没有带魏玩,而是带着养女张氏来到京城。

曾布回京后,加入新党,全力支持王安石变法。王安石变法受阻时,曾布便建议宋神宗使用"威刑",杀上一批胆敢阻拦新法的人,可见,其为人比较狠,手段残忍。

王安石被罢相后,曾布因与吕惠卿不合,被贬为饶州知州,后又出任潭州知州、广州知州、桂州知州、秦州知州、蔡州知州、庆州知州等,前后约十二年。在这十多年间,曾布一直未带着魏玩。

魏玩对曾布又爱又恨,其现存词十四首,大多是写对丈夫的思念,渴望他早点回来。这首《江城子》,就是魏玩在南丰时所写,表达了对丈夫长久不归的怨恨。

宋哲宗亲政后,新党重新执政,曾布再次被召回京城。后来,章惇为宰相,曾布为副相。一日,宫中查出一桩诅咒宠妃刘婕妤的案子,宋哲宗让执政审理此案。执法官认为不应判处死刑,重重地打一顿即可。可曾布极力主张死刑,于是处死了三个宫人。众人都觉得曾布心狠手辣,非常害怕曾布。

宋哲宗去世,因其无子,新皇帝只能在其兄弟中选拔。向太后便召见章惇、曾布等人商议。向太后想立端王赵佶,章惇不同意,对向太后说:"端王轻佻,不可以君临天下。"曾布察言观色,为了讨好向太后,竟厉声呵斥道:"章惇,听太后的!"向太后见曾布支持自己,便立端王赵佶为帝,是为宋徽宗。

宋徽宗继位后,便放逐了章惇,拜曾布为相。曾布这个时候,才将魏玩接到了汴京。但没过多久,魏玩就在汴京去世了。而颇为讽刺的是,朝廷因魏玩能恪守封建伦理道德,封其"道国夫人""瀛国夫人""鲁国夫人"等多种名号,时人及后人称其为"魏夫人"。魏玩的一生,幸还是不幸,大概只有她最清楚吧!

## 第 26 夜　韩缜·凤箫吟

　　锁离愁，连绵无际，来时陌上初熏。绣帏人念远，暗垂珠露，泣送征轮。长亭长在眼，更重重、远水孤云。但望极楼高，尽日目断王孙。

　　消魂。池塘别后，曾行处，绿妒轻裙。恁时携素手，乱花飞絮里，缓步香茵。朱颜空自改，向年年、芳意长新。遍绿野，嬉游醉眠，莫负青春。

韩缜,字玉汝,河北灵寿人。韩缜是韩亿的儿子,韩绛的弟弟。北宋不仅有"三苏"(苏洵、苏轼、苏辙),更有"三韩"(韩亿、韩绛、韩缜)。三韩先后出任宰相之职,韩亿是宋仁宗时期的宰相,韩绛是宋神宗时期的宰相,韩缜是宋哲宗时期的宰相。

可令人惊讶的是,韩家并非官宦世家。韩亿小时候,家里十分穷,以至于没钱买纸写字。在他们村庄前,有一块大石头,韩亿就在上面学写字,晚上再用水洗掉。天天如此,从不懈怠,要是碰到下雨天或烈日天,韩亿就在头顶撑一把破伞,仍勤学不辍。后来,韩亿考中进士,并娶了宰相王旦的女儿为妻。韩亿为官方正,宽于待人。曾出使契丹,不辱使命。范仲淹对他十分欣赏。

韩缜是韩亿的第六个儿子。韩缜为人,十分严苛。出任秦州知州时,有一天晚上,他和部下喝酒。喝完酒后,手下傅勍因喝醉了酒,竟迷迷糊糊地跟随着韩缜,走进了内宅,撞上了他的侍妾。韩缜顿时大怒,便命令军校用铁杖,将傅勍活活地打死了。傅勍的妻子闻讯,十分悲痛,便拿着血衣,到京城擂登闻鼓,声泪俱下地控诉韩缜的暴行。韩缜也因此被降职。秦州人在其任职期间,都十分害怕韩缜,常常说:"宁逢乳虎,莫逢玉汝。"

据说,韩缜十分喜欢吃驴肠,也常用驴肠招待客人,可做驴肠的过程十分残忍。驴肠要脆、滑,火候十分关键,煮的时间长就烂了,火候稍微不到,又太坚韧,没法下嘴。因此,厨师常常在后院绑上几头驴,听到里面开始斟酒,就一刀下去,刺开驴的肚子,取出驴肠,洗干净,放在热汤里快速地烫一下,连忙取出,然后调上五味香料,这才恭恭敬敬地端上去。厨师每次做驴肠都害怕极了,担心自己没有做好被韩缜活活打死。因此,每次驴肠被端进去后,厨师就拿着纸钱,从门缝窥视,等见到里面的客人吃完,放下筷子,没有说话,这才焚烧纸钱撒向空中,庆祝自己渡过难关。后来,有个客人上厕所时,看见后院绑着几头驴在柱子旁嘶叫,走近一看,它们全都被剜了肠子,鲜血淋淋,场面十分血腥。那客人看后,毛骨悚然,顿时恶心不已,自此再也不吃驴肠了!

韩缜尽管十分严酷,但做事严谨,颇得宋神宗信赖。熙宁七年(1074),辽国派萧禧来议定辽宋边界,宋神宗便派韩缜去和辽国谈判,却无果而归。几年后,辽国又派萧禧来催促划界,宋神宗便派韩缜再次出使辽国。

临行前,韩缜的家姬刘氏依依不舍,作了一首《蝶恋花》,为韩缜送行。其词曰:"香作风光浓着露。正恁双栖,又遭分飞去。密诉东君应不许。泪波一洒奴衷素。"(今仅存半首,不知是上阕还是下阕。)谁料,刘氏的词,很快就传到宋神宗那里。宋神宗读后,觉得是自己拆散了人家"双栖"鸟,于心不忍,但又不愿再换别人,便命步军司派兵前去追赶,慰问一下韩缜。

韩缜不知来人因何而来,问过之后,才知事因爱姬刘氏的那首词而起。韩缜听后,感慨万千,便以爱姬刘氏的口吻,回赠了一首词,即这首伤感的《凤箫吟》。

韩缜的这首词,也很快传遍大江南北,备受闺中侍妾们的喜爱。韩缜出使辽国,最终完成了宋辽边界划分的谈判。回国后,宋神宗赏赐他袭衣、金带,并任命他为枢密都承旨。宋哲宗继位后,韩缜被任命为宰相。但没过多久,苏辙等人就弹劾韩缜,说他在宋辽划界时,私自向辽国割地六百里,边地之人对他恨之入骨。这次划界,实在有辱国格,韩缜简直就是一个大卖国贼,兼之其才鄙望轻,德不配位,难以担当宰相之重任,请皇帝立即将其罢免。宋哲宗不得已,只好罢免了他。大约过了十年,韩缜便死了。

## 第27夜　王安石·桂枝香

　　登临送目，正故国晚秋，天气初肃。千里澄江似练，翠峰如簇。归帆去棹残阳里，背西风，酒旗斜矗。彩舟云淡，星河鹭起，画图难足。

　　念往昔，繁华竞逐，叹门外楼头，悲恨相续。千古凭高对此，谩嗟荣辱。六朝旧事随流水，但寒烟衰草凝绿。至今商女，时时犹唱，后庭遗曲。

　　王安石,字介甫,江西临川人。王安石出生时,其母见一只
獾跑了进来,便为他取小名"獾儿"。后来,道士李士宁给王安石
相面,竟惊呼他是"神狐"降世。其父王益听了,十分不悦。王益
对一切怪力乱神的东西,都嗤之以鼻。在其任韶州知州时,韶州
的属县翁源发生了虎患。王益责令县令捕虎。谁知,那县令竟
糊弄王益,献上了五只老虎头,说老虎听到王益镇守韶州,害怕
得要死,于是相约集体跳崖自杀了。县令还奉上了一篇歌颂王
益美德的长文。王益看罢,火冒三丈,当即将颂文扔到地上,还
把那县令叫来,狠狠地痛骂了一顿。

　　王安石少年时期,喜欢诗赋,立志以诗赋博取高官,很不把
孔孟放在眼里。可在其十五岁那年,广南之地的少数民族造反,
西北的元昊竟悍然进攻北宋,王安石听闻,很为国家与朝廷的命
运担忧。于是,他改变了志向,决心以孔孟为师,将天下安危之
重任担在自己肩上。他的父亲王益死后,家道一度中落,日子十
分艰难,一家人常常以吃野菜为生,但王安石并不以此为苦,而
是更加刻苦读书,立学不倦。

　　二十二岁时,王安石考中了进士,并与新科进士一起拜见枢
密使晏殊。晏殊与王安石都是江西人,而且晏殊的侄子还娶了
王安石夫人的堂妹。因为这层亲戚关系,晏殊对王安石特别照
顾,但王安石对此却毫不知觉。

　　一次,晏殊大宴宾客,也请了王安石。王安石来后,就毫不
客气地坐在晏殊旁边,然后默不作声地吃着饭。宴席上,晏殊大
声地夸赞王安石,他听着,也只是默默地点了点头,并无一点谦
逊之色。宴席结束后,晏殊送走了其他客人,就语重心长地对王

安石说:"送你两句话,'能容于物,物亦容矣',这样你才能在官场上立足。"王安石觉得晏殊世故,竟教自己世俗的礼节,心里很是鄙薄晏殊的人格,没说一句话就走了。此后,他与晏殊再无深交。

王安石中进士后,被任命为淮南节度判官。过了两年,韩琦因"庆历新政"失败,被贬为淮南节度使,王安石便成了韩琦的部下。王安石做官后,仍读书不辍,每天晚上常常读书到天亮,只稍微睡一会儿,就头发乱蓬蓬、连洗漱都没来得及地到府上应差。韩琦见王安石这等形容,以为他晚上喝酒胡逛去了,便说:"你是年轻人,可要上进啊,千万不要废弃了读书!"王安石听了,默不作声,回去就对人说:"韩公不知我心。"

在淮南节度判官任满后,王安石放弃了入职馆阁的机会,调任为鄞县知县。在鄞县,王安石贷谷与民,立息以偿,初步实施他此后变法时颁布的"青苗法",成效显著。鄞县任满后,王安石任舒州通判。宰相文彦博向宋仁宗推荐了他,说王安石淡泊名利,是个好官,应该重用。可王安石却恳请宰相不要越级提拔,以免激起要官、跑官之风。舒州任满后,欧阳修举荐他为谏官,也被推辞,朝廷便任命他为群牧判官。这虽为京官,却是一个闲职,王安石觉得十分痛苦,就再次恳求外放。不得已,朝廷只好派他出任常州知州,后来,又做了江南东路刑狱。

公元 1058 年,王安石被任命为三司度支判官,管理全国粮赋财政。这是一个肥差,但王安石志不在为自己捞多少好处。第二年春天,他赴京任职,并把自己多年的思考写成一份《上仁宗皇帝言事书》,详尽地陈述了自己的改革思想,但宋仁宗并未采纳。

　　此后，朝廷多次委任他馆阁之职，他都婉言谢绝了。朝廷又命他与人同修《起居注》，他以自己才能不够谢绝。谁知，官吏直接上门，将委任书放在王安石手中，他一看是委任书，立马将它归还给那官吏，转身走了。那官吏不死心，跟着王安石就拜，王安石被逼得无处可藏，竟躲到厕所里。那官吏无奈之下，将委任书放在桌子上就走了。王安石从厕所出来后，见到桌上的委任书，连忙追上前将它还了回去。就这样，王安石又推辞了八九次，才接受编修《起居注》。

　　后来，王安石的母亲去世，他只好回江宁守丧。守丧期满，此时在位的宋英宗多次召他进京，王安石皆以生病为由，拒绝入朝，一直待在江宁。

　　在江宁期间，王安石聚徒讲学，把自己多年的政治思考一一传授给学生。讲学期间，他曾多次与生徒登临金陵名胜，写了许多缅怀六朝的诗词。其中，以这首《桂枝香》最负盛名。

## 第 28 夜　王安石·菩萨蛮

　　数间茅屋闲临水,窄衫短帽垂杨里。花似去年红,吹开一夜风。

　　柳梢新月偃,午醉醒来晚。何物最关情,黄鹂三两声。

宋神宗在做太子时,就对王安石十分倾慕,尤其对其屡官屡退的传奇故事,颇为好奇。公元 1067 年,宋神宗继位。他先任命王安石为江宁知府,随后,又授王安石为翰林院学士,命其即刻进京。

王安石进京后,受到宋神宗多次召见。王安石提出,治国之道在于改革,并陈述了自己详细的改革方案。宋神宗看后,十分认同,便任命王安石为参知政事,全面推行变法。但变法之初,就遭到如苏轼、司马光、吕公著、程颐等人的反对。王安石执意改革,遂放逐或排挤掉了这些反对者,并提拔吕惠卿、章惇、蔡确等人,共同推行改革。

在变法期间,朝堂内外流传着很多关于王安石的笑话。人们都说,王安石长年不洗澡,整天蓬头垢面,衣服就是破了,也不拿去缝补、洗刷,远远望去,像是一个鬼,走进一看,哦,原来是当朝副宰相王安石。有一次,他在朝堂上和宋神宗谈事。忽然,一只虱子从他的胡子里爬了出来,宋神宗看到,忍不住笑了。下朝之后,王安石不明白皇帝为什么发笑,就问同僚王珪。王珪告诉他,你的胡子里有虱子。王安石顿时急得用手去抓,王珪却笑道:"抓不得,抓不得,这只虱子可了不得啊,皇帝的眼睛欣赏过,还在宰相的胡子里游玩过,天底下绝无仅有,怎么能随便抓走呢?"

人们还说,王安石吃饭也心不在焉。一次,有人请王安石吃饭。王安石闷着头,只顾吃饭,一句话也不说,吃完就走了。后来,那人就说王安石喜欢吃獐脯肉。王安石的妻子吴氏疑心道:"王安石平时吃饭不挑啊,怎么当日会独独嗜好此物?"于是,她找来那人，问："你怎么知道王安石喜欢吃獐脯肉？"那人答道："他吃饭时，别的一概不吃，就独独将一盘子獐脯肉吃光。"吴氏问："那肉放在何处？"答："就在他筷子近处。"吴氏说："你明日在他筷子近处，放一盘别的食物看看。"第二天，王安石果然只把近处的食物吃光，而獐脯肉则被冷落了。

王安石的变法，因为他急躁冒进、用人不当，效果大打折扣，就连身居后宫的曹太皇太后、高太后都很是反对。她们频频向宋神宗施压，要求废除新法，罢免王安石。宋神宗也动摇了，最后只能罢免了王安石的宰相之位。王安石被罢相后，吕惠卿出任参知政事，继续推行新法。但吕惠卿乃小人，他担心王安石再次回朝，夺了他的大权，就设法阻止王安石再执政。宋神宗察觉后，就罢免了吕惠卿，再次拜王安石为宰相。但王安石因长子王雱的突然病逝，伤痛欲绝，于当年十月，辞去相位，回江宁养老了。

在江宁，王安石心灰意懒，四处寻山问水。他经常骑着一头驴，由一个士卒牵着。士卒问王安石去哪里，他则说："如果你走在前面，就听你的；如果驴子走在前面，就听驴子的。"到了吃饭的时候，王安石取出烧饼自己先吃，吃剩的，就交给士卒，士卒再吃剩的，就给驴子吃。这首《菩萨蛮》，大约就是王安石闲居江宁时写的。

王安石晚年，抛弃了孔孟，开始信佛。他回江宁时，还修建了一座半山堂，到后来，他觉得这些身外之物都是累赘，就将半山堂捐给了寺庙，接着把自己在上元县的田地捐给了蒋山的太平兴国寺。最后，他捐房、捐地、捐钱、捐衣服，将自己捐得一干二净，以至于一家人连住的地方也没有，只好在城中租了一间很小的房子。不久，王安石病逝，享年六十六岁。

## 第 29 夜　王雱·眼儿媚

杨柳丝丝弄轻柔,烟缕织成愁。海棠未雨,梨花先雪,一半春休。

而今往事难重省,归梦绕秦楼。相思只在:丁香枝上,豆蔻梢头。

王雱,字元泽,是王安石的长子。王雱小时候,十分聪明。据说,有一位客人送来一只獐和一只鹿。客人问王雱:"哪个是獐?哪个是鹿?"王雱没见过獐与鹿,看了半天,便说:"獐的旁边是鹿,鹿的旁边是獐。"客人听了,赞叹不已。

十三岁时,王雱听父亲与人谈论吐蕃之事,就评论道:"吐蕃可招抚,不然,让西夏得到了,那就使敌人更加强大,而我国边境之患更加严峻了!"王安石听了,觉得大儿子很像少年时的自己,就愈发喜欢他。二十四岁时,王雱考中进士。随后,朝廷命他为旌德县尉。谁料,王雱嫌官小,竟当场拒绝了,说:"我王雱气豪,睥睨一世,做不了小官!"

于是,他便转而著述,竟作策论三十篇,将天下大事一一论述。接着,他还写了《老子训传》《佛书义解》,每本书也都有数万字。

王安石做宰相时,王雱对他说:"我虽然不能参与政事,但可为帝王讲经论史啊!"王安石听了,觉得有道理,就让人刊印了王雱的策论,在市面上流通。接着,曾布等人就在宋神宗面前极力推荐王雱,说他们读了王雱的策论,都觉得此人十分了得。于是,宋神宗召见了王雱。王雱在宋神宗面前,纵论天下大事,毫不胆怯。宋神宗见王雱真乃天纵之英才,就任命他为太子中允、崇政殿说书,并命他注疏《诗经》《尚书》。王雱觉得皇帝对自己颇为赏识,便心无旁骛,专心著述,而此时,王雱年仅三十岁。待这两本书注完后,王雱就将其献给了宋神宗。宋神宗看后,赞不绝口,提拔他为龙图阁学士。

但谁料，王雱可能用力过度，竟然生病了。传说，一日盛暑，王安石正与程颐讨论变法之事，忽然见王雱蓬头垢面，光着脚，手里拿着女人的衣冠出来了。王雱问父亲与人谈论何事。王安石说："新法屡次遭人反对，正和程君商议怎么办。"王雱说："这有什么好商量的，直接把韩琦、富弼的头砍下来，新法就自然推行开了！"王安石连忙说："我儿想法不对。"程颐也正色说道："我和你父亲讨论国家大事，你一个年轻人，胡掺和啥呢？请退下。"王雱听罢，闷闷不乐地走了。

此后，王雱的病更严重了。魏泰《东轩笔录》中说，王雱经常出现幻觉，总觉得儿子不像自己。于是，他整日拿着一把刀，嚷嚷着要把儿子杀了。可怜那孩子，竟被王雱手中的刀，活活地吓死了。接着，他整天和妻子吵架，闹得鸡犬不宁，人神不安。为此王安石很是烦闷，但念在儿媳妇并无过错，王安石便找了一个好人家，将她改嫁了（一说魏泰所记实为王安石次子王旁之妻改嫁一事）。

这首《眼儿媚》，就是王雱在与妻子分离后，想念她时所作的。

后来，王雱得了足疡，走不了路，又因长期卧病在床，背上生了一个毒疮，最后，背疽毒发，竟不治而亡。死时，王雱才三十三岁。

## 第 30 夜　孙洙·菩萨蛮

　　楼头尚有三通鼓,何须抵死催人去?上马苦匆匆,琵琶曲未终。

　　回头凝望处,那更廉纤雨。漫道玉为堂,玉堂今夜长。

孙洙,字巨源,扬州人。与清代编选《唐诗三百首》的蘅塘退士同名同姓。宋朝这位孙洙的父亲孙锡,十九岁就考中了进士,曾任杭州仁和县令、舒州知州等官职。其为官以仁爱为本,深得民心。任舒州知州时,孙锡曾开常平、广惠仓,救济附近被流放的人。这些流放犯感恩戴德,花钱买香,在知府门前大声地祷告上天保佑孙公。后来,孙锡舒州任满,舒州百姓竟把城门关上,不让孙锡离去。孙锡无奈,只好在天黑之后,趁着夜色悄悄地离开。

孙洙和父亲一样,也在十九岁时,就考中了进士。考中进士后,孙洙先是在秀州任司法参军,接着出任杭州於潜县令。二十七岁时,他上策论五十篇,遍论天下大事。宰相韩琦读后,叹息道:"恸哭流涕,极论天下事,今之贾谊也。"于是,经韩琦推荐,孙洙出任馆阁编校书籍官,随后升为馆阁校勘。

在馆阁任职时,孙洙有一个同事,也姓孙,名觉。和孙洙一样,孙觉也长着美髯须。一日,一名小吏给孙觉送来一瓶墨汁。孙觉感到莫名其妙,就留下了。谁知,这是刘颁送给孙洙的,被小吏误会,送到孙觉这儿了。孙洙没收到墨汁,就责备了刘颁。刘颁说:"已经送去了,怎么没收到?"于是,刘颁问那小吏,才知送错了。小吏辩解道:"两人都姓刘,都长着美髯须,让我怎么分辨呢?"刘颁说:"怎么不以身材分辨呢? 孙觉壮实,孙洙瘦小,总可以分辨出来吧!"那小吏连忙应诺。于是,馆阁人便称孙觉为"大胡孙学士",称孙洙为"小胡孙学士"。

孙洙在馆阁任职时,与苏轼关系十分友善。苏轼的从表兄文同赴陵州任职时,孙洙送给他一块大砚,苏轼为之作了一篇砚铭。王安石变法时,苏轼与孙洙同时被贬。苏轼被贬为杭州知州,孙洙被贬为海州知州。两人依依不舍,相约在扬州见面。后来,孙洙在海州任满,两人又结伴而行,同游扬州。

孙洙回到汴京后,先是在三班院任职,后因其文章深得宋神宗赏识,被提拔为翰林院学士。在汴京,孙洙与太尉李端愿交好。李端愿刚娶了一个小妾,那女子不仅长得秀丽,还十分擅长弹奏琵琶。孙洙竟为之着迷,常去李端愿家喝酒。

一日,宋神宗召孙洙起草诏书。宣召者来到孙洙家,竟找不到人。家人急忙出去寻找,最后才发现孙洙在李端愿家。孙洙正在一边饮酒,一边欣赏李端愿的小妾弹奏琵琶。听到宣召后,孙洙老大不愿意,但也不敢违抗圣旨,只好悻悻起身,回翰林院将诏书写好。写完诏书,孙洙仍心有不满,就写了一首词。第二天早晨,他让人把词给李端愿送去。

过了些日子,孙洙又去李端愿家。谁料,他竟在李家感染了疾病,而且病得越来越重,最后竟变成了风瘫。宋神宗听说了,多次派太医为其治疗。宋神宗特别欣赏孙洙的文采,正准备提拔他为宰相,谁料,孙洙却于第二年(1079)五月病逝了,终年四十九岁。孙洙死后,宋神宗十分惋惜,便恩赐其家人五十万钱。

# 第 31 夜　萧观音·回心院

扫深殿,闭久金铺暗。游丝络网尘作堆,积岁青苔厚阶面。扫深殿,待君宴。(其一)

拂象床,凭梦借高唐。敲坏半边知妾卧,恰当天处少辉光。拂象床,待君王。(其二)

换香枕,一半无云锦。为是秋来展转多,更有双双泪痕渗。换香枕,待君寝。(其三)

铺翠被,羞杀鸳鸯对。犹忆当时叫合欢,而今独覆相思块。铺翠被,待君睡。(其四)

萧观音，契丹人，辽国第一女才子。萧观音是辽国大将萧惠与耶律氏的女儿。萧惠是耶律氏的舅舅，也就是说，萧惠娶了自己的外甥女。

传说，耶律氏在怀萧观音时，梦见月亮掉在自己怀里。过了一会儿，太阳出来了，光芒灿烂，刺得人眼睛都睁不开。当太阳升到半空时，忽然一只天狗跳了出来，把那太阳吃掉了。耶律氏吓了一大跳，惊醒过来。不久，她生下萧观音，还将这个梦告诉了萧惠。萧惠说："此女将来必然大贵，但不能善终。况且她是五日（端午）生的，很不吉利。唉，命里如此，又能怎么办呢？"因为辽国崇拜佛教，人们常将儿女生下后，许给寺庙。耶律氏为了辟邪，便将女儿许给了寺庙，小字"观音"。

萧观音自幼聪慧，擅长诗文，博通经史，还能自制歌词，尤其擅长弹奏琵琶。更为众人惊叹的是，她的姿容，冠绝古今，在契丹皇室里无人可比，就连那辽史中著名的萧太后（萧燕燕），也比她逊色三分。十四岁时，萧观音嫁给了辽兴宗的儿子耶律洪基，按辈分上讲，也就是嫁给了比她大十二岁的侄子。

两年后，辽兴宗去世，耶律洪基继位，为辽道宗，封萧观音为皇后。辽道宗喜好狩猎。一日，辽道宗狩猎秋山，萧观音率领众嫔妃，前往伏虎林观看。辽道宗兴致很高，便命萧观音赋诗。萧观音随口吟道："威风万里压南邦，东去能翻鸭绿江。灵怪大千都破胆，那教猛虎不投降。"辽道宗看后，大喜，说："皇后可谓女中才子。"第二天，辽道宗亲自带着弓箭射猎，忽然一只猛虎从林中奔出，辽道宗说："我要一箭射中老虎，这才不负皇后的诗。"说完，辽道宗拉弓射箭，一箭正中猛虎的咽喉。群臣见了，齐声叫好。

又过了三年，萧观音生下儿子耶律浚。可是很快，辽道宗的叔叔耶律重元发动政变，企图夺取皇位。耶律重元和他哥哥辽兴宗十分要好，辽兴宗曾在醉酒后，戏言死后要将皇位传给弟弟，但后来却将皇位传给了自己的儿子，这让耶律重元心中十分不满。辽道宗为了缓和与叔叔的关系，便封耶律重元为天下兵马大元帅。但耶律重元并不满足。清宁九年(1063)，耶律重元父子趁辽道宗去滦河太子山狩猎，突然发动叛乱，包围了行宫。赵王耶律乙辛等人，奋力反击，击溃了耶律重元的叛军。后来，耶律重元父子等人被剿灭。耶律乙辛因护驾有功，被加官晋爵，很快权倾一时，渐露夺权篡位之心。

可辽道宗却一点也没察觉，整日沉迷于狩猎活动。他有一匹良马，名曰"飞电"，能瞬息百里。他骑上马不一会儿就跑进深山密林中，消失得无影无踪，跟从的人，常常不知道去哪里找他。萧观音十分担心丈夫的安危，便谏言他不要跑得那么快，最好是戒掉狩猎的爱好。谁知，辽道宗最不喜欢别人说道自己，口上虽然应了，心里却开始疏远萧观音。

萧观音见丈夫逐渐离她远去，十分伤心，便自创词牌，写了一组《回心院》词，期望丈夫看到后，能回心转意，与她和好如初。这组词共十首，今录了前四首。

萧观音写好这组《回心院》，便命皇宫里的伶工将它演奏出来，可只有伶官赵惟一能够演奏。于是，萧观音便召见赵惟一，让他在内宫教自己弹奏这组词。

　　宫婢单登也想演奏《回心院》，只可惜，她技艺浅陋，根本弹奏不出《回心院》里精妙的蕴涵。萧观音曾与她对弹二十八调，单登都不如皇后，因此，萧观音便没有让单登弹奏《回心院》。当时，辽道宗常召单登为他弹奏琵琶。萧观音劝谏道："单登是叛贼耶律重元的婢女。你要陪着她，万一她是女中豫让，哪一天来行刺你，到那时你后悔就晚了。千万不要让她到你跟前来。"辽道宗听了萧观音的话，就把单登遣送到别的院子。

　　为此，单登心中十分怨恨。于是，她便造谣萧观音与赵惟一私通。随后，她将谣言告诉了自己的妹妹清子。清子是耶律乙辛的情妇，便又告诉了耶律乙辛。

　　耶律乙辛得知后，如获至宝，但苦于没有证据，便让人模仿《回心院》，作《十香词》。《十香词》香艳无比，是十首只可在夫妻之间传阅的艳情诗。耶律乙辛让单登拿《十香词》给萧观音看，并教她说："《十香词》是宋国忒里蹇（皇后）所作。如果能让萧后抄写一遍，那就堪称'双绝'。"萧观音喜其辞藻华美，却不知中计，竟工工整整抄写了一份。写完之后，萧观音还意犹未尽，作《怀古诗》一首。其诗曰："宫中只数赵家妆，败雨残云误汉王。惟有知情一片月，曾窥飞燕入昭阳。"单登得到萧观音的笔墨后，十分兴奋，连忙拿给耶律乙辛。

　　耶律乙辛看后，便指使单登与清子的丈夫朱顶鹤到辽道宗面前，诬告萧观音与赵惟一私通，证据就是萧观音手书的《十香词》。随后，耶律乙辛向辽道宗上了一道密奏，大肆虚构了萧观音与赵惟一私通的种种细节。

辽道宗看后,怒火中烧,立刻召来萧观音对质。萧观音哭诉道:"我都做了皇后,已经是女人中最高位了,况且已算是儿孙满堂了,怎么会做有失国体的事呢?"辽道宗拿出《十香词》说:"这是你亲笔所写,你还有什么抵赖的?"萧观音说:"这是宋国忒里蹇所作,单登拿给我,我只不过抄写了一遍。何况我们国家不种桑,我又怎能写出蚕桑之事呢?"辽道宗说:"诗歌不妨以无为有,这词中说的合缝靴,虽是宋国的服饰,但你不是也穿着这种鞋子?"说完,他拿起铁骨朵朝萧观音打去,差点将她打死在地。

随后,辽道宗便命参知政事张孝杰与耶律乙辛,审问这件案子。耶律乙辛将赵惟一抓住,严刑拷打。赵惟一被屈打成招,竟承认自己与萧观音有私情。张孝杰兴奋不已,并将赵惟一的供词,呈给了辽道宗。

辽道宗看后,有些犹豫,指着萧观音的《怀古诗》说:"皇后的这首诗指责赵飞燕轻佻,她又何必写这俗艳的《十香词》?"张孝杰说:"《怀古诗》写的正是皇后对赵惟一的怀念。"辽道宗说:"何以见得?"张孝杰说:"其诗中'宫中只数赵家妆'有'赵'字,'惟有知情一片月'有'惟''一'两字,这不正是'赵惟一'吗?"辽道宗听罢,震怒不已,便命人将赵惟一一族全部诛杀,并命萧观音自尽。

皇太子耶律浚听说,连忙来到辽道宗面前,披发长哭,愿代替其母受死。但辽道宗不为所动。萧观音临死前,想见辽道宗一面,说上一句话,但仍被辽道宗驳回。萧观音心灰意冷,作了一首绝命词后,就在房内悬挂三尺白练,自尽而亡。辽道宗见萧观音已死,仍不解恨,命人剥光萧观音的衣服,用席子裹着送到其父萧惠家。皇太子耶律浚听闻母亲已死,倒地大哭,并声嘶力竭道:"杀吾母者,耶律乙辛也,他日我若不诛灭此贼,誓不为人子!"

耶律乙辛担心耶律浚复仇,便指使人诬告太子谋反。辽道宗竟昏了头,将耶律浚废为庶人,并囚于上京。不久,耶律乙辛派人在牢房里杀死了耶律浚。过了几年,辽道宗才逐渐觉察耶律乙辛的野心。

一日,辽道宗去北方视察,快到黑山的平淀时,他忽见许多官员都跟随在耶律乙辛后面,于是心生厌恶。回朝后,辽道宗便削去耶律乙辛的一字王爵,不久,又以耶律乙辛私卖禁物为由,将他逮捕,囚禁在来州。耶律乙辛见大势已去,准备越狱逃到宋朝,后被发觉,就被人勒死了。

1101 年,辽道宗去世,耶律浚的儿子耶律延禧继位。第二年,耶律延禧为其祖母萧观音平反,并将萧观音的遗体与辽道宗的合葬在庆陵。

## 第 32 夜　王观·卜算子　送鲍浩然之浙东

　　水是眼波横，山是眉峰聚。欲问行人去那边？眉眼盈盈处。

　　才始送春归，又送君归去。若到江南赶上春，千万和春住。

王观，字通叟，江苏如皋人。王观与高邮秦观，人称"二观"。秦观的父亲秦元化和王观是同学，因十分佩服王观的学识，就给自己的儿子也取名"观"。

王观的父亲王惟清，一生没做过官，但对儿子的教育十分上心。王惟清对同乡胡瑗的学问与人格，倾慕不已，便带着儿子王观、侄儿王觌，一起进入太学，跟随胡瑗学习。在太学，三人学习都很努力。但王观比较聪颖，二十二岁就考中进士；堂弟王觌其次，二十三岁时，考中进士；只有王惟清，考了一辈子，也没考中进士。

王观风趣幽默，经常和朋友开玩笑。他有一个好友，名叫陆子履，为人谨慎，很少开口表示赞成或反对。一日，王观卧病在床，陆子履去看望他。只见王观十分害冷，朋友来后，他坐在重重帘幕中间，还戴了一顶方帽子。陆子履笑道："这么一点小病，至于这样吗？真是'王三（王观排行第三）惜命'啊！"王观应声说道："'王三惜命'，哪比得上'陆七括囊'（闭口不语）呢？"时人听后，莫不大笑不已。

王观作词，也颇为风趣，用语诙谐，别出心裁。比如，他写春柳，说洛阳铜驼街上的柳最美，但在引人情思方面，不如梅，却胜过酒，这都是东风太偏心的缘故。（《木兰花令》）又如，他说人生百岁，活七十就了不得了，再去掉十年做小孩，十年做老头，也就五十年，可是，睡眠又占去一半，人这一辈子，其实就活二十五年。生命如此短促，还不赶紧及时行乐，"遇酒追朋笑傲"（《红芍药》），这才不枉在世上活了一遭！

这首《卜算子》是他在汴京任官期间,送好朋友鲍浩然去浙东时写的。这首词一反时人送别时凄凄惨惨、哭哭啼啼的做派,竟用开玩笑的方式送别了好友!

王观中进士后,先是做单州推官,后任扬州江都县令,因作《扬州赋》,深得宋神宗赏识,被赐绯衣银章,并被调回了汴京,出任大理寺丞。

王观晚年,开玩笑竟开到皇帝的头上,结果,触了霉头。某年过节,王观作了一首《清平乐》,献给皇帝。其词云:

黄金殿里,烛影双龙戏。劝得官家真个醉,进酒犹呼万岁。　　折旋舞彻伊州,君恩与整搔头。一夜御前宣住,六宫多少人愁。

这首词欢快喜庆,写皇帝与某嫔妃宴乐的情形,却惹得高太后十分生气。高太后认为王观的词言语轻浮,亵渎了皇室尊严,第二天,就将王观贬为永州编管。

王观被贬之后,也不生气,就给自己取了一个"逐客"的绰号,去了永州。后来,他在永州住了几年,就去世了。死时,大约五十岁。

## 第 33 夜　王诜·蝶恋花

小雨初晴回晚照，金翠楼台，倒影芙蓉沼。杨柳垂垂风袅袅。嫩荷无数青钿小。

似此园林无限好，流落归来，到了心情少。坐到黄昏人悄悄。更应添得朱颜老。

王诜，字晋卿，太原人。王诜是北宋开国大将王全斌的五世孙。王全斌曾领兵灭了后蜀。据说，王全斌在攻打后蜀时，正值深冬，汴京忽然下了大雪。赵匡胤见众官员都穿戴着紫貂裘帽，忽然想起王全斌，就感叹道："我们穿着这么厚的衣服，还都觉得冷，王全斌的军队在雪地里行军，不知怎么能忍受呢？"于是，赵匡胤解下自己的紫貂裘帽，命人快速送给王全斌。收到皇帝的紫貂裘帽，王全斌感动得直流眼泪，率军全力攻蜀，并俘虏了后蜀皇帝孟昶。

王诜的祖上，均为武将。但王诜小时候，一点也不喜欢舞枪弄棒，只喜欢画画、吟诗。他曾带着自己的文章，去见翰林学士郑獬。郑獬读了，赞叹道："你的文章，落笔有奇语，他日必成大器！"后来，王诜在宫廷担任侍卫时，因面容俊美，竟被宋英宗的二女儿偷偷看中。于是，十九岁时，王诜成了宋英宗的驸马。宋神宗继位后，王诜与公主成婚。宋神宗因十分疼爱自己的妹妹，赏赐了他们夫妇很多钱财，还为他们修建了一处豪宅。

王诜虽贵为驸马，却醉心艺术，喜欢和文人交往，尤其与苏轼关系亲密。他在自己豪宅东面修建了一个"宝绘堂"，专门收藏各种珍稀书画，并请苏轼为其撰写了一篇散文。后来，王诜听说了御史台要弹劾苏轼的消息，便偷偷告诉了苏轼的弟弟苏辙。苏辙闻讯，连忙命人火速赶到湖州，告知苏轼。后来，此事被泄露，宋神宗大怒，就夺去了王诜驸马都尉等官职，并将其逐出京城，贬为庆州刺史。

王诜被贬，公主十分伤心，随后生了一场大病。宋神宗听说自己心爱的妹妹病了，就前去探望。他问妹妹有什么需求，公主便说,请恢复王诜的官职,让他回汴京吧!宋神宗无奈,只好将王诜召回,并恢复了原本的官职。但谁料,一个月后,公主还是病逝了,享年三十岁。宋神宗闻讯,号啕大哭,几乎昏死在地。

公主下葬后,她的乳母就向宋神宗告发,说王诜在公主生病期间,恣意妄为,竟当着公主的面,与众婢女淫乱,并纵容婢女冲撞、辱骂公主。宋神宗听闻,震怒不已,再次将王诜逐出京城,贬为昭化军节度行军司马。

过了四五年,宋神宗去世,宋哲宗继位。王诜与苏轼等人,一起被朝廷召回。王诜回到汴京后,心情一直十分苦闷,便把主要精力放在书画创作与诗词写作上。元祐元年(1086)的某日,王诜喝醉了酒,忽然想起这七八年间的遭遇,悲伤不已。于是,便写了这首《蝶恋花》。

不久,宋哲宗恢复了他驸马都尉的官职。端王赵佶,即后来的宋徽宗,嗜好书画,与王诜兴趣相投,两人关系十分亲密。

一日,赵佶在大殿旁值班时,忽然一阵风吹乱了他的头发。他看见王诜就在旁边,就对王诜说:"姑夫,我今天出来忘带篦子刀,借一下你的篦子刀梳梳头发。"王诜便从腰间取了一把篦子刀,递给他。赵佶一看,这篦子刀甚是可爱,便夸赞了一番。王诜说:"我近日请人做了两副,一副还没用,过会儿让人给您送过去。"晚上,王诜便派高俅去送。高俅原是苏轼身边的小史,苏轼外调时本想把高俅推荐给曾布,可曾布以身边的史令已经很多为由,婉拒了苏轼,苏轼便把高俅送给了王诜。高俅到端王府时,赵佶正在踢蹴鞠,高俅便在一旁等候。忽然,蹴鞠滚到高俅身边,他抬脚一踢,十分漂亮地将蹴鞠踢了回去。赵佶一看,便让高俅与他一起蹴鞠。赵佶见高俅球技高超,十分高兴,便对下人说:"去告诉王诜,篦子刀与高俅,我都一并收下了。"

后来,宋哲宗去世,赵佶继位。王诜因与赵佶的特殊关系,一度春风得意,后来还出使过辽国,出任过定州观察使。大约七十岁,王诜病逝。

## 第34夜　苏轼·江城子

### 乙卯正月二十日夜记梦

十年生死两茫茫。不思量,自难忘。千里孤坟,无处话凄凉。纵使相逢应不识,尘满面,鬓如霜。

夜来幽梦忽还乡。小轩窗,正梳妆。相顾无言,惟有泪千行。料得年年肠断处,明月夜,短松冈。

苏轼,字子瞻,眉山人。其父苏洵才华超绝,桀骜不驯。据说,苏洵幼时不喜欢读书,整日游山玩水,四处游荡。直到二十五岁时,他才突然憬悟,开始发愤读书,并折节于时文,想考中进士。可不幸的是,他连考了数次,都铩羽而归。

后来,苏洵便把主要精力放在教育儿子身上。苏洵有三个儿子,长子早夭,苏轼与苏辙是他的次子与三子。他让儿子们读《春秋左氏传》,还让他们将《汉书》整整抄了两遍,并让他们悉心研读欧阳修的文章,学习欧阳修平实的文风,远离那些玩弄辞藻的怪风气。苏轼十多岁时,苏洵让他模仿欧阳修的文章,拟写一篇。苏轼写好后,苏洵一看,大为赞叹,说:"这样的文章,我儿将来肯定会用得上。"

在苏轼十七岁时,发生了一件可怕的事。他的姐姐苏八娘因在婆家遭到虐待,身染重病。苏八娘生病后,其婆家不予诊治,苏洵便将女儿接回家治疗。谁料,婆家竟以其长期不回家为由,硬生生地从苏八娘怀里夺走她的幼子。苏八娘见幼子被夺,忧惧不已,坐在床上大声哭泣。三日后,苏八娘病逝,年仅十八岁。苏洵伤痛欲绝,恨透了女儿的婆家。于是,他借着编修《苏氏族谱》的机会,当着苏氏族人的面,怒斥了女儿的婆家:"某人,猪狗也,寡廉鲜耻,道德沦丧,贪婪恶毒,好色淫荡,是咱们乡里的大盗,是我们亲戚里的耻辱。我现在正告族人,今后凡是和某人有来往的,请不要再上我家的门。"

苏轼的姐姐去世后一年,苏轼十八岁了。这一年,苏洵决心给苏轼娶亲。据说,消息传开后,当地很多人都想把女儿嫁给苏轼。

　　眉山青神县乡贡进士王方也想把女儿王弗嫁给苏轼。当时，王方在青神县中岩书院执教，苏轼在其门下受教。传说，一日，中岩寺住持来访书院。王方便带着学生，陪这位住持四处游玩。他们走着走着，来到一处池塘。这个池塘颇为奇妙，只要用手一拍，池中的鱼儿便应声游来。中岩寺住持想给池塘取个名字，王方便让学生们每人想一个。众人说了许多，王方都说不好，待苏轼说出"唤鱼池"时，众人一致喝彩。更为奇妙的是，王方让女儿王弗为此池取名，她竟与苏轼不谋而合，在纸上写的也是"唤鱼池"三个字。

　　苏轼十九岁那年，娶了十六岁的王弗为妻。王弗性格柔顺，十分崇拜苏轼。苏轼读书时，她常常坐在苏轼旁边，终日不去，有依恋之意。过了两年，苏轼随父亲、弟弟进京赶考，王弗更是眷恋不已，只求苏轼早日归来。

　　在汴京，苏轼与苏辙大放异彩。兄弟俩同时考中进士，喜得宋仁宗回到后宫对皇后说："我今日为子孙得了两个太平宰相！"当年的主考官是欧阳修，策论的题目是《刑赏忠厚之至论》。欧阳修看了苏轼的策论，大为赞叹，怀疑是自己的门生曾巩所作，担心遭人物议，便将这份试卷列为第二名。后来，苏轼写了谢书，并去拜访欧阳修。欧阳修便问苏轼："你的策论《刑赏忠厚之至论》中说'皋陶曰杀之三，尧曰宥之三'，不知见于何书？"苏轼说："我想当然的，何必有出处？"欧阳修十分欣赏苏轼的豪迈之气，就对梅尧臣说："这个人可谓善读书啊！他日必以文章独步天下。"

　　不幸的是，苏轼的母亲程氏在这一年(1057)病故了。苏轼闻讯,连忙与其弟苏辙回家奔丧。三年后,守丧期满,苏轼带着妻子王弗再次来到京城。朝廷命苏轼为河南府福昌县主簿。但苏轼嫌这个官太小,就没有赴任,而是参加了吏部的制科考试,并一举高中,随后便被任命为凤翔府签判。

苏轼在凤翔初次任官,常常口无遮拦。王弗十分担心,便站在屏风后面倾听。苏轼回屋后,王弗就说:"那个人首鼠两端,只会揣摩你的意思迎合你,你何必和他多说话呢?"有人来和苏轼套近乎,王弗就会在苏轼耳边说:"速来的友情,来得快,去得也快,你可要提防这人啊!"苏轼总当耳旁风,可过了不久,竟都被王弗一一说中。

后来,苏轼在凤翔任满,便回到汴京,通过学士院考试,被任命为直史馆。谁料,王弗竟在这年(1065)五月亡故了。苏轼悲痛不已,便将妻子的灵柩,停放在京郊附近。第二年,他的父亲苏洵也不幸病逝。苏轼便与苏辙,带着王弗的灵柩与父亲的灵柩,沿着水路,返回了眉山,并把他们都葬在祖茔里。

王弗去世后,苏轼仍不能忘情于她。三年后,苏轼娶了王弗的堂妹王闰之,大约因王闰之在容貌与气质上,与王弗颇为相似。十年后,苏轼在密州任职,他竟在这年正月二十日,梦见了王弗。苏轼感慨万千,便写下了这首感伤的悼亡词《江城子》。

## 第 35 夜　苏轼·虞美人　有美堂赠述古

湖山信是东南美。一望弥千里。使君能得几回来？便使尊前醉倒、且徘徊。

沙河塘里灯初上。水调谁家唱？夜阑风静欲归时。惟有一江明月、碧琉璃。

苏轼为其父守丧三年，再次回到汴京时，已是熙宁二年（1069）了。此时，新登基的宋神宗十分信任王安石，全力支持王安石变法。苏轼则对王安石的变法，颇有非议。他多次上书反对变法，认为变法表面上是利民惠民，实际是与民争利，最后的结果，必将是置百姓于水深火热之中。

王安石十分生气，便指使他的亲戚谢景弹劾苏轼，妄称苏轼在丁忧之际，贩卖私盐。苏轼自感不安，请求外放。宋神宗考虑再三，同意了苏轼的请求，任命苏轼为杭州通判。于是，熙宁四年（1071）十一月，苏轼带着王闰之和儿子苏迈、苏迨，来到了杭州。

苏轼一到杭州，就喜欢上了这里。他觉得杭州简直就是自己的第二故乡。他对别人说，自己前世来过杭州，别人不信。一日，他与友人游寿星寺，忽然觉得十分眼熟，便对友人说："我以前从未来过这里，可觉得周围的东西，以前都见过。从这儿到忏堂，有九十二级。"有人去数了一下，果然是九十二级。苏轼当即对友人说："我前世就是此山的和尚。"苏轼到了寺庙内，就松开衣服，盘起腿来打坐，过了好久才离开。

但苏轼最喜欢的，还是杭州的湖光山色。他游西湖，第一个把西湖比作吴越美女西施，说西湖"淡妆浓抹总相宜"。他游凤凰山，坐在有美堂上，俯瞰西湖的美景，忽然，大暴雨来了，他突发奇想，竟说这是云神洒在谪仙李白脸上的水，好让他醒来，再写绝世好文章。他游钱塘湖，惊呼那弄潮儿，竟把生死踩在脚下，在浪花之中，手擎红旗，上下翻舞，唱着小曲，与江神逗乐。

苏轼任杭州通判时,杭州太守是陈襄。陈襄是北宋著名理学家,也因反对王安石变法,被排挤出京。苏轼与陈襄政治观点吻合,情趣也颇为相投。两人经常在政事之余,泛舟于西湖,诗词酬答。苏轼正是在这一时期,开始词的创作。

后来,陈襄在卸任前几日,在有美堂招待诸位幕僚。当时,月光如练,有美堂正前面就是钱塘江,后面就是西湖,山下有一条沙河塘,灯光点点,有人正在船上唱歌。此时此景,令人莫不伤感。陈襄听说苏轼最近开始填词,就让苏轼写一首词。苏轼慨然应诺,创作了这首《虞美人》。

送别了陈襄,很快苏轼在杭州的任职也期满了。因为苏辙在济南任职,苏轼便上奏朝廷,希望给他一个靠近济南的官。过了些时日,任命到达,他如愿以偿,出任密州知州。于是,他带着家人,依依不舍地离开了杭州,前往密州!

## 第36夜　苏轼·江城子　密州出猎

　　老夫聊发少年狂，左牵黄，右擎苍，锦帽貂裘，千骑卷平冈。为报倾城随太守，亲射虎，看孙郎。

　　酒酣胸胆尚开张，鬓微霜，又何妨！持节云中，何日遣冯唐？会挽雕弓如满月，西北望，射天狼。

苏轼去密州，本意是想顺路去济南看望一下弟弟苏辙。但谁料，冰雪封河，他乘船到了徐州，便走不动了。不得已，他只好走旱路，直接去了密州。

苏轼一到密州，就投入捕杀蝗虫的工作。密州干旱，每年都会发生蝗虫灾害。为了防患于未然，必须在开春之前，将蝗虫的幼仔，用火烧、土埋等办法，尽可能多地杀死。为此，苏轼和一帮农民整日在田间地头辛勤劳作。但第二年春天，蝗虫还是肆虐，禾苗被吃掉了大半，粮食歉收，十分田能收回三分，已经是较好的收成了。

因为蝗灾，密州及其周围一带饿殍遍野。百姓闹饥荒，他这个密州太守，生活也好不到哪里去。他再也不能像在杭州那样，整日与友人在一起宴饮了，就是求得一饱，也几乎是一件很奢侈的事。为了给自己打个牙祭，他竟率领手下沿着城墙，寻找荒废的园子，采杞菊吃。吃完之后，苏轼还摸着肚子，大笑着回来。

在这种穷困的日子中，苏轼感到十分苦闷。于是，他重读了《庄子》。读到《庄子·齐物论》时，他豁然顿悟：世间万物，何者为穷，何者为富，何者为美，何者为丑，皆相对而言。在如此短暂的一生中，何不随缘，穷了就过穷日子，富了就过富日子，超然物外，尽可能发现万物可观、可乐之处，岂不随处皆是快乐之物？

于是，苏轼命人打扫庭院，修整菜圃，砍伐树木，修补破败的官舍，还将一处废弃的台子修葺一新。苏辙在济南听说了，就将此台命名为"超然"。苏轼便作《超然台记》，说人生在世，唯有超然，方可无所往而不乐。何以超然？游于物之外，而不游于物之内,方可做到超然。其意就是说,人只有游于物外,不被万物所拘束,才会发现万物皆有可观、可喜、可乐、可赞之处,又何必非要追求所谓的"高、大、上"呢?

因密州多灾,苏轼便常去祭祀天地。有一年冬天,他在常山祭祀完毕,与幕僚们一起出去打猎。这一天,苏轼兴致勃发,自称"老夫"(其实苏轼当时只有四十岁),牵着猎狗,骑着高马,风一样在原野上撒欢。回来后,苏轼便写了这首著名的《江城子》。

可在密州,苏轼最想念的,还是他的弟弟苏辙。密州虽在济南附近,可他因为是一方大员,有守疆卫土之责,不可擅自离开。熙宁九年(1076),中秋之夜,苏轼在月下,喝了整整一晚上,醉了之后,就枕着月光睡了。第二天一早醒来,感慨万千,便写下了千古传唱的《水调歌头》(明月几时有)。

终于,苏轼密州任满,便决定去济南看望苏辙。可到了济南,苏轼才知道,他的弟弟回汴京述职去了。好在苏辙的家人都在济南,苏轼便和妻儿在弟弟家住了一段时间。约一个月后,苏轼的任命下来了,为徐州知州,苏轼只好南下。谁料,他竟在澶濮之间遇到弟弟。苏辙被任命为应天府判官,于是,兄弟俩结伴而行,一同去了徐州。

## 第37夜　苏轼·浣溪沙

徐门石潭谢雨,道上作五首。潭在城东二十里,常与泗水增减,清浊相应。

照日深红暖见鱼,连溪绿暗晚藏乌。黄童白叟聚睢盱。

麋鹿逢人虽未惯,猿猱闻鼓不须呼。归家说与采桑姑。(其一)

旋抹红妆看使君,三三五五棘篱门。相挨踏破茜罗裙。

老幼扶携收麦社,乌鸢翔舞赛神村。道逢醉叟卧黄昏。(其二)

麻叶层层苘叶光,谁家煮茧一村香。隔篱娇

语络丝娘。

垂白杖藜抬醉眼，捋青捣䴵软饥肠。问言豆叶几时黄。(其三)

簌簌衣巾落枣花，村南村北响缲车。牛衣古柳卖黄瓜。

酒困路长惟欲睡，日高人渴漫思茶。敲门试问野人家。(其四)

软草平莎过雨新，轻沙走马路无尘。何时收拾耦耕身。

日暖桑麻光似泼，风来蒿艾气如薰。使君元是此中人。(其五)

◎睢盱(huī xū)：质朴貌，一说喜悦貌。　◎苘(qǐng)：麻类植物，可制麻袋绳子等。　◎䴵(chǎo)：炒的米粉或面粉。

徐州是大郡，比起密州，自然是物产丰饶。可苏轼刚来不到三个月，黄河决堤，梁山泊满溢，南清河泛滥，洪水竟一下子涌进了徐州城。作为徐州太守，苏轼连忙调集民夫，加固城墙。而当地一些富人见城池被淹，竞相出奔。苏轼连忙命人强行拦住这些富人，并对他们说："你们一走，徐州的民心必将动摇。民心一旦动摇，我将和谁守城呢？你们赶紧回去，我在城在，决不会让洪水淹了我们徐州城。"

苏轼见民夫势单力薄，便亲自前往武卫营，对营中首领说："徐州城快被淹没了，情况紧急，虽然你们直接受皇帝统辖，但请帮帮我吧！"首领说："太守都亲自抗洪了，我们怎么能不去效力呢？"于是，武卫营的士兵们也拿起铁铲，一起在城东南修建了一座长堤，这才减轻了徐州城洪水的压力。

可暴雨连天，苏轼一点不敢懈怠。他披着雨衣，穿着草鞋，在城墙上搭了间草庐，亲自督促各级官吏，分段防守，并调集民夫、士卒，积极防洪。洪水肆虐了两三个月，随着雨势减弱，黄河回归故道，洪水才彻底退去。

为了防患于未然，苏轼上报朝廷，请求增筑徐州城。刚开始，苏轼提出用石头增筑，但因费用太高，朝廷没同意。后来，苏轼建议用木材加土的方式增筑城墙，朝廷这才同意，并拨了三万钱，予以支持。苏轼动用民夫七千多人，加固了城墙，并在东门修筑了一座大楼。因这座大楼主要用黄土刷墙，故名"黄楼"。黄楼建成之后，苏轼又请苏辙作赋，门生陈师道刻铭，记录此事。

洪水过后的第二年，徐州大旱。为了缓解旱情，苏轼听从当地长老的劝告,前去城东二十里处的石潭求雨。不久,果然天降甘霖。

初夏的某日,苏轼和几个随从带着供品,敲着鼓,又去石潭答谢龙王降雨。路上,苏轼一路观看,一路询问,并写下了这组记录农村风光的《浣溪沙》词。

苏轼在徐州,因为抗洪、治旱,政绩卓著,深得皇帝嘉奖。三年任满后,宋神宗便把他调到富裕的湖州出任知州。

## 第 38 夜　苏轼·卜算子
### 黄州定慧院寓居作

　　缺月挂疏桐,漏断人初静。谁见幽人独往来,缥缈孤鸿影。

　　惊起却回头,有恨无人省。拣尽寒枝不肯栖,寂寞沙洲冷。

苏轼抵达湖州住所，因循惯例，上交了一份《湖州谢上表》，以谢皇恩。谁料，正是这份谢表，为苏轼招致了一场飞来横祸。

御史中丞李定、监察御史里行舒亶、何正臣等人，因为攀附王安石，在王安石变法过程中得以升官。他们看到苏轼的表文中有"知其愚不适时，难以追陪新进；察其老不生事，或能牧养小民"等语句，便认定苏轼在讥讽他们，说他们是"新进"，是一群政治上的暴发户。于是，他们从苏轼的诗文里，搜罗了许多疑似攻击新政、谤讪皇帝的字句，上报给宋神宗。宋神宗看了李定等人的奏状，大为恼火，便命人将苏轼抓起来，交御史台审问。

苏轼得知后，立刻告假，由通判祖无颇全权代理湖州事务。太常博士皇甫僎到了之后，气势汹汹，吓得苏轼都不敢出来。祖无颇说："事已至此，也没有办法，请出来接见吧！"苏轼只好穿着官服，站在台阶下。皇甫僎又故意不说话，吓得众人也不敢言语。苏轼说："我冒犯了朝廷，肯定是死罪了，请让我与家人作别。"皇甫僎这才开口说："也不至于。"随后，皇甫僎将御史台的牒文交给祖无颇察看，并催促苏轼前行。这时，两个狱卒走了过来，像驱赶一只狗、拎起一只鸡一样，恶狠狠地将苏轼抓了起来。苏轼的妻儿见状，全都哭了起来。

苏轼在押解途中，唯恐因自己的事牵连到其他人，便想跳河自杀。但他想到自己一死，弟弟苏辙必然也会自尽，就没有从船上跳下去。苏轼被押到汴京，关进了御史台的大牢里。御史台旧称"乌台"，苏轼的诗案主要由御史台来审理，故此案也称"乌台诗案"。

李定等奸佞小人轮番逼供,反复辱骂,定要罗织一个攻击新法、诽谤皇帝的死罪,强加在苏轼头上。可审来审去,除了两三首苏轼自己供认是讽刺青苗法等的诗外,其他并无大碍,但李定等人,还是写了一份两万字的勘状,认定苏轼死罪难逃。

宋神宗看了这份似是而非的罪状,十分为难。这时,宰相吴充便问宋神宗:"您觉得曹操这个人怎么样?"宋神宗说:"不值一提。"吴充说:"皇上您以尧、舜为榜样,那曹操肯定不值一提。但曹操这样一个不值一提的人,都能容忍祢衡,您怎么就不能容忍一个苏轼呢?"宋神宗说:"我也没别的意思,只是召他过来,澄清是非,不久就会放了。"

宋神宗回到后宫,祖母曹后见他不高兴,便问原因。宋神宗说:"有个叫苏轼的,动不动写文章诽谤我。我很恼火。"曹后说:"莫不是苏轼、苏辙中的一个?"宋神宗说是。曹后说:"我记得仁宗皇帝某次策试举人回来,高兴地说:'我今日给我子孙得了两个宰相,一个是苏轼,一个是苏辙。'"曹后又问苏轼在哪里,宋神宗便说了诗案的经过。曹后又说:"因写诗而坐牢的,开国百年没有先例。我已经病了,不可再有冤屈之事发生,伤了中和之气。"话完大哭不已。宋神宗连忙说好。

但副宰相王珪却不依不饶,他又举苏轼《咏桧》诗句"根到九泉无曲处,世家惟有蛰龙出",对宋神宗说:"皇帝您是飞龙在天,苏轼不敬,竟敢自称蛰龙?"章惇在一旁,为苏轼开脱,说:"龙,并不为皇帝独享,人臣也可以称龙。"宋神宗也说:"上古称龙的人很多,如荀敷八兄弟人称荀八龙、诸葛亮自号卧龙,也都不是皇帝啊!"王珪听了,默不作声。退朝后,章惇质问王珪:"你这个老贼,是想诛灭苏轼一族吗?"王珪辩解道:"这都是舒亶让我说的。"章惇骂道:"狗东西,舒亶吐的唾沫,你也吃吗?"

后来,祖母曹后病重,宋神宗决定大赦天下,为曹后祈福。曹后说:"不要大赦天下,只要放了苏轼就够了。"宋神宗思量再三,这才命人将关了一百多天的苏轼从牢中放出,并发配到黄州,任团练副使,但不得签书公事。

苏轼到了黄州,十分凄惶。因为他的妻儿仍在湖州,他作为贬官,在黄州并无官所,只好暂时寓居在定慧院里。定慧院是一座古寺,在寺的东面长满了杂花,其中有一株长势甚好的海棠花,颇能慰藉苏轼漂泊的心境。

一天夜里,苏轼睡不着,就在院子里走动。忽然,一只孤单的飞雁在树枝间栖息,见到他后,竟惊慌失措,连忙飞到别的地方去了。苏轼觉得这只孤雁很像自己,大概遭受了惊吓,死里逃生,故而见人就怕,真是好不惶恐。苏轼有感于此,便写下这首《卜算子》。

## 第 39 夜　苏轼·定风波

三月七日,沙湖道中遇雨,雨具先去,同行皆狼狈,余独不觉。已而遂晴,故作此。

莫听穿林打叶声,何妨吟啸且徐行。竹杖芒鞋轻胜马,谁怕？一蓑烟雨任平生。

料峭春风吹酒醒,微冷,山头斜照却相迎。回首向来萧瑟处,归去,也无风雨也无晴。

　　苏轼在定慧院住了两三个月，他的家人也逐渐跟着过来了。一家子二十多口人，吃住一下子就成了问题。黄州太守徐君猷得知苏轼的困境，便让苏轼一家人住进了官府的水上驿站临皋亭。住下之后，苏轼因为没有了官俸，只好节俭度日，计划每日用度不得超过一百五十钱。每月的第一天，他取出四千五百钱，将其分成三十份，悬挂在房梁上。每天早晨，苏轼用木叉子取下一份，供当日使用，然后忙把叉子藏起来，唯恐今日再多用一份。当日没用完的钱，苏轼就扔进一个竹筒里，以待宾客到访时使用。苏轼就这样精打细算，支撑了一段时间。

　　但到了第二年，日子越来越窘迫了，他便想种点粮食，养活家人。好友马正卿听说后，便四处奔走，最终为苏轼争取到了一块五十多亩的土地。这里原为军队土地，现已荒废不堪，全是瓦砾与杂草。

　　苏轼得到这块荒地后，如获至宝，便领着家人开始拓荒。他们除野草，刨瓦砾，松土，施肥，挖井，修渠，终于使这块荒地变成了一块宝地。因这块地在黄州东门附近，苏轼便引用白居易在忠州时写的《步东坡》诗"朝上东坡步，夕上东坡步。东坡何所爱，爱此新成树"，给自己那块宝地取名为"东坡"，并自号"东坡居士"。

　　苏轼在黄州，喜欢四处乱逛，结交朋友。有卖菜的、挑大粪的、种瓜的、养蚕的，什么人都有。苏轼和他们无话不谈，一点架子也没有。遇到不善言谈的，苏轼就说："那就讲个鬼的故事吧！"那人说："没有鬼的故事。"苏轼就说："那就随便编个故事吧！"周围的人听到这话，没有一个不笑倒的。

后来,苏轼的周围,便聚集了许多朋友。诗僧参寥,竟专门从杭州来到黄州,在苏轼家住了整整一年。还有因娶了"河东狮子吼"而闻名的陈慥,更是常常出入苏轼家门。陈慥经常和苏轼谈禅,整天说"空"啊"有"啊。

一日,有人告诉苏轼,说在沙湖附近,有一块十分肥沃的土地,正在出售。苏轼听了,颇为心动,便想把它买下来。于是,三月七日这天,他便和几个朋友,领着两个小童子,去沙湖看那块田地。

刚出发时,天气还颇为晴朗,他们一路说说笑笑,慢慢走着。两个带着雨具的小童子,因为腿脚麻利,竟跑到前面去了。忽然,天降大雨,众人一时十分狼狈,到处躲藏,只有苏轼,不慌不忙,在雨中徐步而行。过了一会儿,雨停了,苏轼觉得这雨来得妙,去得也妙,便把刚才自己沙湖道中遇雨的遭遇,写成了这首《定风波》。

苏轼去沙湖看了那块地,可能嫌贵,没有买下。但苏轼因为淋雨,竟生了一场病。毕竟,苏轼已是年近五十的人。后经一段时间的调养,苏轼终于康复了。

## 第40夜　苏轼·念奴娇 赤壁怀古

大江东去,浪淘尽,千古风流人物。故垒西边,人道是,三国周郎赤壁。乱石穿空,惊涛拍岸,卷起千堆雪。江山如画,一时多少豪杰。

遥想公瑾当年,小乔初嫁了,雄姿英发。羽扇纶巾,谈笑间,樯橹灰飞烟灭。故国神游,多情应笑我,早生华发。人生如梦,一尊还酹江月。

◎酹(lèi):把酒洒在地上表示祭奠或起誓。

苏轼喜欢游山玩水。他刚到黄州第二年，就和儿子苏迈乘着小舟，游了一次赤壁。黄州城附近有一座赤矶山，山下便是长江。因山上的石头大多都是红褐色的，且靠近长江边的崖石如同刀削，屹立如壁，人们便称其为"赤壁"。传说，这里就是孙刘联军大破曹操的古赤壁。但真实情况是，古赤壁在蒲圻，也就是今赤壁市，距离黄州赤矶山三四百里路，也就是说，苏轼所看到的赤壁，是"假的"古赤壁，只是因两者名字相同，便以讹传讹了。不过，这似乎并不影响苏轼游赤壁的兴致。他曾多次游览所谓的赤壁，并在元丰五年 (1082)，接连写下了《念奴娇·赤壁怀古》《前赤壁赋》《后赤壁赋》等最为著名的文章。

五月的某天，苏轼与友人出门踏青，来到了赤壁。苏轼因惊叹赤壁的雄奇与周瑜的雄才大略，一时感慨万千，写下了这首《念奴娇》。

七月初，眉山杨道士不远万里来看望苏轼。杨道士善于吹箫，与苏轼十分投缘，苏轼便决定带他去赤壁游玩。十六日晚，苏轼带着杨道士等人，坐着一只小船，来到了赤壁。白露横江，水光接天，整个江面，明月可人。苏轼高兴极了，喝着酒，唱道："桂棹兮兰桨，击空明兮溯流光。渺渺兮予怀，望美人兮天一方。"可那杨道士挺扫兴的，吹起了洞箫，呜呜咽咽的。苏轼很是困惑，问杨道士："好好的，怎么吹这么哀伤的曲子？"

杨道士说："曹操是英雄吧，可他如今在哪里？我和你，不过就是天地间的蜉蝣，沧海里的一粟，真是太渺小了，我哭人生短暂，我们人类，竟不能像那长江与明月，万古长存。"

苏轼笑道:"呵呵,你应该高兴才对。原因有二。第一,你羡慕长江与明月,比你长寿,但从变化的角度看,天地万物都不过只有一瞬的停留,月亮、长江和你我一样,都是天地间一瞬的存在;从不变的角度看,它们活着,你我也活着,从这一瞬间来看,我们又都是永恒的,所以,你又何必羡慕它们呢? 第二,世间的东西,都各有其主,你是不能随便索取的,可这山间的明月、清风,取之不竭,用之不尽,你又何苦自寻烦恼,为什么不抓紧时间,尽享眼前的美景呢?"

杨道士听完,顿时高兴起来。于是,苏轼与杨道士等人喝酒,吃菜,最后竟都醉了。他们胡乱地在船上睡着了,直到第二天天明,才心满意足地回去了。

十月十五晚上,月亮高照,苏轼游兴大发。于是,他又约两个朋友,带着酒与鱼,划着小船,去赤壁游玩。谁知,此时的赤壁,景象竟与此前大不相同,江水变瘦了,月亮变小了,山却变高了。苏轼见江水枯竭,竟一时性起,把衣服的后摆往腰间一扎,噌噌地去攀那岩石,爬到了赤壁高处的一个地方。苏轼站在高处,大吼了一声,一时间,山鸣谷应,树木摇动。苏轼吓坏了,以为惊动了山神,连忙灰溜溜地爬了下来。

苏轼和友人坐着船,任凭船儿飘荡。忽然,一只仙鹤从船的上空飞过。苏轼回家后,做了一个梦。他梦见一个道人问他:"赤壁之游,快乐吗?"苏轼问:"你是谁?"那道人并不回答,苏轼猛然醒悟,这道人不就是晚间从他船上飞过的仙鹤吗? 苏轼醒来时,开窗一看,什么也没有,真不知昨夜游赤壁是梦,仙鹤、道人是梦,还是这人生就是一连串荒唐的梦呢?

## 第41夜  苏轼·临江仙  夜归临皋

夜饮东坡醒复醉,归来仿佛三更。家童鼻息已雷鸣,敲门都不应,倚杖听江声。

长恨此身非我有,何时忘却营营。夜阑风静縠纹平,小舟从此逝,江海寄余生。

苏轼被贬黄州，宋神宗经常想起他。一日，宋神宗对宰相王珪说："人才难得啊，像修国史这样的大事，只有苏轼才能堪此大任！我准备提拔苏轼，做成此事。"王珪听了，面有难色。宋神宗便说："苏轼不行的话，那就用曾巩吧！"可后来，曾巩并不称宋神宗的心。于是，宋神宗有意再次提拔苏轼，但王珪等人担心苏轼抢了自己位子，极力阻扰，此事也就没成。

苏轼在黄州已经待了四个年头了。他经常穿着布衣芒鞋，四处游玩，有时拿着弹弓，用石子击打水面，有时坐着一只小船，随那船四处飘荡，有时跑到别的郡县，好几日都不回来，吓得黄州太守徐君猷担心他跑掉了。

一日，苏轼与两三个客人聚在一起饮私酒。客人担心被官家发现。苏轼说："怕啥呢？这么好的酒，入了肚子，就没证据了，随便去见官家。"可只喝酒，没有下酒菜，很不能尽兴。苏轼得知西邻家的牛生了足病，便让人牵来，宰杀了，烤牛肉吃。几个人吃饱喝足了，就从东坡东面，一直向前走，走到春草亭这个地方，才原路返回。等到回到家时，已经是半夜了。

过了些日子，苏轼又与几个朋友在长江上饮酒，晚上回来时，又是半夜三更，家门都关上了，苏轼怎么敲门，都没有人来开。不得已，他只好站在家门口，倚着拐杖，倾听江声，便写下了这首《临江仙》。

谁知，第二天，人们看了苏轼的这首词，竟哄传苏轼昨晚把官服挂在江边的一棵树上，驾着小船跑掉了。黄州太守听后，也惊惧不已，连忙让人备好车驾，前去查看。到了苏轼家，他们惊奇地发现,苏轼鼾声如雷,睡得正香呢!

后来,更离奇的事发生了。苏轼因为眼疾,一个多月都躺在家里养病。人们见不到苏轼,竟传言他病死了。苏轼的好友范镇在许昌听说了,深信不疑,就举起袖子,放声大哭,随后让侄子准备好钱财,派人前去吊唁。他的侄子说:"这个消息是否属实,应当写封信问问,如果属实,再派人去吊唁也不晚啊!"范镇就写了一封信,派人送到了黄州。苏轼接到范镇的信后,大笑不已。

这些谣言竟传到了汴京,就连宋神宗也听说苏轼死了。当时宋神宗正要吃饭,听说苏轼死了,就放下碗,连连叹息道:"人才难得啊,人才难得啊!"于是,他连饭也不吃,就走了出去,脸上很是不悦。

过了些天,宋神宗听说苏轼并没有死,心中宽慰了许多,便下诏将苏轼调往京城附近的汝州,出任团练副使。苏轼四年多的黄州贬谪生涯,终于结束了!

## 第 42 夜　苏轼·菩萨蛮

买田阳羡吾将老，从来不为溪山好。来往一虚舟，聊从造物游。

有书仍懒著，且漫歌归去。筋力不辞诗，要须风雨时。

苏轼离开黄州，要去汝州任职。可他打心眼里，不想去汝州。他心目中的圣地是阳羡，也就是今天的常州。早年，他参加殿试时，结识了常州人蒋之奇。在参加琼林宴时，蒋之奇对苏轼讲常州风物甚好，苏轼听了，艳羡不已，就与蒋之奇约定，将来退休后，比邻而居。1074 年，苏轼卸任杭州通判，前往密州的途中，经过常州，便在常州买了二百亩地，准备将来在此养老。后来，他从徐州到湖州，又在常州住了一段时间。因此，在去汝州的途中，他尽量绕路，想办法拖延，一路上走得很慢。

他先去了九江，登了庐山，接着，又去了筠州，看望弟弟苏辙。谁知，到了金陵，因为一路奔波，他和朝云唯一的儿子苏遁不幸夭折了。苏轼十分悲痛，决定和家人在金陵小住一段时间。

王安石此时正隐居在金陵，苏轼听说后，便决定去拜访。王安石则不等苏轼来，就自个儿骑着一头驴，到江边找苏轼去了。苏轼住在船上，听到王安石来了，连官服都没换，就上前拱手道："苏轼今日以便服拜见大丞相！"王安石说："那些俗礼，岂是为我们这等人所设！"于是，两人一笑，尽泯此前嫌隙。

此后一个月，苏轼常去拜访王安石。一日，苏轼忽然说："我有话对你说。"王安石脸色一变，以为苏轼准备说道说道他们之前的恩怨。苏轼却说："我说的，都是国家大事。"王安石这才心定了一些："请说吧！"苏轼说："战争与酷刑，是汉唐之所以灭亡的原因。我朝以仁厚之策治国，就是为了尽量避免战争与酷刑。可如今，西北连年战乱，东南又大兴冤狱，你怎么连一句话也不说？"

王安石举了两根手指头，说："这都是吕惠卿造成的，我早已退休，又怎么说呢？"苏轼说："你固然退休，可你不是一般人，皇帝待你以非常之礼，你怎么就只以常礼对待皇帝呢？"王安石高声说道："好，我一定对皇帝说。"可话音未落，王安石又悄悄地对苏轼说："此话出我口，入你耳，千万不要再告诉别人啊！"苏轼走后，觉得王安石此时还害怕着吕惠卿，十分好笑。

苏轼离开金陵后，在泗州（今属安徽宿州）接连给皇帝写了两篇《乞常州居住表》，恳请皇帝不要让自己去汝州了，说自己一家二十余口，自从离开黄州，风雨漂泊，饥寒交迫，以至于一子丧亡，身上一点钱也没有了，实在走不动了，不如就让他在常州住下。等了两个月，宋神宗终于同意苏轼在常州居住。于是，苏轼又南返常州。

苏轼回到常州后，觉得自己像鱼儿进了水一样，终于活过来了。他很喜欢吃河豚。常州有个人十分擅长烹饪河豚，常请苏轼到他家享用。苏轼来后，那人端上煮好的河豚，和妻儿躲在帘子后面，希冀听到一句夸赞。谁知，苏轼太喜欢吃河豚了，见到河豚就只闷着头吃，一句话也不说。那人好不失望，以为自己做得不好。苏轼吃完河豚，放下筷子，忽然大叫道："我今天就是为了这条河豚死了，也值！"那家人听了，皆欢笑不已。

在常州，苏轼整日快活得像个小孩，他真希望自己就在此地终老，再也不要四处奔波了。这首《菩萨蛮》，就是他当时心境的写照。

苏轼南返常州途中，宋神宗驾崩，随后，宋哲宗登基。因哲宗年仅 10 岁,高太后便临朝听政。高太后不喜欢新党,任命旧党人物司马光为宰相。司马光上台后,便大量启用苏轼、苏辙等人。苏轼在常州还没住够一个月,就被任命为登州知州。苏轼在登州仅四个月,又被调回汴京,出任礼部郎中。随后,他连升三级,先是起居舍人(从六品),接着是中书舍人,不久,又升为翰林学士(正三品),一时风光无两,甚是为人羡慕。

## 第 43 夜　苏轼·定风波

　　王定国歌儿曰柔奴，姓宇文氏，眉目娟丽，善应对，家世住京师。定国南迁归，余问柔："广南风土应是不好？"柔对曰："此心安处，便是吾家。"因为缀词云。

　　常羡人间琢玉郎，天应乞与点酥娘。自作清歌传皓齿，风起，雪飞炎海变清凉。

　　万里归来年愈少，微笑，笑时犹带岭梅香。试问岭南应不好，却道，此心安处是吾乡。

苏轼连升三级,成为翰林院学士。他不知道自己为什么升迁这么快,很是惶恐不安。一日,高太后宣他进宫问事。高太后问苏轼:"去年你任何职?"苏轼说:"黄州团练副使。"高太后又问:"如今又任何职?"苏轼答道:"翰林院学士。"高太后又问:"为什么升迁如此之快?"苏轼说:"这都是您的恩赐。"高太后说:"不关我的事。"苏轼说:"那一定是皇帝的恩赐。"高太后说:"也不关皇帝的事。"苏轼说:"那一定是大臣的推荐。"高太后仍说:"不关大臣的事。"

苏轼心中一惊,不知是祸是福,就说:"我没太大的才能,但我从不走后门,给自己跑官要官。"太后说:"不是的,其实我也早想对你说了,这都是神宗皇帝的意思。神宗皇帝在世时,每次停下筷子看文章时,旁边的宫女就说:'这必定是苏轼的文章。'神宗皇帝有时会边看你的文章,边称赞道:'奇才,奇才!'可惜,他还没有重用你,就仙逝了!"说完,高太后、苏轼等人,都不禁落泪。过了一会儿,高太后让人给苏轼赐座吃茶,并嘱咐道:"苏轼啊,苏轼,你可要好好辅助皇帝,以报先帝知遇之恩。"苏轼连忙遵命,出来后,高太后还让人端着金莲烛,一直把苏轼护送回了家。

苏轼蒙高太后礼遇,众人都认为,苏轼将来肯定会当宰相,争着来巴结苏轼。画师李公麟为苏轼画了像,他创作的《扶杖醉坐图》,可能是最像苏轼本人的肖像画。传言,后来苏轼被贬,李公麟在路上见到苏氏两院子弟,竟用扇子挡着脸,装作不认识,因而后世对其为人颇有非议。

这时,在京城出现了一种"子瞻帽"。有一次,苏轼陪哲宗在醴泉宫宴饮,优人们演出了一场众秀才夸耀自己文章的戏。一个优人说:"我的文章,你们都不及!"众优人问:"为啥?"那优人说:"你们都没看见吗?我头上戴着'子瞻帽'。"皇帝看后,也笑了,还特意回过头看了苏轼好久。

当年因为乌台诗案,连累了许多人,如王诜、苏辙等人。但被贬得最远的,是苏轼的好友王巩,他被贬到了宾州(广西宾阳)。对此,苏轼一直心怀愧疚。王巩是宰相王旦的孙子,字定国,善于绘画,长于诗词。苏轼出任徐州知州时,王巩专门去徐州拜访苏轼。苏轼让人陪王巩游泗水,北上圣女山,南下百步洪。王巩游玩得很尽兴,便吹笛饮酒,乘月而归。苏轼听说王巩要回来了,特意穿着羽衣,站在黄楼上,迎接王巩。两人相见后,皆大笑不已。苏轼对王巩说:"这是自李太白死后,三百年间才见到的快乐啊!"

王巩被贬宾州,他的妻妾、仆人都离他而去,只有一个叫宇文柔奴的歌女,誓死要与他相随。传说,柔奴的父亲原是一名御医,后被人诬告,死在狱中。不久,她的母亲病逝,她那黑心的叔叔就将她卖到行院。其父生前好友陈太医听说后,就将她从行院赎出。王巩大概是在陈太医家与柔奴相识,并将她买回来做歌女的。

柔奴跟王巩在贬谪地,整整生活了五年。五年后,二人一同返回汴京。苏轼听说后,便去看望老友。苏轼见王巩依旧面如红玉,柔奴也眉目娟丽,很是惊讶,便问柔奴:"广南的水土,大概不太好吧?"她却平静地说:"此心安处,便是吾家。"苏轼听了,大为赞叹,觉得柔奴的话颇有禅意,便写了这首《定风波》。

## 第44夜  苏轼·八声甘州  寄参寥子

有情风万里卷潮来，无情送潮归。问钱塘江上，西兴浦口，几度斜晖？不用思量今古，俯仰昔人非。谁似东坡老，白首忘机。

记取西湖西畔，正春山好处，空翠烟霏。算诗人相得，如我与君稀。约他年、东还海道，愿谢公雅志莫相违。西州路，不应回首，为我沾衣。

元祐元年(1086)九月一日,司马光去世。那天,正逢皇帝率领百官在明堂祭祀先祖。大臣们来不及为司马光行斋戒之礼。待祭祀典礼结束,苏轼连忙率领同辈,前往祭奠司马光。谁知,程颐却在半路上拦住了大家,说:"'子于是日哭,则不歌。'怎么能刚行过吉礼,就去行丧礼?"有人反诘道:"孔子说,行了丧礼,就不能行吉礼,可没说行了吉礼,就不能行丧礼?"苏轼在一旁说道:"这真是烂泥塘里跑出了一个冒牌的叔孙通啊!"程颐听了,很是恼怒,便记恨苏轼。此后,程颐和他的弟子,不断攻击苏轼。因程颐是洛阳人,苏轼是蜀人,人们便称程颐及其弟子为"洛党",称苏轼及其门人为"蜀党"。苏轼很不耐烦党派之间的倾轧,便自请外放,出任杭州知州。

这是苏轼第二次在杭州任职。第一次时,苏轼还只是通判,是个副职,而这次他作为杭州太守兼浙西路兵马钤辖,全权执掌杭州军政事务。苏轼刚到杭州,就碰到杭州闹饥荒。于是,苏轼平抑粮价,疏通江湖,并设立全国第一公立医院"安乐坊"。后来,他还率领众人疏通西湖里的淤泥,将从湖里挖出来的淤泥筑成一条长长的堤坝,并在上面种植花,修亭建桥。这条长堤,当时人称"苏公堤",也就是今日著名的"苏堤"。

苏轼在闲暇之余,更是尽享西湖之美。每次出游西湖时,他都先令人打着旗帜,从钱塘门出去,自己却领着两个老兵,从涌金门,驾着小船在湖中玩上一圈,然后,在普安院吃饭。吃完饭,苏轼就在灵隐寺、天竺寺之间闲逛,并让小吏们带着公文,跟着自己。等到了冷泉亭,苏轼就坐在桌前,一边谈笑,一边处理公文,落笔如风。处理完公文,他就和幕僚们一起喝酒,一直喝到天色薄暮,才乘着马回城。城里百姓见苏轼回来了,都夹道观看。

到了春日,每逢休假,苏轼便邀请朋友,去西湖玩耍。他们先在风景秀丽处吃早饭,吃完后,苏轼给每位朋友一艘船,带着一名队长、几个歌女,随意到湖中游玩。等到快吃中午饭时,苏轼便让人敲着锣,把朋友们聚在一起,在望湖楼饮酒。众人一直玩到一两更(晚上八九点)时,苏轼才让人举着蜡烛,列队进城。杭州城的夜市很热闹,众人见太守回来了,皆来围观,真可谓一时之盛事也。

苏轼在杭州和辩才、道潜两位法师交往甚密。苏轼早年任杭州通判时,就与辩才法师相识,直到辩才法师年近古稀,退居寿圣院,苏轼仍常去参拜他。

一日,苏轼去拜访辩才法师,两人谈了很久。次日,辩才送苏轼出门,竟不知不觉走到了风篁岭,随行的僧徒惊叫道:"师傅啊,你送过虎溪了!"辩才这才想起,自己立有送客最远不过虎溪的誓言,但因为高兴,辩才说:"杜甫诗里说:'与子成二老,来往亦风流。'"苏轼听了,大笑不已,于是让人在此修了一座亭子,名曰"过溪亭"。

道潜禅师,字参寥,是苏轼任徐州太守时认识的一位青年诗僧。苏轼与参寥年龄相近,两人交情十分深厚。苏轼被贬黄州时,参寥不远千里,专门去黄州看望苏轼,在黄州住了一年多。苏轼从黄州调任汝州,参寥竟又追了过来,于是,两人一起畅游庐山,苏轼著名的《题西林壁》便作于此时。苏轼任杭州太守时,参寥又从外地，来到杭州，寄居在孤山上的智果精舍里。

苏轼经常和参寥一起泛游西湖，十分羡慕参寥，很想和他一样，归隐为僧，放浪于江湖山水。苏轼离开杭州后，很是想念参寥，便写了这首《八声甘州》，寄赠参寥。

苏轼离开杭州，回到了汴京。但因程颐等人仍对苏轼穷追猛打，极力倾轧，不得已，他只好再次请求外放。此后三年，他先后出任颍州知州、扬州知州、定州知州。元祐八年（1093），高太后去世，宋哲宗亲政，任命章惇为宰相。章惇是王安石变法的忠实信徒，于是，他重新启用新党，打压旧党，甚至还想掘开司马光、吕公著的坟，砍烂他们的棺材，但因宋哲宗没有同意，章惇才放弃此等疯狂之举。而苏轼晚年的噩梦，也就从这年开始。

## 第 45 夜　苏轼·西江月　梅花

玉骨那愁瘴雾,冰姿自有仙风。海仙时遣探芳丛,倒挂绿毛么凤。

素面常嫌粉涴,洗妆不褪唇红。高情已逐晓云空,不与梨花同梦。

苏轼晚年的噩梦，皆因章惇而起。可在早年，苏轼与章惇是至交，甚至是生死之交。章惇是世家子，其父章俞生性放荡，见岳母杨氏年轻寡居，竟与之私通。后杨氏怀孕，想打掉腹中的孩子，但杨氏之母坚持让杨氏生下这个孩子。孩子出生后，杨氏命人将其送给章俞。章俞见后，竟大笑着说道："此儿五行甚好，将来必光耀吾家门楣！"这个孩子就是章惇。章惇相貌俊美，才华横溢，与苏轼同年考中进士。苏轼任凤翔签判时，章惇任商洛县令，都在陕西。

有一年，他们同游终南山。山上有一座寺庙，常年闹鬼，没有人敢留宿。可章惇不怕鬼，自称有他住在寺庙里，鬼都吓得不敢出来。随后，他们到了仙游潭。潭边有绝壁万丈，岸边有一根细木头搭成的小桥。章惇让苏轼过桥，苏轼吓得不敢过。章惇大笑一声，竟平步过桥，然后用绳子拴在腰上，爬到绝壁之上，用浓墨大笔写道："章惇、苏轼到此一游！"章惇下来后，苏轼摸着章惇的后背说："你将来必能杀人！"章惇说："何以见得？"苏轼说："一个连自己的命都不要的人，肯定能杀人。"章惇听了，大笑不已。

后来，乌台诗案爆发，章惇怒斥当朝宰相王珪，骂他甘愿做舒亶的走狗，并想办法营救苏轼。苏轼被贬谪到黄州，章惇还不断去信慰问，苏轼对此感激不已。

可高太后掌权时，苏轼、苏辙青云直上，章惇却遭到弹劾。而弹劾章惇最为激烈的，竟然是苏辙。1086 年，苏辙上《乞罢章惇知枢密院状》，直斥章惇是虐民乱国的奸佞。此时，苏轼也上《缴进沈起词头状》对章惇招降五溪边民之事，予以负面评价。章惇因此被一贬再贬，最后竟被贬到岭南。章惇本来就是一个性格刚烈、脾气火爆的人，对苏轼、苏辙兄弟俩忘恩负义之举，更是恨得咬牙切齿。

章惇任宰相之初，便拿苏轼、苏辙兄弟俩开刀。他先是把苏轼贬到惠州，接着将苏辙贬到汝州、袁州、筠州。此时，苏轼年近六十，妻子王闰之刚刚去世，只有爱妾朝云与他不离不弃。

朝云也姓王，与苏轼两任妻子王弗、王闰之同姓。她是钱塘人，家境寒微，十二岁时进入苏家。当时，苏轼任杭州通判。朝云十分聪颖，可谓是苏轼的红颜知己。传说，苏轼某日退朝，吃完饭，摸着肚子在散步，他忽然转过头，对众丫鬟说："你们知道我肚子里装的是什么东西？"一个丫鬟说："都是锦绣文章。"苏轼摇头。一个丫鬟说："都是聪明智慧。"苏轼依然摇头。走到朝云旁边，朝云说："都是一肚子的不合时宜。"苏轼听了，大笑，说道："知我者，朝云也！"

苏轼和朝云到了惠州，住在嘉祐寺。一日，落叶纷飞，天气变凉。苏轼让朝云，端着酒杯，唱他以前写的一首《蝶恋花》词。此词曰：

花褪残红青杏小。燕子飞时，绿水人家绕。枝上柳绵吹又少，天涯何处无芳草。　　墙里秋千墙外道。墙外行人，墙里佳人笑。笑渐不闻声渐悄，多情却被无情恼。"

这首词，虽不是苏轼写给朝云的，但朝云唱着唱着，竟哽咽了起来。苏轼忙问原因，朝云说："我不能唱下去，因为词中有'枝上柳绵吹又少，天涯何处无芳草'这两句。"苏轼笑道："我正要悲秋，你却要来伤春。

不久，朝云身染疟疾，不幸病亡。这年，朝云才三十四岁。朝云死后，苏轼伤痛欲绝，他将朝云葬在栖禅寺的一片松林中，并在她的墓前，修了一座亭子，周植梅花，命名为"六如亭"，大概是因为朝云生前最爱吟诵《金刚经》中"如梦幻泡影，如露亦如电"。

过了三个月，梅花开了，苏轼睹梅思人，想起地下长眠的朝云，不禁悲从中来，便写下这首悼亡词——《西江月》。

王朝云去世后，苏轼和儿子苏过，搬到了白鹤峰新居。在白鹤峰山麓，住着温都监一家。温都监有一个女儿，名字叫温超超，年方十六，颇有姿色。

她听说苏轼就住在附近，便高兴地对人说："苏轼，才是我的夫婿啊！"每天晚上，她听到苏轼在吟咏，就偷偷地溜到窗下倾听。苏轼觉察后，推开窗子，温超超便翻过墙，跑掉了。苏轼去找她，温超超便大胆地向苏轼表白了。苏轼说："我老了，都是快六十岁的老头子了，我应当叫来王郎，与你结为夫妻。"可不久，苏轼被贬逐到海南马，这事就没再提起。

## 第46夜　苏轼·减字木兰花

### 己卯儋耳春词

春牛春杖，无限春风来海上。便丐春工，染得桃红似肉红。

春幡春胜，一阵春风吹酒醒。不似天涯，卷起杨花似雪花。

苏轼在惠州,虽瘴气弥漫,但他自有一股乐天的精神,能视贱物如珍宝,化地狱为天堂,居然越活越滋润。

一日,他吃完荔枝,便大叫:"日啖荔枝三百颗,不辞长作岭南人。"随后,他美美地睡了一觉,说道:"为报先生春睡美,道人轻打五更钟。"苏轼把这些呓语之词,都写成诗。谁料,这些诗传到了汴京,章惇看后,十分生气,说:"我把苏轼贬到惠州,他尚且还如此快活。看来,我惩罚得太轻了。"于是,他又将苏轼贬到儋州。

苏轼到了儋州,也就是今日的海南岛。当时的海南岛,是一个完全没有开发的蛮荒之地。刚到海南岛,苏轼的生活十分凄苦。苏轼说:"食无肉,病无药,居无室,出无友,冬无炭,夏无寒泉。"海南岛是一个孤岛,四面环海,仿佛是一座天然监狱。苏轼到儋州后,也倍感无力,觉得自己就像一个苦役犯,不知何日才能从这四面环海的孤岛走出。一日,他忽然大悟,说:天地在水中,中国也在四海之中,这个世上,谁不在一个孤岛上呢? 人又何必自寻烦恼,何不去发现这世间的真与美呢?

于是,苏轼与当地人打成一片。一日,他听说黎子云兄弟贫而好学,就去拜访他们。回来的路上,忽然下大雨了,苏轼连忙到农家借了一顶箬笠,就戴在头上,跑了回来。一些妇女、孩子,见到苏轼古怪的打扮,竟拍着手,笑着跟在他后面,甚至连一群狗,也跟在他后面,汪汪地乱叫着。

某年上元节,苏轼正在家闲坐,忽然,来了几个老秀才,对他说:"如此良辰,月亮正圆,先生和我们出去逛一会儿,怎么样?"

苏轼当即应诺,就带着儿子苏过,跟着这群老秀才出门了。他们一路走到西城,到僧舍里坐了一会儿,接着走过一个小巷。那个小巷里,汉族、黎族混居在一起,有卖肉的、卖酒的。苏轼和这些老秀才兴致盎然地逛了一大圈,回来时,已是半夜三更了。家人早就关上门睡觉了,而且都能听见门内的打鼾声。苏轼放下手杖,笑了。苏过问父亲笑什么。苏轼说:"我笑自己,也笑韩愈。韩愈某日钓鱼,手臂都钓酸了,就只钓上一条很小的鱼。韩愈说,要到远处水深的地方钓鱼才能钓到大鱼。其实,到远处未必能钓到大鱼,这近处,也自有大鱼出没。"

元符二年(1099)正月,是苏轼贬谪儋州的第三年。这年,官府开始举办劝农活动。当时海南的土著,主要靠打猎、捕鱼为生,对农耕很不感兴趣。可儋州最高军政首脑、昌化军使张中,十分重视农耕生产,就邀请苏轼参加这次劝农活动。苏轼参加完这次热闹的劝农活动,就写了这首《减字木兰花》。

第二年,宋徽宗继位,向太后垂帘听政。向太后倾向于旧党,就罢免了章惇,赦免了许多元祐党人。苏轼也在被赦免之列。随后,苏轼开始向内地迁移,先是廉州,接着是舒州、永州。到了永州,苏轼被免除了一切罪责,并被赐了一个朝奉郎的闲职,且可以随意选择居住地。苏轼便带着苏过等人,朝他心中的圣地常州进发。

一路上,众人纷纷传言,说苏轼马上要做宰相了。于是,沿途的各级官吏,纷纷设宴招待苏轼,真是热闹非凡。百姓们更是翘首以盼,争相一睹苏轼的真容。苏轼因为中暑,便戴着一顶小帽子,露着半个胳膊,坐在船边乘凉。两岸百姓得知那人就是苏轼,便都挤到河岸远,指指点点地说要看一眼。苏轼被看得不好意思了,就对旁边的客人说:"这样看我,莫非是要看杀了我?"

谁料,苏轼到了常州,竟大病不起。临死前,苏轼对三个儿子说:"我这辈子没做过坏事,死后肯定不会下地狱,你们不要哭,顺其自然吧!"径山寺长老维琳与苏轼平生交往甚密,两人同年出生,在苏轼临死前,维琳一直陪伴在苏轼身边。苏轼的绝笔诗《答径山琳长老》,就是在与维琳谈论疾病与生死的情况下写的,大致意思是说人生病都是因为有身体,死了也就没病了,请顺其自然,莫要给我念咒以延寿。苏轼去世的那天,维琳还在苏轼耳边大喊:"清醒点,不要忘了西方极乐世界!"苏轼喃喃地说:"西方极乐世界不是没有,只是心里不要用力。"好友钱世雄在他耳边说:"先生已经走到这一地步,用力一下就行了。"苏轼说:"用力就差了。"说完,苏轼就溘然长逝,享年六十四岁。

苏轼去世后,吴越之民莫不大声哭泣,就连远在汴京的数百名太学生,也相继在佛寺给苏轼献饭,以祭奠这位伟大的文人。

## 第47夜　陈慥·无愁可解

国工花日新作越调《解愁》，洛阳刘几伯寿闻而悦之，戏作俚语之词。天下传咏，以为几于达者。龙丘子犹笑之："此虽免乎愁，犹有所解也。若夫游于自然而托于不得已，人乐亦乐，人愁亦愁，彼且恶乎解哉？"乃反其词，作《无愁可解》云。

光景百年，看便一世，生来不识愁味。问愁何处来，更开解个甚底。万事从来风过耳。何用不着心里。你唤做、展却眉头，便是达者，也则恐未。

此理。本不通言，何曾道、欢游胜如名利。道即浑是错，不道如何即是。这里元无我与你。甚唤做、物情之外。若须待醉了、方开解时，问无酒、怎生醉。

陈慥,字季常,眉州人。其父陈希亮任凤翔府知府时,苏轼在他手下,任签书凤翔判官。苏轼年轻气盛,因为得到过欧阳修与宋仁宗的赏识,颇为自负。有一个同僚恭维苏轼为"苏贤良"。陈希亮听了,很是生气,说道:"一个小小的判官,有什么贤良的?"然后,他命人将那个拍苏轼马屁的官吏抓起来,狠狠地杖责了数十下。

陈慥是陈希亮的第四个儿子,喜欢喝酒、舞剑,视金钱如粪土,为人十分豪爽。有一次,苏轼看见他带着两个随从,去西山打猎。一只喜鹊从马前飞过,那两个随从驱马追赶,连射数箭,竟都没有射中。陈慥大怒,骑着马跑了过来,一箭就射中那鸟。苏轼见了,大声喝彩。陈慥看见苏轼后,就驱马过来与苏轼交谈用兵及古今成败之事。苏轼见他眉宇之间英气勃发,堪称一代豪杰,便很喜欢他。

此后,两人一直没有见面。大约过了十九年,苏轼被贬黄州,没想到,竟遇见了隐居在此地的陈慥。苏轼见到陈慥,说:"哎呀呀,这不是我的老友陈季常吗,你怎么在这里?"陈慥也感到十分惊讶,就问苏轼:"你咋跑到黄州了?"苏轼告诉了被贬的缘故,陈慥听罢,先是低头不语,接着,仰天大笑,拉着苏轼的手,带苏轼到他家去。

苏轼来到陈慥的家,只见几间茅草屋,家徒四壁。但陈慥本人却精神矍铄,怡然自得,并不以此为苦,其妻子、奴婢,也笑语盈盈,似乎十分自足。陈慥家其实颇为富有,在洛阳的庄园十分富丽堂皇,在河北有良田万顷。可此时的陈慥,弃车马,毁冠服,甘心住茅草屋,吃野菜,苏轼惊叹陈慥乃真隐士也,便住在陈慥家,整日与他谈天说地,颇为惬意。

只是陈慥的妻子柳月娥脾气很坏。苏轼曾在《寄吴德仁兼简陈季常》一诗中说:"龙丘居士亦可怜,谈空说有夜不眠。忽闻河东狮子吼,拄杖落手心茫然。"苏轼到陈慥家总是小心翼翼的,不敢太过放肆,只有喝醉了酒,才敢大声说几句话,但酒醒后,也惶恐不已,担心自己在醉酒时,惹怒了陈慥的妻子。

元丰六年(1083),陈慥的妻子不幸亡故。苏轼听说了,便寄信安慰陈慥,说:"我家里还有一间空房子,可以休憩,只是西照太厉害,不过,家门口有一条大船,你若嫌热,也可以住在船上。"

陈慥并没有嫌弃,就来到苏轼家,住了将近两个月。每次到苏轼家时,陈慥总会带上一点东西。苏轼谪居黄州期间,曾三次拜访陈慥,而陈慥曾先后七次来见苏轼。两人在黄州一起住的时间,有一百多天。苏轼离开黄州时,陈慥十分不舍,别的客人把苏轼送到慈湖就回去了,陈慥竟一直把苏轼送到了四百里外的九江。

后来,苏轼任了翰林院的学士,陈慥只是去汴京看望了一下苏轼,并没有为自己求官。过了几年,苏轼被贬到惠州,已经六十多岁的陈慥,竟写信给苏轼,说自己决定从黄州岐亭出发,步行到惠州去看望他。岐亭到惠州,何止一千多里?苏轼连忙写信,说自己在惠州一切安好,并要他安心居家,千万不可轻易外出。苏轼被贬儋州期间,陈慥不顾章惇等人的淫威,刊印了《苏尚书诗集》。

陈慥一生,先是做了游侠,后又做了隐士,虽家中巨富,却全然抛弃了财产,一生只为悟道,可谓真人、至人、神人也。其《无愁可解》,可看作他觉悟后的证词。

当时,有人写了一首叫《解愁》的曲子,又有人为它作了一首词,一时间,天下传诵,都认为差不多算悟道了。但陈恺听了,哑然失笑,说这不叫解愁,最多叫免愁,如果一个人的内心游于自然,身体还寄托在这个世上,别人乐,他也乐,别人愁,他也愁,那又有什么愁可解?于是,他反其道,作《无愁可解》词。

## 第 48 夜　李之仪 · 卜算子

　　我住长江头,君住长江尾。日日思君不见君,共饮长江水。

　　此水几时休,此恨何时已。只愿君心似我心,定不负相思意。

李之仪,字端叔,沧州无棣人。李之仪出身名门,其祖父、父亲,皆出仕为官。十岁时,他随父亲迁居楚州,在山阳学宫就读。他早年师从范仲淹的儿子范纯仁。李之仪学习刻苦,遍览经书,颇为众人赞许。十八岁时,李之仪迎娶了著名才女胡淑修。

胡淑修是常州晋陵人,其祖父、父亲皆为翰林院学士。胡淑修熟读五经,善作诗词,甚至精通数学。她曾随祖母拜见当朝皇后。皇后很亲昵地抚摸着她,说:"这就是胡家那个很有学问且能作诗的女孩子吗?"上元节那天,皇后带领一群命妇,在宣德门赏灯。皇后还问她的祖母:"你的那个会作诗的孙女来了吗?"胡淑修正好站在祖母身后,便出来向皇后请安。皇后就赐给她一套精美的衣服与帽子。

二十三岁时,李之仪考中进士。随后,他出任万全县令、鄜延副军,后还随杨景略出使高丽,吊唁高丽王王徽。回国后,李之仪升任枢密院编修官,与大文豪苏轼相识。

李之仪很早就倾慕苏轼的文名。苏轼被贬黄州时,李之仪多次写信,请求与苏轼结交,但机缘未到。李之仪在枢密院任职时,苏轼正好从登州调回汴京,出任中书舍人、翰林院学士。于是,两人开始交往,曾一起参加驸马王诜组织的西园雅集。后来,苏轼出任定州知州,就特地邀请李之仪到自己幕府任签判。为此,"苏门四学士"之一的张耒艳羡不已,说:"苏先生出任定州知州,朝廷有一半的人,都愿跟苏先生走,可他就偏偏选了李端叔!"

可没过多久,章惇上台,苏轼被贬英州、惠州,定州幕府解散,李之仪只好回到汴京,出任监内香药库。这时,御史石豫弹劾李之仪,说他是苏轼"心腹之党",不可出任京官,李之仪遂被停职。后来,宋徽宗继位,他才得以任职颍昌(今河南许昌),后又被提拔为河东路常平仓提举。这年(1101),他的恩师范纯仁病逝。范纯仁病逝前,曾叫李之仪到他床前,亲授政治遗言。李之仪为其恩师撰写遗表、行状。谁料,蔡京因与范纯仁有仇,便诋毁李之仪杜撰遗表,与事实不符,并将其逮捕入狱。

李之仪的妻子胡淑修闻讯,连忙从颍昌赶往汴京。她听说狱词中提到一份诏书,对李之仪案十分有利,范纯仁生前曾将它托付给了自己的一个亲戚,就去恳求范纯仁的亲戚,但这位亲戚是官员,因惧怕蔡京的淫威,便没有给她。于是,她买通了范纯仁亲戚家的仆人,得知了诏书所藏之处,然后趁人不备,进入房间,砸开锁,顺利地拿走了诏书。范纯仁的亲戚得知此事后,并没有怪罪她,而是大肆宣扬她的侠义之举,并对人说:"胡淑修,真奇女子也!"

胡淑修拿到诏书后,便到其祖母处哭诉,并恳请祖母向太后申诉此事。太后知道事情原委后,便命人释放了李之仪。

李之仪被释放后,仍被发配到太平州(今安徽当涂),如同流放犯一样,接受当地官吏管束。在太平州四年,李之仪接连遭遇家庭不幸,先是儿媳妇去世,接着女儿、儿子相继去世,妻子胡淑修不堪打击,也撒手人寰。他四年间失去了四个亲人,自己也常年生病,全身癣疮遍布,痛苦不已。

妻子去世第二年(1106),李之仪遇赦复官,提举成都玉局观。

此官属祠禄官,只食官禄,并无事可干,李之仪便仍住在太平州姑溪河畔。就在此时,李之仪与旧相识歌女杨姝重逢,之后,竟与杨姝两情相悦,并将她领回家,纳为小妾。

传说,这首《卜算子》就是李之仪为杨姝写的,供其在酒宴上歌唱。这首词模仿民间词,写出了一个失恋女子的内心告白。

当时,李之仪五十九岁,杨姝十九岁,李之仪晚年纳少妻,很是让人嫉妒。诗人郭祥正也在太平州卜居。郭祥正为人轻浮,行事夸张,自称是李白转世,说其母梦李白而生自己。他曾带着自己的诗去拜见苏轼。苏轼还未看他的诗,他竟先声情并茂地读了起来。读完,他问苏轼:"我的诗如何?"苏轼说:"十分。"郭祥正听后,大喜,便问缘由。苏轼说:"七分来自读,三分来自诗。"李之仪对此人十分鄙夷,于是,文人相轻,竟成仇敌。

政和二年(1112),蔡京再次拜相。郭祥正知道蔡京与李之仪之间曾有间隙,便指使人告发李之仪,说他与歌女杨姝系非法夫妻,他为自己与杨姝所生的儿子李尧光冒领朝廷赏赐,是犯了欺君之罪。蔡京听信了谗言,便命人剥夺了李之仪玉局观提举一职,将发给李之仪之子的赏赐收回,并命人将杨姝与她的儿子从李家赶走。直到三年后,李之仪的外甥林摅为执政,加之门人吴可为其申冤,李之仪才得以官复原职,夫妻团圆,父子相聚。李之仪死后,杨姝为他料理后事,并将他与胡淑修合葬在了一起。

## 🌀 第 49 夜　黄庭坚·沁园春

　　把我身心,为伊烦恼,算天便知。恨一回相见,百方做计,未能偎倚,早觅东西。镜里拈花,水中捉月,觑着无由得近伊。添憔悴,镇花销翠减,玉瘦香肌。

　　奴儿。又有行期。你去即无妨我共谁。向眼前常见,心犹未足,怎生禁得,真个分离。地角天涯,我随君去。掘井为盟无改移。君须是,做些儿相度,莫待临时。

黄庭坚,字鲁直,洪州分宁人。据说,黄庭坚是一个神童,五岁时,就已读完五经。一日,他问老师:"人们都说六经,你为何只让我读其中五经?"老师说:"《春秋》不值得读。"黄庭坚说:"这是什么话?既然说是'经',怎么能不读呢?"于是,他取来《春秋》,十天就将它背下来。七岁时,黄庭坚作《牧童诗》:"骑牛远远过前村,吹笛风斜隔垄闻。多少长安名利客,机关用尽不如君。"其诗少年老成,令人惊叹。

其父黄庶十分喜欢他,想让他应神童科。黄庭坚听到后,说:"考这个做什么?"他不愿走捷径,决心用自己的本事考中进士。八岁时,乡人要去参加科举考试,黄庶带着黄庭坚去送行。有人让黄庭坚作诗,黄庭坚顷刻写成,其中有三句云:"君到玉皇香案前,若问旧时黄庭坚,谪在人间今八年。"

十九岁时,他在洪州参加乡试,高中第一名。第二年,他与乡人一起去汴京,参加礼部举行的进士科考试。因为黄庭坚是乡试第一名,大家都认为黄庭坚这次一定能考中。于是,同学们考完试,便在旅舍办好酒菜,等着好消息。过了一会儿,有个仆人,满头乱发、大声叫喊着冲了进来,举三个指头,众人忙问谁中了。原来是与黄庭坚同舍的三个人高中,但黄庭坚却落榜了。那些没有考中的人纷纷伤心地散去,有的还趴在桌子上大哭,只有黄庭坚镇定自如,若无其事地喝着酒。喝完酒,黄庭坚还与乡人又去看了一次榜单,毫无失意之色。回家后,他细心揣摩宋祁《新唐书》的草稿与定稿之差异,发奋努力,终于悟得策论的精髓。过了三年,黄庭坚再次参试,终于考中进士。这年,黄庭坚二十三岁。

　　黄庭坚中进士后,朝廷任命他为汝州叶县县尉。他很不乐意,就拖拖拉拉,一直至第二年九月,才赶到叶县。汝州长官富弼见其如此怠慢,十分生气,当面责骂了他一顿,并让人把黄庭坚关了几日。富弼很讨厌黄庭坚,曾对人说:"我还以为黄庭坚是什么人物,我看,不过就是分宁一茶客罢了!"黄庭坚闷闷不乐,常有思归故里之意。

　　传说,黄庭坚年轻时,十分好色。他没中进士之前,曾浪游扬州,整日偎红倚翠,放浪形骸,做了官以后,还是整日和官妓鬼混,声名狼藉,就连苏辙也批评他"无行"。

　　黄庭坚为那些和他厮混过的妓女,写过很多艳情词。这些词大多刻意模仿民间词,喜欢用女子的口吻说话,如"怨你又恋你,恨你惜你,毕竟教人怎生是""忆我又唤我。见我嗔我,天甚教人怎生受"。《沁园春》就是黄庭坚早年艳情词中颇有情趣的一首。

　　这首词采用民间词的形式,上阕用男子的口吻,道出他的相恋之苦,下阕是女子诉说自己的别离之苦,并发誓终生相守,只是要那个男子好好思量。

　　叶县任满后,黄庭坚回到了汴京,参加四京学官选拔考试,名列优等,被任命为北京(今河北大名)国子监教授。黄庭坚十分喜欢这一任职,在任长达八年。后又任吉州太和县令、德州德平镇监察,直至四十一岁,宋哲宗继位,高太后垂帘听政,黄庭坚才被调到京师,出任秘书省校书郎。

## 第 50 夜　黄庭坚·蓦山溪

赠衡阳妓陈湘

鸳鸯翡翠，小小思珍偶。眉黛敛秋波，尽湖
南、山明水秀。娉娉袅袅，恰近十三余，春未透。
花枝瘦。正是愁时候。

寻花载酒，肯落谁人后。只恐远归来，绿成
阴、青梅如豆。心期得处，每自不由人，长亭柳。
君知否。千里犹回首。

在汴京，黄庭坚与苏轼交好。早在任北京学官时，他就给苏轼写了一封信，表达了自己的仰慕之情，并附上自己的两首古风。苏轼收到后，大加赞赏，也和了两首古风。"乌台诗案"发生后，黄庭坚因与苏轼和诗，竟被北京留守罚了二十斤铜。

黄庭坚比苏轼小八岁，被任命为学士院馆阁后，就以门生的身份，拜在苏轼门下，并多次与苏轼诗歌唱和。

苏黄交游，有两次最重要的盛会：一次是西园雅集，一次是贡院唱和。西园是驸马王诜的一处园林，王诜曾邀黄庭坚、苏轼、苏辙、李公麟、秦观、米芾、蔡肇、李之仪、郑靖老、张耒、王钦臣、刘泾、晁补之、僧圆通、道士陈碧虚这15位名人，在其园中集会。他们在一起，或吟诗，或作画，或题石，或弹琴，或谈禅，或观书，真是聚一时之豪杰，尽一世之欢。李公麟曾据此绘了一幅《西园雅集图》，米芾还据李公麟的图画，写了一篇《西园雅集图记》。画中，苏轼戴着一顶乌帽，穿着一件黄色的道服，正伏案写诗；黄庭坚手持芭蕉扇，正在观看李公麟画陶渊明的《归去来兮》。

元祐三年(1088)，翰林院学士苏轼，担任这一年进士考试的主考官。黄庭坚、孙觉、李公麟、晁补之、张耒等人作为副手，共同参与贡举考试的选拔。当时的贡举实行锁院制度，苏轼、黄庭坚等人在进入贡院之后，从开始拟题、排定举子座位，一直到开考、评卷、定出名次等，就一直被锁在贡院里面，以防试题泄露、接受请客等事件发生，时间长达两三个月。贡举锁院期间，苏轼与黄庭坚等人，屡有唱和。黄庭坚与苏轼之间的和诗多达百首，堪称文学史上的盛况，时人常以"苏黄"并称。

　　但黄庭坚十分低调,坚持以弟子礼待苏轼。黄庭坚曾在《书王周彦东坡帖》一文,称颂苏轼:"东坡先生道义文章,名满天下,所谓青天白日,奴隶亦知其清明者也。心悦而诚服者,岂但中分鲁国哉!士之不游苏氏之门,与尝升其堂而畔之者,非愚则傲也。"

　　黄庭坚与苏轼在京仅三年,就因其母病逝、苏轼出任杭州知州,而天各一方。1093 年,宋哲宗亲政,章惇担任宰相。章惇将苏轼贬到惠州后,就开始打击与苏轼交好的文人。黄庭坚亦被人弹劾,说他在修撰《神宗实录》时,多处附会,蓄意诋毁宋神宗。随后,黄庭坚被贬黔州、戎州等西南之地。

　　宋徽宗继位后,黄庭坚先出任鄂州监税,随后又出任太平州知州。但黄庭坚任职仅九天,就被莫名其妙地罢免了,只有主管玉龙观的虚职。第二年,赵挺之(赵明诚父亲)担任副宰相。赵挺之与黄庭坚在德州时,曾因政见不同,结下梁子。赵挺之指使转运判官陈举,诬告黄庭坚《承天院塔记》,有"幸灾谤国"之语。黄庭坚再次被贬,一直被流放到偏远的宜州(今广西宜山)管制。

　　在去宜州途中,他在衡阳停留了几日。在这几天里,他载酒寻春,遇见了歌女陈湘。当时陈湘仅十三岁余,还是一个少女,而黄庭坚已年近六十。黄庭坚自比杜牧,幻想着回来时,将陈湘纳为小妾,只是担心陈湘不等他,便为陈湘写了这首《蓦山溪》。

　　但黄庭坚最终没有等到这一天。在宜州的第二年,他就病逝了,终年六十一岁。黄庭坚在写给晏几道的《小山集序》中曾

说,僧人法秀怪罪他写艳词,说他以艳词劝淫,死后要下地狱,还
要被割舌头。不知黄庭坚死后,是否下了地狱,也不知陈湘是否
还在等着黄庭坚?

## 第 51 夜　陈师道·木兰花
汝阴湖上同东坡用六一韵

湖平木落摇空阔。叶底流泉鸣复咽,酒边清漏往时同,花里朱弦纤手抹。

风光过手春冰滑。十事违人常七八。不将白发并黄花,拟下清流揽明月。

陈师道,字履常,彭城人。陈师道小时候,学习十分刻苦。十六岁时,他带着自己的文章去拜见曾巩。曾巩一见,大为惊奇,称赞他的文章迥异于常人。于是,陈师道拜曾巩为师,向他请教作文章的方法。陈师道对自己的文章要求十分苛刻。据说,他每作一诗,便挂在墙壁上,坐下时吟咏,躺下时吟咏,有时一首诗反复修改半个月乃至一个月才能改定。有时候,他改到最后,还是不满意,就愤然撕掉,绝不给后人留一首坏诗。

后来,到了参加科举考试的年纪,他因不满王安石以经义之学取士,竟发誓终生不去参加科考。只是,他家日渐贫寒,只好让妻女到岳父郭概家中就食。曾巩听说了,便想帮他,于是在撰修五朝史事时,极力推荐他做自己的副手,可因陈师道是布衣,朝廷没有批准。

陈师道最佩服的人,就是苏轼。苏轼当年在徐州建黄楼时,陈师道便作《黄楼铭》,献给了苏轼。苏轼读后,大为赞赏。元祐年间,苏轼与黄庭坚、秦观等人在汴京唱和,陈师道听说了,竟从徐州跑到汴京,与苏轼唱和。苏轼十分喜欢陈师道,想收陈师道为徒。可谁料,陈师道竟断然拒绝了。他说:“向来一瓣香,敬为曾南丰。”意思是说,我这辈子只有一个老师,那就是曾巩,你苏轼才华再高,也夺不了恩师的地位。苏轼听后,不以为忤,反而更喜欢他了。于是,苏轼推荐陈师道为徐州州学教授,他欣然接受,并忙把妻女从岳父家接了回来。

过了两年,苏轼出任杭州太守,陈师道竟不顾长官的警告,离开徐州,到商丘迎接苏轼。徐州太守大怒,以擅离职守之名,撤了他的职。后来,苏轼出任颍州太守,便聘他为颍州州学教授。

颍州有一座西湖，欧阳修十分钟爱，曾作《采桑子》《木兰花》等词。苏轼到了颍州后，也对西湖爱之不已，经常与陈师道同游，二人还用欧阳修《木兰花》的韵，各作了一首词。

欧阳修的原词《木兰花》曰：

西湖南北烟波阔，风里丝簧声韵咽。舞余裙带绿双垂，酒入香腮红一抹。　　杯深不觉琉璃滑，贪看六幺花十八。明朝车马各西东，惆怅画桥风与月。

苏轼的和词《木兰花》曰：

霜余已失长淮阔，空听潺潺清颍咽。佳人犹唱醉翁词，四十三年如电抹。　　草头秋露流珠滑，三五盈盈还二八。与余同是识翁人，惟有西湖波底月。

陈师道也作了一首和词，即这首《木兰花》。

陈师道还没来得及"揽明月"，苏轼就离开颍州，出任扬州知州去了。新来的太守很看不惯陈师道，就以布衣为由，撤了他的职。陈师道只好回到徐州，与妻女继续过苦日子。后来，他越来越穷，以至于好几日都吃不上饭。为此，他的妻子很生气，但他也没有别的办法。后来，宋徽宗继位，向太后垂帘听政，他才被任命为秘书省正字。

1101 年冬天，宋徽宗率领百官举行郊祀。当时，天气十分寒冷，只有厚厚的裘衣才能御寒，可陈师道家只有一件薄薄的棉衣可以穿。他的妻子便到赵挺之家借了一件裘衣。赵挺之与陈师道都是郭概的女婿,但陈师道十分鄙薄赵挺之的为人。陈师道问裘衣从何而来,他的妻子如实回答。陈师道听了,十分生气,说:"你难道不知道我宁愿受冻,也不会穿他家的衣服吗?"于是,他只穿着自己的薄棉衣,就去参加郊祀了。回来后不久,陈师道就因伤寒病逝了。

传说,陈师道去世那天,登封县令楼异世晚上睡觉时,忽然梦见陈师道向他告别后,就要匆匆离开。楼异世问:"你要去哪里啊?"陈师道说:"暂往杏园,苏轼、秦观已经在那里等着我。"当时,苏轼、秦观都已去世,楼异世觉得很奇怪,就猛地醒了。第二天,参寥子(即苏轼的好友僧人道潜)就向楼异世报丧,说:"陈师道昨天晚上去世了!"楼异世听了,感伤不已。

## 第 52 夜　秦观·满庭芳

　　山抹微云,天连衰草,画角声断谯门。暂停征棹,聊共引离尊。多少蓬莱旧事,空回首、烟霭纷纷。斜阳外,寒鸦万点,流水绕孤村。

　　销魂,当此际,香囊暗解,罗带轻分。谩赢得、青楼薄幸名存。此去何时见也,襟袖上、空惹啼痕。伤情处,高城望断,灯火已黄昏。

　　秦观,字少游,高邮人。秦观出生时,其父秦元化仍在太学里学习,未给秦观取正式的名字,家里人就一直喊他"七儿"。直到六岁时,他的父亲才回家,给他取名为"观",希望儿子能像高邮太学生王观一样,将来考中进士。

　　可秦观小时候,十分顽皮,根本不喜欢读书,自负有强记之功,常常读上两页书,就跟一些轻佻之徒,四处游玩、饮酒。秦观的父亲在秦观十五岁时,就早早地去世了。秦观没了父亲的约束,自此更加放纵。十九岁时,秦观娶宁乡主簿徐成甫的女儿徐文美为妻,但他仍常流连青楼,游历扬州、杭州、湖州、润州等地,其中,在扬州留居的时间最长。

　　一日,秦观听说苏轼将从杭州去密州,要经过扬州,他揣摩苏轼肯定会去一座古寺游玩,便模仿苏轼的语气和笔迹,在古寺墙壁上题了一首诗。苏轼到扬州后,果然去了那座古寺,见墙壁上有一首自己的诗,大为惊讶。后来,苏轼见到孙觉,孙觉拿出数百篇秦观的诗词,苏轼读后,才恍然大悟,原来古寺题诗者,就是秦观。于是,苏轼便开始留意这个年轻人。

　　可秦观在科场上,并不如意。元丰元年(1078),三十岁的秦观第一次参加进士科考试,铩羽而归。他很是懊恼,便去徐州拜访苏轼。当时,苏轼刚修建好徐州黄楼,秦观便作了一篇《黄楼赋》。苏轼看后,称赞不已,认为秦观的文章不在屈原、宋玉之下。苏轼从徐州卸任后,要去湖州任知州。秦观便以去会稽看望爷爷与叔父为由,与苏轼同坐一条船南下。两人一路和诗,情同父子。秦观一直把苏轼送到湖州,才去了会稽。

但刚到会稽，秦观就听说苏轼出事了，他忧心如焚，急忙赶到湖州。可当他到了湖州，才得知苏轼数日前，被御史台的人抓走了。无奈之下，秦观只好返回会稽。

在会稽滞留期间，太守程公辟热情地招待了秦观。程公辟十分欣赏秦观的才华，就让秦观住在自己居所附近的蓬莱阁，达八个月之久。二人游鉴湖、龙门山、大禹庙等，相处甚欢，酬唱的诗词竟达百篇。

一日，程公辟请客，席上有一歌女，姿容艳丽，秦观见后，颇为倾心。谁知，程公辟也很喜欢这个歌女，这年冬天，他在会稽太守上的任职到期，就要带着那歌女回汴京。秦观前来送别时，与那歌女依依不舍。这首《满庭芳》，就是此时所作的一首恋词。

秦观送别了程公辟与那个歌女，就告别爷爷与叔父，回高邮去了。回到高邮，秦观得知苏轼被贬黄州，连忙写了一封信慰问。接着，他又参加了一次进士科考试，依然没有考中。这一段时间，他整日闷闷不乐。

# 第 53 夜　秦观·鹊桥仙

纤云弄巧,飞星传恨,银汉迢迢暗度。金风玉露一相逢,便胜却人间无数。

柔情似水,佳期如梦,忍顾鹊桥归路!两情若是久长时,又岂在朝朝暮暮。

元丰八年(1085)，秦观第三次参加礼部的进士科考试。这一次，他幸运地考中了。更为幸运的是，苏轼从贬谪地回到了汴京，出任礼部郎中。秦观中进士后，任定海主簿、蔡州教授。随后，苏轼出任翰林院学士，元祐二年(1087)，苏轼与鲜于子骏以"贤良方正"为由，将秦观召回了汴京。

苏轼见到秦观，笑着说道："好久不见，你的文章写得越来越好。现在京城到处都在传唱你的《满庭芳》(山抹微云)。"秦观连忙致谢。谁料，苏轼马上又说："没想到你我相别之后，你竟然跟着柳永去学作词了！"秦观答道："不会吧，我虽然很笨，但也不会做出这等事吧！"苏轼说："你的《满庭芳》里'销魂，当此际'，难道不是柳永作词的句法吗？"秦观一听，十分惭愧，便要去修改那首词，但原词早已传唱开，改也无济于事。

秦观曾与苏轼一起参加了驸马王诜举办的西园雅集。据米芾《西园雅集图记》描述，秦观穿了一件青衣，头裹幅巾，正袖着手，坐在一棵古桧枝下，听陈碧虚弹琴。秦观喜欢写鬼诗。有人求其笔墨，秦观就为那人写了一首鬼诗。苏轼听说了，觉得十分好玩。一日，苏轼、黄庭坚在李公麟家闲坐，竟也模仿秦观，一人写了一首鬼诗。

在汴京期间，秦观经常跟着苏轼，四处和诗，十分惬意。他是"苏门四学士"里面，苏轼最为喜欢的学生。可因苏轼得罪了程颐，以程颐为首的"洛党"，便恶意攻击苏轼及其门人。秦观十分烦闷，就又回蔡州做学官了，而苏轼在第二年，就去了杭州做太守。

过了两年,因范纯仁推荐,秦观又被召回汴京,除太学博士,改任秘书省校对,负责校勘黄本书籍。后来,秦观迁秘书省正字,洛党分子贾易上书弹劾,说秦观刻薄无行,不配在秘书省任职。秦观因此被罢正字。但不久,秦观又被任命为国史馆编修。

这一时期,是秦观一生中最为风光的一段日子。他出入教坊,混迹于民间艺人当中,并用"转踏体"作了十首《调笑令》,分别咏唱了十位古代美女,很受教坊艺人欢迎,经久传唱。随后,他还将侍女边朝华纳为妾。边朝华,汴京人,是秦观为自己母亲买来的侍女,聪慧美丽。新婚之夜,秦观写了一首诗,把边朝华比作天上的"织女",对其甚是喜欢。

可幸福的日子只有短短的四年。章惇出任宰相后,就贬谪了苏轼、苏辙等人,秦观作为章惇眼中的蜀党骨干分子,也遭到牵连,被贬为杭州通判。

秦观预感到风雨欲来,为了不让他心爱的"织女"受罪,便将边朝华遣送回家,并赠送她父母很多金钱衣物,让他们将女儿嫁给别人。可过了二十多天,边朝华竟从家里追了过来,誓死要追随秦观。秦观不忍心,就让边朝华留了下来。

可谁料,受到御史刘拯的弹劾,秦观还没走到杭州,就再次被贬为处州(今丽水)监酒税。秦观实在不忍心边朝华跟着自己受苦,就再次将她遣送回家,并谎称自己要上山修道,说:"你若不走,我就修不成大道。"无奈之下,边朝华只好跟着父亲回到了汴京。

送走了边朝华,秦观也是十分伤痛。这年七夕,秦观在处州,很是想念边朝华,便写下了这首千古绝唱《鹊桥仙》。在这首词中,秦观自比牛郎,并向自己的织女边朝华倾诉,虽然他们现在像牛郎和织女一样,被迫分离,但爱情永恒,岂是距离能阻隔得了的!

## 第 54 夜　秦观·踏莎行　郴州旅舍

　　雾失楼台,月迷津渡,桃源望断无寻处。可堪孤馆闭春寒,杜鹃声里斜阳暮。

　　驿寄梅花,鱼传尺素,砌成此恨无重数。郴江幸自绕郴山,为谁流下潇湘去?

◎郴(chēn):郴州,地名,在湖南。

秦观在处州任监酒税,也就是主管征收当地酒税,算是一个肥差。可秦观很是苦闷,经常逃到寺庙,抄写佛经。秦观在法海寺净心修禅,并抄写佛经七万多字。但秦观抄写佛经一事,被章惇等人知道了。章惇便以其不务正业为由,将他贬到郴州,接受编管。

传说,秦观被贬郴州途中,在长沙遇到一个特别的歌女,她在长沙十分有名。秦观前去拜访,见其桌上有一卷书,拿起来一看,竟是自己的《秦学士词》,便假装好奇地问:"秦学士是谁?你这里怎么有他这么多的词?"那歌女一一作答。秦观又问:"这些词,你都能唱?"歌女说:"我平素经常演唱。"秦观更加好奇,说:"当今作词的名家,少说也有几百位,你为什么独爱此人,你见过他吗?"那歌女说:"我是一个乡野之人,怎么会见过秦学士呢? 即使他到了此地,也不会来见我。"秦观又说:"你爱秦学士,大概只是爱他的词罢了,倘若见了真人,恐怕不会再爱他。"那歌女说:"此言差也! 我若见了秦学士,哪怕让我做秦学士的小妾,也心甘情愿。"

秦观见状,便说自己就是货真价实的秦学士,只因被贬郴州,路过此地。那歌女大惊,便叫来母亲一起跪拜,并留秦观在家数日。临别时,那歌女说:"你公务在身,我不敢跟从,倘若北归,请过来看我一眼。"后来,秦观病死在藤州。那歌女得知,竟连忙奔走数百里,来到藤州,扶着秦观的棺材,绕行三圈,然后,大哭了一声,死在了棺材旁边。

此事记录在洪迈的《夷坚志》中,但他晚年自己又否定了此事,说秦观遇长沙歌女极不可能。原因是,当时长沙的太守温益是出了名的瘟神,对过境贬谪之官十分粗暴。有一个贬谪之官邹某,曾过境长沙,夜晚投靠某村寺庙,温益知道后,就连忙让人赶了出去。秦观亦在贬谪之列,怎么可能让他在歌女之家逗留呢?

秦观被贬到郴州,还没过两个月,朝廷又发文,令他去横州。秦观无奈,只好再次启程,在郴州的旅舍里,他感慨宦海艰难,人生悲苦,便写了这首《踏莎行》。

贬谪路上,秦观路过衡阳,衡阳太守孔毅甫曾与秦观同在汴京为官,两人关系十分融洽,便留秦观数日。一日,秦观喝完酒后,抄录其在处州时所作的《千秋岁》(水边沙外),孔毅甫读到词中"镜里朱颜改"句时,惊呼道:"少游,你正当盛年(秦观当时不到五十岁),为何出此悲怆之语?"为了解秦观之忧,孔毅甫也和了一首词。秦观离开时,孔毅甫一直把秦观送到了衡阳郊外,回来后他就对人说:"我观秦观气貌,和平日很不同,我担心秦观不久要离开人世了。"

秦观到了横州,又再次被贬到雷州。不久,宋哲宗驾崩,向太后垂帘听政,苏轼得以北还,就来雷州看望秦观。苏轼走后没有多久,秦观也收到其遇赦北还的消息。走到藤州时,他忽然想起自己此前曾在梦中作过一首《好事近》,其中有句"醉卧古藤阴下,了不知南北",令他感慨万千,便游光华亭,以追忆前生后世。在光华亭,他觉得累了,就坐下,然后向人索水。家人端来一杯水,他笑着看了一眼,还没喝水,便闭上了眼睛。后来,苏轼在北归途中,听到秦观去世的噩耗,失声痛哭,"哀哉少游,痛哉少游",仿佛死了亲儿子一样,悲伤不已。

## 第 55 夜　仲殊·踏莎行

　　浓润侵衣,暗香飘砌。雨中花色添憔悴。凤鞋湿透立多时,不言不语厌厌地。

　　眉上新愁,手中文字。因何不倩鳞鸿寄?想伊只诉薄情人,官中谁管闲公事。

仲殊,俗姓张,名挥,字师利,是北宋颇富传奇色彩的僧人。据说,他早年也是一个读书人,还中了安州乡贡进士,只因放荡不羁,惹得妻子十分生气,就在他的饭里下毒,意欲将他毒死。他见妻子竟做出如此绝情之举,便离家出走当了和尚,法名仲殊。

传说,仲殊做了和尚后,不知经何人传授,竟练就了养生运气之法。苏轼对此很是痴迷,谪居黄州时,就很想拜仲殊为师,学习他的养生运气之法。他在给友人滕达道的信中,用极其狂热的语气说道:"仲殊气诀,十分了得,我一定要知道详细。要是能得到他的传授,那简直就是莫大的荣幸。听说他早想来游庐山,不知他什么时候来?要是我能亲眼看他一眼,那将是多么惊喜的事情。"

后来,苏轼出任杭州太守,途经苏州,就专门拜访了仲殊。仲殊刚到苏州时,曾在寺庙的廊柱上,倒着写了一首诗:"天长地久太悠悠,尔既无心我亦休。浪迹姑苏人不管,春风吹笛酒家楼。"苏轼对此事十分好奇,就央求仲殊带他去看看。苏轼看到后大为惊叹,称赞其为神仙之作。

苏轼到杭州后,仲殊也常来杭州拜访。苏轼知道仲殊爱吃蜂蜜,就为他准备了一大罐,并笑着说:"你不吃五谷,专吃蜂蜜,蜜蜂就是你的施主啊!"苏轼还带着仲殊雪中游西湖。仲殊回到苏州后,就写了一首诗,寄给苏轼。苏轼收到仲殊的诗,竟连回了两首诗。

后来,苏轼杭州太守任满,被召回汴京。有一天晚上,他在吴淞江夜宿,半夜竟梦见仲殊夹着一把琴,来拜访他。仲殊弹了一会儿琴,苏轼觉得琴声有点怪,就站起来看了一下那把琴。谁知,那琴有点破,只有十三根弦,苏轼便叹息不已。仲殊说:"琴虽然有点破,但仍可以修。"苏轼便问:"怎么只有十三根弦。"仲殊不说话,随口吟了一首诗:"度数形名本偶然,破琴今有十三弦。此生若遇邢和璞,方信秦筝是响泉。"邢和璞是唐代神仙道士,善于算卦,能卜人生死,说出人的前生来世。苏轼心里感到奇怪,就醒来了。但醒了之后,就忘了这首诗。第二天,他中午睡觉,又梦见了仲殊,做了同样的梦。苏轼大惊,一下子就从梦中惊醒。

听说苏轼要回汴京,仲殊赶来送别,到时,苏轼正好从梦中惊醒,一睁眼看到仲殊,还以为仲殊是从他的梦中走出来的。两人谈了一会儿梦,皆大笑不已。

过了四五年,苏轼被贬惠州,仲殊仍与苏轼书信不断。后来,听到苏轼北归,病逝于常州的消息,仲殊难受不已。一日,他神情沮丧,来到经堂上和众僧人一一告别。到了晚上,他关了大门,在院子里的一棵枇杷树上,上吊自杀了。

仲殊为何自杀?传说,仲殊某日去拜访苏州太守。两人正说着话,只见一个女子,正站在雨中,手里拿着诉状,等候太守开审。苏州太守见状,便让仲殊就此情此景,写一首词。于是,仲殊便吟了这首《踏莎行》。

这首词因中间两句"凤鞋湿透立多时,不言不语厌厌地",传神地描摹了那女子的神态与内心感受,颇受太守与后人的赞许。于是,一些轻薄的人,因仲殊吊死在枇杷树下,就将这两句改为"枇杷树下立多时,不言不语厌厌地"。

## 第 56 夜　司马槱·黄金缕

　　妾本钱塘江上住，花落花开，不管流年度。
燕子衔将春色去，纱窗几阵黄梅雨。

　　斜插犀梳云半吐，檀板朱唇，唱彻《黄金缕》。
望断行云无觅处，梦回明月生春浦。

司马槱(yǒu)，字才仲，陕州夏台人。元祐年间，因苏轼推荐，应贤良方正科、直言极谏科考试，最终，以第三名的成绩，赐同进士出身。随后，他被授为河中府司理参事。

河中府在今天山西永济。司马槱在赴任途中，一日昼寝，忽梦一个女子，头戴翠冠，身穿罗裙，姗姗而来，手执檀板，轻声唱道："妾本钱塘江上住，花落花开，不管流年度。燕子衔将春色去，纱窗几阵黄梅雨。"司马槱听后，很喜欢这首词，便问那女子："这是什么曲子？"那女子说："《黄金缕》。"接着又说："你将来要在钱塘任官，你的任官之所，就是我居住的地方，我们会相见于钱塘江上。"司马槱感到十分诧异，正要问个明白，突然从梦中惊醒。

醒来后司马槱回想那首词，可惜的是，只记得词的上阕。司马槱觉得此词幽凄，让人心里隐隐作痛，便续其下阕，反复吟唱，心中愈加想念那梦中女子。

司马槱在河中府任满后，果然被调到了临安。到了临安后，司马槱想起那女子曾说过"妾本钱塘江上住"，便四处打听，但皆无消息。司马槱思念不已，便又写了一首《河传》：

银河漾漾。正桐飞露井，寒生斗帐。芳草梦惊，人忆高唐惆怅。感离愁，甚情况。　　春风二月桃花浪。扁舟征棹，又过吴江上。人去雁回，千里风云相望。倚江楼，倍凄怆。

写完之后，他再三吟诵，心里很是不乐。

一日，司马槱与同僚说起自己的梦境。有人说："你的公署后面,就是苏小小的墓,她以姿色名冠天下,又说你任官之所即她居住的地方,莫非那女子就是苏小小?"司马槱听了,哂然一笑。当夜,那女子又重入司马槱的梦,说:"我,就是南朝的苏小小,感君为我新作了一首词,愿与君结为夫妻。"司马槱大喜。但苏小小随即说道:"人的寿命、财富,都是天生注定,何不弃官而去,随我浪迹江湖,岂不快哉!"司马槱贪恋官位,有点不舍。那女子嫣然一笑,便倏然而去。

后来,司马槱造了一艘画船,十分精巧。他经常与同僚坐船泛游于西湖之上。一日,黄昏时分,看守这艘画船的士卒正坐在岸边歇息,忽然,他看见一个人,穿着司马槱常穿的绿袍,带着一个女子,上了船。士卒想上前阻拦,却只能眼睁睁地看着,什么也做不了,接着,那画船突然着火,火光冲天,人不可靠近。顷刻之间,船与船上的男女,便化为灰烬。士卒连忙回家向司马槱报信,谁料,刚到公署门前,就听说司马槱暴病身亡了。

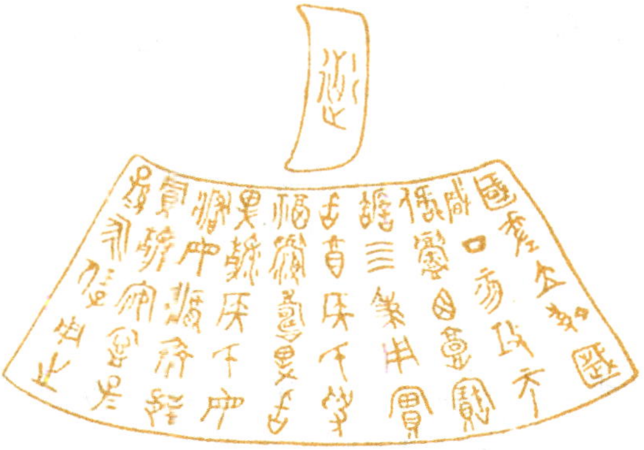

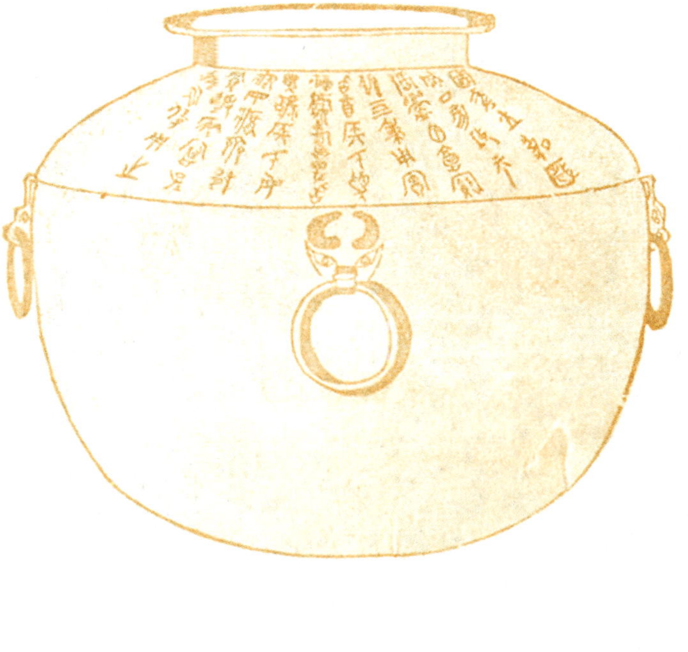

## 第 57 夜　周邦彦·苏幕遮

燎沉香,消溽暑。鸟雀呼晴,侵晓窥檐语。叶上初阳干宿雨,水面清圆,一一风荷举。

故乡遥,何日去?家住吴门,久作长安旅。五月渔郎相忆否?小楫轻舟,梦入芙蓉浦。

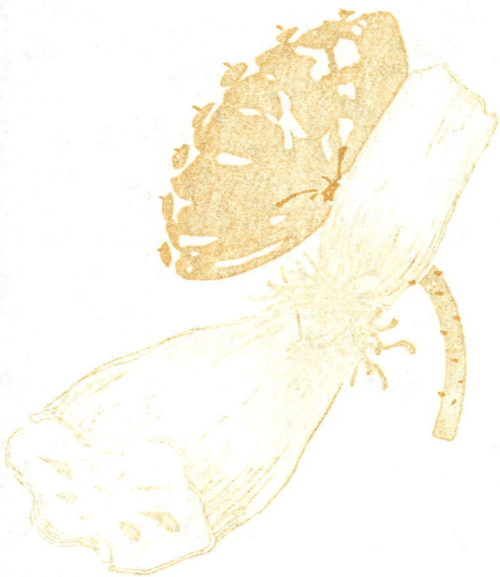

周邦彦,字美成,浙江杭州人。周邦彦有一个叔叔,名叫周
邠,是嘉祐八年(1063)的进士。苏轼任杭州通判时,周邠任钱塘
县令,两人经常在一起相互酬唱,交情颇深。浙中大旱时,苏轼
还曾与周邠等人,同去杭州天竺寺求雨,晚上还一块睡在灵隐
寺。后来,周邠任乐清县令,特意赠送苏轼一幅《雁荡山图》和一
首新诗。苏轼收到后,十分喜悦,接连和了两首诗,即《次韵周邠
寄雁荡山图二首》,寄给了周邠。但周邦彦与苏轼一生并无多交
集,其中缘由,大约是因为苏轼倾向于旧党,而周邦彦倾向于
新党。

周邦彦青少年时,生活放荡,很不受州官待见,因而一直没
有取得参加州试的资格。但过了几年,适逢王安石改革科举制
度,用学校教育取代科举制度,以太学三舍法取士。二十多岁的
周邦彦便以布衣之身,考入太学,成为一名太学外舍生。

周邦彦是新法的受益者。在太学学习期间,他认真学习新
法,是新法的狂热拥护者。过了几年,宋神宗命宦官宋用臣,重
修汴京城。但谁知,汴京城重修之后,竟无人称颂,宋神宗对此
表示遗憾。数百名太学生听说了,立刻闻风而动,一时间,约有
上百篇赋文,献于宋神宗面前。但只有周邦彦的长达七千字的
《汴都赋》,得到了宋神宗的首肯。

据说,周邦彦的这篇赋用了古文奇字,宋神宗看不懂,便让
翰林院学士、尚书右丞李清臣,在朝堂上为其诵读。李清臣也不
认识这些古文奇字,就只读这些字的偏旁,硬着头皮读完了。因
此赋大肆铺陈了汴京的华丽与地势之险要,顺带也表达了对王
安石变法的称赞,宋神宗听完,极为开心,就在政事堂召见了周

邦彦，并提拔为太学正，辅助太学博士施行教典、学规。周邦彦一时声名大振，风头无两。

可谁料，过了不到两年，宋神宗就去世了。宋哲宗继位，高太后垂帘听政。高太后倾向于旧法，便将那些歌颂新法、拥护新党的人，大多予以放逐。周邦彦因官小位卑，躲过了一劫，但也因此长久无人问津，在太学正的职位上，被闲置了五年。

在这五年里，周邦彦主要致力于文学创作，最为人称道的，是他的怀乡词。周邦彦是江南人，很不喜欢汴京的天气，夏天闷热得要死，冬天又把人冻得嗷嗷叫，因此，他很怀念杭州的生活。他做梦都梦到自己划着一只小船，在长满荷花的湖水中，任意飘荡，真是惬意无比。这首《苏幕遮》，就是困居汴京时所作的一首思乡词。

## 第58夜　周邦彦·满庭芳

夏日溧水无想山作

　　风老莺雏,雨肥梅子,午阴嘉树清圆。地卑山近,衣润费炉烟。人静乌鸢自乐,小桥外、新绿溅溅。凭栏久,黄芦苦竹,疑泛九江船。

　　年年。如社燕,飘流瀚海,来寄修椽。且莫思身外,长近尊前。憔悴江南倦客,不堪听、急管繁弦。歌筵畔,先安簟枕,容我醉时眠。

1089 年，周邦彦受到旧党排挤，被赶出了朝廷，出任庐州（今合肥）州学教授。周邦彦先将家眷带回了杭州，然后一人去了庐州。在庐州，周邦彦心灰意懒，很是苦闷，一度想去当道士。"清真居士"，大概就是周邦彦在庐州时给自己取的号。周邦彦在其词中描写庐州地处偏僻，连钟鼓都听不到，晚上，几盏破灯挂在城中央，到处黑漆漆的，人在此地，只觉得夜晚好漫长，十分疲倦。

庐州任满，周邦彦竟没接到调令，只好流落到荆州。好在两年后，朝廷终于想起还有这么一个人，这才任命周邦彦为溧水县令。

溧水是一个背靠群山的县邑，赋税沉重，诉讼繁多，很不容易治理。周邦彦上任后，主张清净无为，一切政事从简，当地百姓竟无不称颂。周邦彦在县署后面，修建了一座亭子，命名为"姑射"，作避暑之用，亭子后面有一座山，名"无想山"。

传说，周邦彦任溧水县令时，曾偷恋主簿家的一个妾。此女善于弹筝，颇有姿色，经常为周邦彦敬酒。周邦彦曾为她作《风流子》一词。其词曰：

新绿小池塘，风帘动、碎影舞斜阳。羡金屋去来，旧时巢燕；土花缭绕，前度莓墙。绣阁凤帏深几许，曾听得理丝簧。欲说又休，虑乖芳信；未歌先咽，愁近清觞。　遥知新妆了，开朱户、应自待月西厢。最苦梦魂，今宵不到伊行。问甚时说与，佳音密耗，寄将秦镜，偷换韩香。天便教人，霎时厮见何妨。

首句中的"新绿"即是指主簿家的房子。那些维护周邦彦名声的人,恨不得将此词从周邦彦的词集中剜走,说这是好事者附会的,周邦彦肯定不会作这等俗艳之词。但亦无证据为之辩驳,只好含糊过去。此事是否属实,且待后人评说。

周邦彦在溧水县十分寂寞,只好整日借酒浇愁,写词以自遣。这首《满庭芳》,就是他倦于游宦、颇感苦闷时作的一首词。

## 第59夜  周邦彦·兰陵王  柳

柳阴直,烟里丝丝弄碧。隋堤上、曾见几番,拂水飘绵送行色。登临望故国,谁识京华倦客?长亭路,年去岁来,应折柔条过千尺。

闲寻旧踪迹,又酒趁哀弦,灯照离席。梨花榆火催寒食。愁一箭风快,半篙波暖,回头迢递便数驿,望人在天北。

凄恻,恨堆积!渐别浦萦回,津堠岑寂,斜阳冉冉春无极。念月榭携手,露桥闻笛。沉思前事,似梦里,泪暗滴。

1093 年,高太后去世,宋哲宗亲政。章惇出任宰相后,旧党多被放逐,新法的拥护者周邦彦这才时来运转,开始出人头地。他先是被调回了汴京,出任国子监主簿,第二年,还得到了宋哲宗的亲自接见。

据说,宋哲宗在崇政殿召见了他,问他在《汴都赋》里都写了什么。周邦彦答道:"岁月久远,已经记不太清了,请让我回去抄写一份呈上。"宋哲宗答应了。于是,周邦彦重新修改了一遍《汴都赋》,并把它献给了宋哲宗。宋哲宗命他当场诵读。周邦彦读完之后,宋哲宗大为喜悦,便提拔他为秘书省正字。

后来,宋哲宗去世,宋徽宗继位。徽宗赵佶喜欢音乐,便设立大晟府(国家最高音乐机构),并命周邦彦等人,校正古音,审定是非。过了数年,赵佶又命周邦彦提举大晟府,负责制作歌曲,供皇帝在特定场合享用。

传说,周邦彦与赵佶曾是情敌,两人都与李师师关系很好。一日,赵佶去李师师家,恰巧周邦彦也在。周邦彦听说赵佶来了,连忙藏在床底下。赵佶给李师师带了一个新橙,对她说:"这是江南新进贡的。"接着,赵佶让李师师弹琴,二人又说了许多悄悄话。这些话都被躲在床下的周邦彦听见了。回去后,周邦彦写了一首《少年游》,并谱了曲,让李师师演唱。其词曰:

并刀如水,吴盐胜雪,纤手破新橙。锦幄初温,兽烟不断,相对坐调笙。　　低声问:向谁行宿? 城上已三更。马滑霜浓,不如休去,直是少人行。

后来，李师师在赵佶面前唱了这首词。赵佶问："这是谁作的？"李师师说："周邦彦。"赵佶大怒，回朝后便对宰相蔡京说："我听说开封府税监周邦彦，没有收够税，为什么京兆尹不告发他呢？"蔡京不知有此事，只好说："我退朝后，问问京兆尹，再回复您。"退朝后，蔡京让人叫来京兆尹，询问此事。京兆尹说："开封府收的税，一直有短缺，但只有周邦彦还有盈余。"蔡京说："皇帝的意思是这样，请你照皇帝的意思办吧！"京兆尹无奈，只好说周邦彦没有收够税。于是，赵佶便下旨，周邦彦职事废弛，将其即日赶出京城。

过了一两天，赵佶又去找李师师，却没有找到，原来她送周邦彦去了。过了好久，李师师才回来，还泪眼汪汪，看上去憔悴不堪。赵佶很生气，说："你到哪里去了？"李师师说："臣妾万死。我听说周邦彦被押送出城，就去送他，不知道您要来。"赵佶问："你送他的时候，他是否写词？"李师师说："有《兰陵王》词。"赵佶说："唱一遍给我听听。"李师师说："请先让我敬您一杯酒，再唱这首词，为您祝寿。"李师师唱完后，赵佶大喜，又连忙让人将周邦彦召回，并任命他为大晟乐正，后来，还让他做了大晟乐府待制。

这个传说，基本上属于虚构。原因是周邦彦从来没做过开封府税监，且据王国维考证，宋代并无"大晟乐正""大晟乐府待制"这两个官职。后人虚构这个故事，主要是为了凸显周邦彦的词，尤其是这首《兰陵王》，构思精妙，回味无穷，令其堪称"词中之老杜"。

这首《兰陵王》，是周邦彦被赶出汴京，赴真定府时，写给某女子的。据说,一日,宋徽宗见近日祥瑞之兆频出,便很想让人写一首词,以便乐工们在乐坊里传唱。蔡京察觉到宋徽宗之意,便召见了周邦彦,命其写一首颂词。周邦彦向来鄙薄蔡京的为人,就对蔡京说:"我老了,很久不写词了,且很后悔年轻时写的那些词。"可起居郎张果平素与周邦彦不合,得知他最近刚给某亲王写过一首词,便将此事告知了蔡京。蔡京知道后,十分生气,便将周邦彦贬谪出京,出任真定府知府。

## 第 60 夜　周邦彦·瑞鹤仙

　　悄郊原带郭,行路永,客去车尘漠漠。斜阳映山落,敛余红、犹恋孤城阑角。凌波步弱,过短亭、何用素约。有流莺劝我,重解绣鞍,缓引春酌。

　　不记归时早暮,上马谁扶,醒眠朱阁。惊飙动幕,扶残醉,绕红药。叹西园、已是花深无地,东风何事又恶? 任流光过却,犹喜洞天自乐。

　　周邦彦出任真定府知府不到一年，就被改任为顺昌府(今安徽阜阳)知府。但周邦彦任职不到一年，又被改调为处州(今浙江丽水)知州。谁料，周邦彦南下，刚走到睦州(今浙江建德)，朝廷又下令，罢免其处州知州之职，改授提举南京(今河南商丘)鸿庆宫。

　　正踌躇之间，睦州人方腊忽然发动起义，一时间睦州到处都是难民。周邦彦惊慌失措，官也不要了，连忙跟着难民，朝家乡杭州逃去。

　　传说，一日，逃难途中的周邦彦，在睡梦中作了一首词，即这首《瑞鹤仙》，他醒来之后，竟全能记着，只是不知词中大意。待他逃到杭州，刚入钱塘门，就见杭州人像马蜂一样仓皇奔出，此时，落日正在鼓角楼檐间，其情景正是词中"斜阳映山落，敛余红、犹恋孤城阑角"之句。

　　他正不知如何是好时，忽听得有人在人群中喊道："周待制，你要去哪里？"周邦彦定睛一看，原来是他邻居的一个侍妾。周邦彦很是迷茫，不知如何作答。那女子说："太阳已偏西，你肯定还没吃饭。不知你能不能从车上下来，跟我到酒楼喝上一杯？"周邦彦连忙从车上下来，跟那女子到了酒楼里。周邦彦又惊又饿，连饮数杯，顿觉饥饿感消失。他忽然发觉，这不正是词中"凌波步弱，过短亭、何用素约。有流莺劝我，重解绣鞍，缓引春酌"几句吗？

　　周邦彦喝完酒，微醉，很是惶惑，就连忙辞别了那女子，径直出了城北。那时，江水大涨，桥也断了，岸边到处站满了人，连立脚的地方都没有了。周邦彦看到旁边有一个小寺庙，无人聚集，就连忙奔到那寺庙里，在一间藏经阁里住下。这不正是词中"不记归时早暮，上马谁扶，醒眠朱阁"的情景吗？

到了晚上，他听说两浙都被方腊占据，想到自己掌管的南京鸿庆宫，应该有斋厅可以居住。第二天，他便带着全家，前往商丘居住。这正好是词中"惊飙动幕，扶残醉，绕红药。叹西园、已是花深无地，东风何事又恶？任流光过却，犹喜洞天自乐"几句。

这个传说，完全是后人附会的。实际情况是，周邦彦跟着难民逃到了杭州老家。谁料，过了几天，方腊的大军也杀到了杭州。周邦彦闻讯，连忙带着家人，仓皇出城，逃到西湖边其祖先墓地旁的庙庵里住下了。

这年年底，一位客人来访，周邦彦热情地接待了他，随后将他送走。在回家路上，周邦彦忽见一个朋友的侍妾，在徒步逃难。周邦彦连忙下马，邀她到路旁的旗亭歇息饮酒。当时，落日在山，时闻黄莺在树梢里鸣叫。分别后，周邦彦有点微醉，便回到庙庵睡了一觉，第二天，周邦彦想起昨日之事，便作了这首《瑞鹤仙》。

后来，官兵收复了杭州，周邦彦回到城里，果然见他的故居西园，遭到乱兵的蹂躏。随后，朝廷又任他为提举洞霄宫，但他年事已高，走不动了，就没有赴任。过了些日子，他又迁居处州，不久就去世了，享年六十六岁。

## 第 61 夜　朱敦儒·鹧鸪天　西都作

　　我是清都山水郎,天教懒慢带疏狂。曾批给露支风敕,累奏留云借月章。

　　诗万首,醉千场。几曾着眼看侯王?玉楼金阙慵归去,且插梅花醉洛阳。

朱敦儒,字希真,河南洛阳人。朱敦儒出身显赫,其祖父、伯父、父亲,皆在朝中担任过高官。他的父亲朱勃,曾为宋哲宗时期谏官。朱敦儒年轻时,家境优渥,对科举、功名等世俗之物,很不放在眼里,也不喜欢读书,整日纵酒狂歌,到处打猎、赏花、狎妓,就是一个典型的浪荡公子哥。

直到四十岁左右,他才靠着祖上的功德,门荫了一个官。但朱敦儒性格狂放,不爱受人约束,做了几年官,就辞职不干了。他隐居洛阳,游山赏水,饮酒作诗,过着神仙一般的日子。这首《鹧鸪天》就是他辞官归来不久,作于洛阳的一首词。

朱敦儒真想一辈子醉卧在梅花丛中。可谁知,天不遂人愿,金兵从东北攻了进来。朱敦儒连忙从洛阳一路向南狂奔。他先是跑到淮阴,接着又跑到了金陵。但金兵很快就打到了金陵。他连忙又跑到洪州。但谁料,过了两年,金兵又打到了洪州。朱敦儒听人说,广东安全,就来到了南海(今广州)。他惊魂甫定,只要听到金兵打过来的消息,就四处逃窜,一会儿跑到肇庆,一会儿跑到梧州,一会儿跑到藤州,简直就像一只丧家之犬。

朝廷在此期间,听说了朱敦儒,觉得他就是当今之大儒,接连三次召他为官,但他为了避祸,都拒绝了。第一次是宋钦宗靖康元年(1127),朝廷任命他为学官,但他说自己就像林中的麋鹿一样,性喜野趣,拒绝了朝廷的美意。第二次,他逃至金陵,宋高宗在南京(今河南商丘)即位,下诏让人推荐草泽才德之士,策试通过后,就可以授官,于是,淮西部使者推荐朱敦儒,说他有文武之才,宋高宗听说后,欲召见他,但他又拒绝了。第三次,他逃到南雄州,张浚出任川陕宣抚处置使,欲请他为军前幕僚,他仍然拒绝了。

后来，朱敦儒逃到藤州，广西宣谕使明橐再一次向朝廷举荐了他，说他有经世之才，堪为大用。朝廷便命他为右迪功郎。朱敦儒想再次拒绝，他的朋友劝道："如今皇帝虚心求贤，有中兴之志，曾召蜀地的谯定、浙江的苏庠、长芦的张自牧入京，你为什么非要住茅草屋，吃野菜，白首山谷呢？"朱敦儒幡然悔悟，听从了友人的话，便去临安接受了任职。皇帝在便殿召见了朱敦儒，见其议论明畅，便赐他进士出身，并授官秘书省正字。此后十四年，朱敦儒先后出任临安府通判、枢密行府咨议参军、两浙东路提点刑狱等职务。

谁料，右谏议大夫汪勃弹劾朱敦儒，说他著述不合正统，专立异论，还和朝中大臣李光勾结，图谋不轨。宋高宗听到后，就将朱敦儒罢免了。

朱敦儒晚年时，家乡洛阳仍被金兵占领，他只好隐居在嘉兴。秦桧当宰相后，喜欢用名人装点自己，其养子秦熺喜好作诗，秦桧便想邀请朱敦儒教其养子作诗，又怕他不来，就先任命他的儿子为删定官，接着又任命他为鸿胪少卿。朱敦儒虽然心里很不情愿，但慑于秦桧的权威，只好虚与委蛇。谁料，刚过了二十一天，秦桧竟一命呜呼了。秦桧死后，朱敦儒也被罢官。后人评论朱敦儒早年节操清高，晚年却误入泥沼，令人惋惜。

## 第 62 夜　赵佶·燕山亭　北行见杏花

　　裁剪冰绡,轻叠数重,淡著胭脂匀注。新样靓妆,艳溢香融,羞杀蕊珠宫女。易得凋零,更多少、无情风雨。愁苦。问院落凄凉,几番春暮?

　　凭寄离恨重重,这双燕,何曾会人言语? 天遥地远,万水千山,知他故宫何处? 怎不思量? 除梦里、有时曾去。无据,和梦也新来不做。

赵佶，即宋徽宗，是宋神宗的第十一个儿子。传说，宋神宗曾在秘书省观看南唐后主李煜的画像，见李煜端正儒雅，颇为惊叹。不久，赵佶的母亲陈氏就怀孕了，并在梦中见过李煜前来拜访。因此，后人便说赵佶是李煜转世。

赵佶四岁时，其父宋神宗病逝。他的哥哥赵煦继位时，年仅十岁，即是宋哲宗。但宋哲宗命短，只活了二十五岁。宋哲宗去世了，向太后便立赵佶为皇帝。赵佶登基后，向太后执掌大权。第二年，向太后去世，宋徽宗亲政。亲政后，赵佶做的第一件事就是放逐了宰相章惇，随后又贬黜了左相韩忠彦、右相曾布，让蔡京做了独相，替自己打理朝政。他自己则和高俅、林灵素、李师师等人，整日厮混在一起。

高俅原是苏轼门下的小史。苏轼出任杭州知州时，便将高俅推荐给驸马王诜。王诜因篦子刀事件，又将高俅让给了赵佶。高俅球技高超，嘴巴很甜，颇得赵佶欢心。赵佶当皇帝后，就对高俅说："你去参加科举考试，也考个进士吧！"高俅说自己不是那块料。赵佶说："那你去当兵，将来也好有个提拔的资质。"于是，高俅就到了西北边境，在熙河路都监刘仲武手下任职。过了两年，高俅被调回京城。刚一回来，赵佶就任命高俅为八十万禁军统帅。高俅果然不负赵佶的"重托"，不再训练士兵习武，而是教士兵踢蹴鞠、耍大刀、舞狮子、唱杂剧，硬生生将负责守卫京城安全的军营，变成了一个杂技团。赵佶看了，还连连夸赞，称高俅是"天降奇才"！

后来，赵佶又受到妖道林灵素的影响。林灵素原是一个赌徒，因欠下赌资，被人抓烂了脸。他逃到山里，跟一个道士学了些神仙道术,四处作法,名声大起。赵佶听说了,就让人将林灵素请到宫中。赵佶问林灵素有何法术。林灵素说自己"上知天宫,中识人间,下知地府",并忽悠赵佶,说他是玉皇大帝的儿子,他的妻子、大臣都是玉皇大帝派到人间的神仙。赵佶听了,不以为妄,反而喜上眉梢,大加赏赐了林灵素,并赐号通真达灵先生。林灵素每次作法,赵佶都在他的旁边观看,虔诚得像个小学生。

不久,赵佶又迷上了京城名妓李师师。李师师原是汴京东二厢永安坊染局匠王寅的女儿,她四岁时父母双亡,便被有倡籍的李姥收养,遂改姓为李。李师师长大后,色艺双绝,名冠坊曲。街上混混张迪曾多次拜访过李师师,后来,张迪入宫当了太监,便在赵佶面前吹嘘李师师的芳容。赵佶听了,心里痒痒的,便在张迪的引诱下,多次去妓院私会李师师。后来,为了掩人耳目,张迪竟修了一条长长的暗道,从皇宫直通李师师家,专门供赵佶与李师师幽会。

赵佶整日与小人厮混,不理朝政,终于酿成大祸。先是宋江等人在水泊梁山起义,接着方腊又在浙江发动起义。宋军虽然平定了这两次农民起义,但北方的形势却岌岌可危。金朝建立后,发誓要灭辽,便联合宋,出兵攻辽。但谁料,辽虽已破落,仍多次击败宋军。后来,还是金朝出兵,攻下辽的南部首都燕京,又俘虏了辽天祚帝。

在灭辽的过程中,金朝窥见了北宋的虚弱,便以北宋不守盟约为由,举兵南下,要来问罪。金兵一路南下,直逼汴京,宋徽宗赵佶闻讯,顿时吓昏在地,并将皇位传给儿子赵桓,即宋钦宗,自己连忙出城,一路狂奔,逃到了镇江。

后来,宋钦宗在主战派李纲的协助下,坚持抗战,各路勤王大军,陆续赶到。金兵怕断了后路,就连忙后撤。于是,赵佶又从镇江回到汴京,而宋钦宗在小人的蛊惑下,驱逐了李纲。金兵见李纲被驱逐,就又杀了回来,再次包围汴京。不久,金兵攻下汴京外城,并多次索要金银、女子,还要宋钦宗来金营谈判。

宋钦宗不知是计,前去金营谈判,可刚入金营,就被金兵扣押下来。宋徽宗见儿子被扣押,便提出用自己换回儿子。金兵一听,正中下怀,宋徽宗一到金营,就被扣押下来。随后,金兵猛攻汴京内城。汴京城陷落后,金兵大肆劫掠了一番,便押着宋徽宗赵佶、宋钦宗赵桓及宗室、嫔妃等,回北方去了。这首《燕山亭》,就是赵佶被俘北行时,偶见路上的杏花,所作的一首怨词。

赵佶一行人到了上京,就换了素服,向金太宗跪拜。金太宗为了侮辱他,封赵佶为昏德公,大约是仿效赵匡胤封李煜为违命侯之事,并命人将赵佶父子囚禁在五国城(今黑龙江依兰)。

到了五国城后,赵佶父子就被关进一座土房里。不久,郑皇后因不堪受辱而亡。郑皇后死后,赵佶整日哭泣,哭瞎了一只眼睛。这年(1130)冬天,五国城天寒地冻,食物皆冻成冰块。太阳过午后,护卫才送来四碗饭,让他们父子俩分着吃。室外寒风凛冽,室内也冷得像一个冰窟,赵佶父子冻得两腿打颤,牙齿咯咯作响。

就这样过了四年,赵佶实在忍受不了,就把衣服绞烂,做成一根绳子,欲上吊自杀。他的儿子赵桓听到屋里的动静后,连忙将他救下。但赵佶的脖子被绳子勒伤,喉咙间肿烂成一片,不能进食,也没人为他疗治。过了几日,赵佶就被活活冻死在土炕上。第二天,护卫发现后,就叫了几个当地人,将赵佶埋在郊外的一个乱石坑里。过了二十多年,赵桓被金兵乱箭射死,而且其尸体也被乱马践踏。

## 第 63 夜　聂胜琼·鹧鸪天　寄李之问

　　玉惨花愁出凤城,莲花楼下柳青青。尊前一唱阳关曲,别个人人第五程。

　　寻好梦,梦难成。有谁知我此时情。枕前泪共阶前雨,隔个窗儿滴到明。

聂胜琼,汴京名妓,其真实姓名、籍贯家庭,皆不得而知。只知道,她聪明伶俐,善于填词,与李之问有过一段缠绵悱恻的情史。

某年,长安某幕府的仪曹李之问,解职后来到了汴京。在等待吏部差遣的这段时间里,李之问认识了聂胜琼。李之问一见聂胜琼,便心生喜欢,聂胜琼对李之问也是一见倾心。于是,两情相悦,恩爱无比。但怎奈,李之问是有妇之夫,改调之后,他不得不离开汴京。临别之际,聂胜琼依依不舍,在莲花楼为李之问饯行。在宴席上,聂胜琼唱了一首词,其末句唱道:"无计留春住,奈何无计随君去。"李之问感伤不已,又在聂胜琼家留了一个月。可在妻子的多次督催下,不得已,李之问只好再次与聂胜琼在莲花楼饮别。

李之问走后,聂胜琼食不甘味,寝不成寐,仿佛自己的魂,也跟着李之问走了。过了七八天,聂胜琼再也忍受不了这等煎熬,便写了这首《鹧鸪天》,并派人送给李之问。

李之问在半路上,收到了聂胜琼的这首词,看了一遍又一遍。他不忍心丢弃,便藏在行李当中。回到家,他的妻子在他的行李中发现了这首词,便问是谁写的。李之问如实回答。妻子觉得这首词语句清健,缠绵悱恻,便认定聂胜琼是重情重义的女子。于是,李之问的妻子拿出自己的嫁资,恳请丈夫将聂胜琼娶回家。李之问听了,都不敢相信自己的耳朵,待得知妻子是真心,便喜不自胜,连忙赶回汴京,将聂胜琼从妓院里赎了出来。

聂胜琼跟着李之问回到家后,便不再梳以前的发髻,也不再穿以前那种艳丽的服饰。她尽心伺候着李之问的妻子,李之问的妻子因钦佩聂胜琼的词才,也倾心照顾着她,二人终生和悦,没有一点嫌隙。

## 第64夜　李清照·一剪梅

　　红藕香残玉簟秋。轻解罗裳,独上兰舟。云中谁寄锦书来? 雁字回时,月满西楼。

　　花自飘零水自流。一种相思,两处闲愁。此情无计可消除,才下眉头,却上心头。

李清照,号易安居士,济南人,人称"千古第一女词人",居宋代四大女词人(李清照、朱淑真、张玉娘、吴淑姬)之首。

李清照的童年,大约是在泉城济南度过的。九岁时,她的父亲李格非出任秘书省黄本书籍校对,她便跟着父亲来到了汴京。少女时代的李清照天真烂漫,活泼可爱。有一天,她正在院子里荡秋千,忽然,来了一位客人,她连忙从秋千上溜下来,跑进了屋子,连鞋子也来不及穿上。进了屋子后,她却假装轻嗅着荡秋千时拿在手里的青梅,偷偷地探出头看那客人。

十八岁那年,李清照嫁给了二十一岁的太学生赵明诚。赵明诚的父亲就是大奸臣赵挺之,苏轼、黄庭坚十分鄙薄他父亲的为人,称其为"聚敛小人"。赵明诚与其父不同,他十分喜欢苏、黄之文,每遇之都会恭恭敬敬地抄录下来。赵明诚还有考古癖,十七岁时就开始收集前代金石刻词。他与李清照结婚后,夫妻俩便常以鉴赏古物为乐,经常典当了衣服,换点钱,然后就直奔相国寺,买一些碑文回来,相对展玩,兴奋不已。

一日,晚上下了雨,夫妻俩喝了点酒,就呼呼大睡了。第二天,李清照醒来后,看到赵明诚已经起床,正在卷门上的帘子,就问院子里的海棠花怎么样了。赵明诚素有考古癖,对花花草草之物,一点也不在意,粗粗看了一眼后,便说:"你的海棠花,还是原来的样子。"李清照听了,便嗔笑道:"笨蛋,笨蛋,应是绿叶更肥厚了,红花更瘦小了。"随后,李清照便把这种夫妻之间的打趣,写成一首《如梦令》。其词曰:"昨夜雨疏风骤,浓睡不消残酒。试问卷帘人,却道海棠依旧。知否、知否?应是绿肥红瘦。"(一说卷帘人指正在卷帘之侍女。)

　　只是，这种夫妻之间的小情趣，很快就因新旧党争蒙上了一层阴影。公元 1102 年，宋徽宗令中书省搜集元祐年间反对新法的大臣的名单。于是，蔡京将苏轼、黄庭坚、秦观、司马光、章惇等 120 人尽列为"奸党"。宋徽宗阅览后，便亲笔书写，令人刻碑立于端礼门。被列入元祐党籍的，或停职，或看管，或羁押。不幸的是，李清照的父亲李格非，因与苏轼有诗文来往，也被列入元祐党籍，随后，被发配到象郡（今广西崇左）。

　　李清照闻知此事，心急如焚，便向她的公公、时任尚书右丞相的赵挺之写了一首诗，恳请他出手相救。但赵挺之畏惧蔡京的淫威，竟置之不理。李清照伤心不已，第一次感受到人世的险恶。

　　很快，赵挺之因攀附蔡京，官升一级，为尚书左丞相。李清照的丈夫、仍为太学生的赵明诚，竟因他父亲的缘故，得以出仕。只是他初仕何职，不得而知，大概在外地。这首著名的《一剪梅》，就是赵明诚初次去外地为官时，李清照写的一首思夫词。

　　很快，赵明诚被调回京城。随后，宋徽宗赐赵挺之三个儿子官阶，赵明诚出任鸿胪少卿。但谁料，刚过两年，赵挺之就去世了。赵挺之去世后，蔡京就诬陷赵挺之包庇元祐党人，随即剥夺了赵明诚三兄弟的官职。赵明诚见汴京已是蔡京的天下，就与李清照回到了山东，居住在青州。

## 第 65 夜　李清照·醉花阴

薄雾浓云愁永昼,瑞脑销金兽。佳节又重阳,玉枕纱厨,半夜凉初透。

东篱把酒黄昏后,有暗香盈袖。莫道不销魂,帘卷西风,人比黄花瘦。

　　李清照与赵明诚回到青州后,便将居所命名为"归来堂",并自号"易安居士"。李清照与赵明诚在青州大约住了十三年。在这十三年里,赵明诚虽然没有做官,但他父亲似乎给他留下了一大笔钱,让他和李清照可以无忧无虑地过着诗酒唱和、赌书泼茶的优渥日子。

　　据说,李清照与赵明诚每天晚上,要用大约烧一根蜡烛的时间,来校勘古籍书画、金石碑铭。他们每次得到一本古籍,必定要精心考证一番,且多能发现书中之讹误;每次得到古画、彝鼎,也必定摩玩不已,指摘其中瑕疵。渐渐地,他们收藏了大量的古籍、书画、器物,且大多是精品。

　　晚上,他们吃完饭,李清照都会和赵明诚玩赌书泼茶的游戏。游戏规则是,先烹好茶,然后,随便指着书,让对方说出某事在某书哪一卷,哪一页,哪一行,是为"赌书"。李清照记忆力极强,大多数时,都能赢。赢者先喝茶,但因赢者太过开心,竟常常举着茶杯大笑,茶水不经意间泼入怀中,反而喝不到茶,是为"泼茶"。此等雅趣,恐怕是神仙也要羡慕的。

　　在这些年,赵明诚时常出外访古,收集金石碑铭等器物。某年重阳节,赵明诚出门多日未归,李清照因思念丈夫,便写下了这首《醉花阴》。

　　李清照写好这首词,就寄给了赵明诚。赵明诚赞赏不已,很想胜过李清照。于是,他谢绝宾客,废寝忘食,写了三天三夜,总共写了五十阕词。然后,他把李清照的这首《醉花阴》夹在自己的五十阕词中,寄给了好友陆德夫。陆德夫看了一遍,说:"只有三句,堪称绝佳。"赵明诚忙问哪三句,陆德夫说:"莫道不销魂,帘卷西风,人比黄花瘦。"赵明诚听了,惭愧不已。

在青州蛰伏了十三年后,赵明诚终于被朝廷起用,出任莱州知州。三年后,又改任淄州知州。但谁料,此时,金兵大举南下,攻克了汴京,并掳走了宋钦宗、宋徽宗二帝,康王赵构趁机在南京(今河南商丘)称帝,并改元建炎。赵明诚刚到淄州,就听说他的母亲病逝于江宁。于是,他连忙去江宁奔丧。谁料,青州发生兵变,乱兵在青州城四处烧杀劫掠。李清照闻讯,连忙令人收拾行李,满载着十五车书画古器,仓皇直奔江宁。

到了江宁,时局才稍稍安宁一些。随后,赵明诚起知江宁府(后改建康府)。谁知,第二年,御营统治官王亦叛乱。赵明诚怕死,不去组织士兵平叛,竟扔下他最心爱的妻子李清照,趁着夜色,弃城而逃了。后来,王亦的叛乱被其下属平定。朝廷得知此事后,便将赵明诚罢免。赵明诚回来后,不觉羞愧,只觉得江宁不安全,便带着李清照坐着船,过乌江,出芜湖,准备到江西卜居。但到了池州时,朝廷又任命赵明诚为湖州知州,夫妻俩只好分别。赵明诚独自到建康向皇帝谢恩。

临分别时,李清照站在船上,对赵明诚大喊道:"如果城里出现危急情况,怎么办?"赵明诚骑着马,也大声喊着说道:"跟着大家一起跑。万不得已时,扔掉箱笼,再不行,扔掉衣服,还是不行的话,就扔掉书籍、古器。但你记着,祖先的牌位,你一定要抱在怀里,千万不可丢弃。记着,万万不可忘记。"随后,他便疾驰而去。但谁料,赵明诚因途中骑马奔驰,中了暑,到建康后,竟一病不起。李清照得知消息后，日夜兼程，一天走了三百多里，赶到了建康。此时，赵明诚病入膏肓，不久，就病逝了。李清照悲痛不已，亲自安葬了赵明诚，随后，她也大病了一场。

## 第 66 夜　李清照·声声慢

寻寻觅觅,冷冷清清,凄凄惨惨戚戚。乍暖还寒时候,最难将息。三杯两盏淡酒,怎敌他、晚来风急! 雁过也,正伤心,却是旧时相识。

满地黄花堆积,憔悴损,如今有谁堪摘? 守着窗儿,独自怎生得黑! 梧桐更兼细雨,到黄昏、点点滴滴。这次第,怎一个愁字了得!

赵明诚去世后，李清照过得十分恓惶。她得知赵明诚的妹婿李擢在洪州任职，于是，她派了两个老兵，押着一车古物，先行前往投靠。但谁料，金兵攻克洪州，一车书画古器竟在路上丧失殆尽。不得已，她只好去投靠自己的弟弟李远。

但此时，时任敕局删定官的李远，正跟着皇帝被金兵追赶着四处乱跑，时局十分混乱。李清照先是追到台州，但台州太守已经跑掉了，她听说皇帝在嵊县，就连忙追去，但皇帝不在嵊县，她的弟弟李远也不在。于是，她又回到台州，再坐船，从温州走海路来到了绍兴。随后，她又去了衢州，接着，又返回绍兴。在绍兴，她终于追上了弟弟李远。可这一路追赶，李清照的书画古器，丢失了一大半，只剩下六七个竹箱。后来，李清照寓居在绍兴当地人钟氏家，谁料，又被人盗去了五个竹箱。第二年，皇帝终于定都临安(今杭州)，李清照便随着弟弟李远，来到临安定居。

这一年，李清照四十九岁，生了一场重病。阳翟人张汝舟，时任右承奉郎监诸军审计司，主要负责检查核准军队粮草与俸禄。他觊觎李清照手里的古物，便在李清照生病昏迷之际，刻意接近她，并悉心照顾了她一段时间。随后，张汝舟派媒人来提婚，李远见张汝舟是一名官员，未及详查，就同意了。李清照重病缠身，再三犹豫后，也答应嫁给张汝舟。

谁料，婚后张汝舟就露出了真面目，他要的是李清照手里的古物，而不是李清照这个人。于是，他整日殴打、辱骂李清照。李清照不堪其辱，结婚还不到一百天，就提出离婚，并状告张汝舟，说他科举考试作弊。朝廷查明事实后，便剥夺了张汝舟的官职，并将其流放到柳州。但根据宋代刑法，妻子状告丈夫，要被判处两年以上徒刑。李清照也因此被关进了大牢。

　　当时，她的表妹夫秦桧身为参知政事，是宋高宗身边的大红人，却对这件闹得沸沸扬扬的离婚案未置一词，更未施以援手。只有赵明诚的表弟、翰林院学士綦崇礼四处奔波，解救李清照于水火之中，李清照在狱中被关押了九日，就被释放了。

　　李清照的晚年，十分凄凉。她与赵明诚没有子女，只好投亲靠友。但局势动荡，金兵不时渡江南下，侵扰一番，李清照便如惊弓之鸟，四处躲避。她曾在金华住过一段时间，后时局安稳，她才回到临安。此后十多年，她就一直住在临安。她晚年最有名的词《声声慢》，是她六十多岁在临安独居时写的。

　　李清照晚年，主要将精力放在校勘其夫赵明诚的《金石录》上面。此书校勘完毕后，她将之献给了皇帝。七十三岁时，李清照在寂寞与孤寂中，黯然离世。

## 第67夜　朱淑真·清平乐　夏日游湖

恼烟撩露，留我须臾住。携手藕花湖上路，一霎黄梅细雨。

娇痴不怕人猜，和衣睡倒人怀。最是分携时候，归来懒傍妆台。

朱淑真,与李清照齐名,是宋代四大女词人之一。她生活的时代,大约略晚于李清照。

朱淑真出生在杭州,是一位富家女。其父是个读书人,可能也做过官。她家有一座大宅子,宅子后面有一个大花园,花园里桂树飘香,流水潺潺,园子深处有一个亭子,叫"依绿亭"。朱淑真小时候,就常在依绿亭里读书。这个花园就是她少女时代的诗园。

后来,朱淑真渐渐长大,开始憧憬自己的白马王子。她梦想中的丈夫,应是一位诗人,最起码是一个读书人,飘逸绝尘,白璧无瑕,懂她,爱她,是她生命中的知音。可谁料,她的父母在给她选夫婿时,竟失于审察,将她下嫁给了一个出身市井的俗吏。

朱淑真婚后,曾随丈夫去过扬州、湖南等地,做过一段时间的官太太,也曾和一些权贵的夫人,如魏夫人、谢夫人、吴夫人等交往过。但她仍感到十分苦闷,因为她与丈夫的志趣截然相反,她爱好诗书,丈夫贪恋权钱,两人简直来自两个世界,怎么也看不顺眼。在朱淑真的诗中,她将丈夫比作鸥鹭,将自己比作鸳鸯,羽毛本来就不一样,又怎么能在一个池子里。她又将自己比作嫩黄花,宁可老死在枝头上,也不愿和像丈夫那样的烂黄叶,沉沦在泥土中。

在她的诗词中,可以看出她遇到了自己的意中人。这首《清平乐》,写的就是她与情郎在湖边游玩的故事。

朱淑真与她的情郎的感情,时而炽热,时而冷落。他们见面很难,她的情郎又常常去了他乡。她觉得见天易,见到她的情郎,比登天还难。(《江城子·赏春》)于是,她用树叶占卜,仰头问苍天,苍天不语,谁也不知她情郎在哪里。她在等待中,把眼泪都哭干了。尽管如此,他们之间的感情,还是持续了十多年。

后来,她的丈夫知道了这事,就将她休了。她被遣送回家,她的父母竟不能容忍她,认为她败坏了家风,丢了他们的脸,处处为难她,天天辱骂她。朱淑真不堪凌辱,一气之下,竟投水而死(一说其抑郁而终)。她死后,其父母不仅不去打捞她的尸体,任其尸骨永沉于湖底,还将她这些"伤风败俗"的诗词,一把火烧了。

幸得宛陵人魏仲恭苦心搜集,才集到数十首朱淑真的诗词,并命名为《断肠集》。其后,宋人郑元佐、清人丁丙、今人孔凡礼等,又陆续辑佚、补编了朱淑真的诗词,这才完整地保存了其诗词创作的大致面貌。

## 第 68 夜　张玉娘·法曲献仙音　夏夜

　　天卷残云,漏传高阁,数点萤流花径。立尽屏山无语,新竹高槐,乱筛清影。看画扇,罗衫上,光凝月华冷。

　　夜初永。问萧娘、近来憔悴,思往事、对景顿成追省。低转玉绳飞,澹金波、银汉犹耿。簟展湘纹,向珊瑚、不觉清倦。任钗横鬓乱,慵自起来偷整。

张玉娘,字若琼,浙江松阳人,为宋代四大女词人之一。张玉娘出身于仕宦人家,其祖父张继华曾做过登仕郎,其父张懋曾做过提举官。张玉娘小时候家境优渥,十分喜欢读书,加之她天性聪慧,年少时就能写出十分优美的诗词,当时的人都将她比作汉代的班昭。

十五岁左右,张玉娘和表兄沈佺订婚。沈佺是宋徽宗时期的状元沈晦的七世孙。张玉娘与沈佺自小青梅竹马,感情甚笃。两人订婚后,更是互赠情物,发誓终生不离不弃。但后来,沈佺家道中落,日渐贫困,张玉娘的父母便有了悔婚之意。张玉娘苦苦哀求,说她今生只嫁沈佺一人。她的父母无奈,便提出只要沈佺考中进士,就可以迎娶他们的女儿。沈佺只好辞别张玉娘,到京城参加科举考试。临行前,张玉娘拿出自己全部的私房钱,资助沈佺,并写诗向他表达自己的深情。

沈佺走后,张玉娘十分想念,便写了许多相思的诗词。在诗中,她把自己与沈佺比作双燕,本可以双飞双宿,却硬生生被父母拆开,天各一方。她寄诗给沈佺,说自己清操如冰雪,希望他也要心如金石,早点回家,莫要辜负了她的相思之情。

可谁承想,沈佺在京城,两次染上寒疾,竟到了无法治愈的地步。有人告诉张玉娘,说沈佺是因相思过度才患病的。张玉娘十分感伤,连忙写信给沈佺,说:"我若不能活着的时候与你结为夫妻,愿死了与你同穴。"沈佺见到玉娘的信后,看了许久,忽然大叫道:"玉娘,玉娘!"然后,叹息着流下眼泪,过了一会儿,就闭目而逝了。

张玉娘得知沈佺的死讯后,心如刀割。她作诗哭沈佺:"中路怜长别,无因复见闻。愿将今日意,化作阳台云。""仙郎久未归,一归笑春风。中途成永绝,翠袖染啼红。怅恨生死别,梦魂还再逢。宝镜照秋水,明此一寸衷。素情无所著,怨逐双飞鸿。"(《哭沈生》二首)可斯人已逝,高堂仍在,她又怎能抛弃年老的父母,独自一人了断呢?

她的父母想给她再找一个夫婿,张玉娘得知后,十分不安,断然拒绝了父母的好意,说:"我之所以没有为沈佺殉情,就因为堂上还有双亲在。"她矢志为沈佺守节,觉得自己就像燕子楼里的关盼盼一样,活着,就为了记住那一段刻骨铭心的爱情。这首《法曲献仙音》就是张玉娘在沈佺死后所作。

就这样,张玉娘在沈佺死后,又苦苦地熬了六年,日渐憔悴。元宵节到了,她的父母都出去观灯了,女伴们也强拉着她去看灯,张玉娘却以有病在身拒绝了。女伴走后,她就呆呆地坐在灯下。忽然,她看见烛影跳动了一下,只见沈佺从烛影中走了出来,说:"玉娘自重,你莫非忘了旧日的盟誓了吗?"张玉娘又惊又喜,想去握住沈佺的衣服,但沈佺往后一退,避开了。张玉娘看着烛光下沈佺的影子,用手扶了扶头上的发髻,凄然泪下,说:"我虽没有跟随你去,但却如这根蜡烛一样,憔悴不堪了!"说完,沈佺忽然不见了。张玉娘见状,大哭不已,一下子就晕了过去。她醒来后,哭道:"沈郎,沈郎,你真的要舍我而去!"不久,张玉娘也得疾而亡,年仅二十八岁。

张玉娘的诗词《兰雪集》,一直不为人所知,后幸得明末人孟称舜刊印,并为其创作传奇剧《张玉娘闺房三清鹦鹉墓贞文记》,这才逐渐为世人知晓。

## 第 69 夜　吴淑姬·小重山

谢了荼蘼春事休。无多花片子,缀枝头。庭槐影碎被风揉。莺虽老,声尚带娇羞。

独自倚妆楼。一川烟草浪,衬云浮。不如归去下帘钩,心儿小,难着许多愁。

吴淑姬,湖州人,宋代四大女词人中位列第四。其真名已经不得而知,只知道,她的父亲是一位秀才。吴淑姬容貌惊人,才华出众,尤其善于作诗填词。不幸的是,因其家贫,父亲无权无势,她成年后,竟被一个富家子长期霸占。后来,有人向太守告发,说吴淑姬与富家子通奸,犯了奸淫之罪。

当时的湖州太守是宋高宗时期的状元王十朋。王十朋便让人将吴淑姬抓来,交给司理参军审问。吴淑姬承认了自己的通奸行为。按照宋代刑律,吴淑姬应被重责十五大板。王十朋的幕僚们十分同情吴淑姬,便一起到司理院看望她。他们还设下酒宴,请吴淑姬前来作陪。吴淑姬来后,众人命狱吏为其脱去刑具,让她服侍他们饮酒。

席间一人说:"听说你善于填词。请作一首词,我们转告给太守,替你请求减轻刑罚。不然的话,你可能就非常危险了!"吴淑姬请他们命题。当时正值冬末,雪还没有消,春天也没有到,于是,他们便让吴淑姬以眼前之景,填一首词。吴淑姬略一沉思,便写了一首《长相思令》:"烟霏霏,雨霏霏,雪向梅花枝上堆。春从何处回?　　醉眼开,睡眼开,疏影横斜安在哉?从教塞管催。"众人看后,皆赞赏不已。

第二天,众人向王十朋诉说了吴淑姬作词的事,都说吴淑姬蒙冤,恳请将其释放。王十朋怜香惜才,便让人释放了吴淑姬。吴淑姬回家之后,因其事在当地闹得沸沸扬扬,时人都觉得她的节操已污,没有人愿意娶她。但周介卿的儿子周某毫不在意,不仅把她娶回去做妾,还为她取名"淑姬",意即"贞洁之女"。

吴淑姬有《阳春白雪词》传世,只可惜现已不存。只有其中的三首词收在宋代人黄昇的《花庵词选》中。这首《小重山》可称为吴淑姬的代表作,与温庭筠《望江南》有异曲同工之妙。

# 第三季
# 壮年之词

　　南渡前后,大约七十年,是宋词最为慷慨激烈的时期。这一时期,由于国家被侵略,土地被占领,皇帝被俘虏,出现了一大批热烈的志士、愤怒的词人。他们呐喊、怒吼、咆哮,恨不得用手中笔、腰中剑,收复了大好山河,一雪前耻。如岳飞《满江红·写怀》:"靖康耻,犹未雪。臣子恨,何时灭? 驾长车踏破,贺兰山缺。壮士饥餐胡虏肉,笑谈渴饮匈奴血。待从头、收拾旧山河,朝天阙。"总体上说,这一时期的词人,他们的声音都是高昂的、悲壮的、激烈的,多以壮词抒发其胸中之志向,又多以悲词书写其心中之愤懑。

　　这一时期,最杰出的词人是辛弃疾。辛弃疾,文武兼备,能杀敌,会写词。他的词仿佛是在砍下敌人头颅之际写的,热腾腾的,还带着血迹,又仿佛两军交战之际,刀剑铿锵,箭镞突飞,节奏强烈,场面紧张,可谓时代之最强音,堪称英雄之词、壮夫之词、伟人之词。

## 第70夜　贺铸·六州歌头

少年侠气，交结五都雄。肝胆洞，毛发耸。立谈中，死生同，一诺千金重。推翘勇，矜豪纵，轻盖拥，联飞鞚，斗城东。轰饮酒垆，春色浮寒瓮，吸海垂虹。闲呼鹰嗾犬，白羽摘雕弓，狡穴俄空。乐匆匆。

似黄粱梦，辞丹凤，明月共，漾孤篷。官冗从，怀倥偬，落尘笼，簿书丛。鹖弁如云众，供粗用，忽奇功。笳鼓动，渔阳弄，思悲翁。不请长缨，系取天骄种，剑吼西风。恨登山临水，手寄七弦桐，目送归鸿。

◎鞚(kòng)：马笼头，借指快马。　◎嗾(sǒu)：发出声音来指使狗。　◎倥偬(kǒng zǒng)：(事情)急迫匆忙。　◎鹖弁(hé biàn)：鹖冠，古代一种武冠，这里代指武官。

贺铸,字方回,卫州共城人。贺铸的出身,极为显赫,他的五世祖姑奶奶,就是赵匡胤的结发妻子贺氏。只可惜,贺氏福薄,在宋朝建立之前就去世了。大宋建立后,贺家因为是皇亲国戚,一直备受照顾,且大多是武官。只是贺家一代不如一代,到其父贺安世时,就只能出任内殿崇班、阁门祗候这样的低级武官。更为不幸的是,贺铸十多岁时,其父就不幸亡故了。

贺铸小时候,在淇水附近的乡村里生活。其父去世后,他的母亲秦氏就带着他去了汴京。秦氏是京城权贵之女,在汴京有很多有权有势的亲戚。贺铸到了汴京,就像脱缰的野马一样,整日与京城少年,放歌纵酒,呼鹰嗾犬。他的母亲秦氏见了,很是着急,就想早早地给他娶个媳妇,把儿子给拴住。这时,宗室济国公赵克彰竟看中了他,便把自己的女儿嫁给了他。贺铸长相奇丑,身高七尺,面色铁黑,眉目耸拔,人称"贺鬼头"。贺铸结婚后,以门荫入仕,出任右班殿直、监军器库门,也就是负责看管军械库大门。

贺铸说自己少年时,曾患狂疾,疯疯癫癫的,喜怒无常,成年后,更是喜谈天下事,品评人物一点面子也不给,即便是当朝权贵,若不称其心,他七会当面斥责,毫不留情,自称"北宗狂客"。

他有一位同僚,是权贵的儿子,十分傲慢。贺铸私下里查访到他盗窃了许多公库里的物品。一日,贺铸支开隶卒,将那个权贵的儿子关到房间里,拿了一根棍子,吓唬道:"你某时偷了某物,做了某事,某时又偷了某物,带回了家,是不是?"贵家子看到贺铸凶狠的样子,吓得连忙说:"是。"贺铸说:"你若听从我,让我狠狠揍你一顿,我就不告发你。"说完,他就揭开那人的衣服,狠狠地用棍子揍了一顿。贵家子痛得连连求饶。贺铸揍完后，大笑而去。自此以后，那些以为自己气势强大的人，都不敢找贺铸的茬，见了贺铸，甚至头都不敢抬。

"狂人"米芾听说了，很是不服气，有人竟敢比自己狂。于是，两人每次见面，都要怒目击掌，激烈地辩论一番。两人滔滔不绝，互不相让，从早上一直辩论到晚上，谁都不服气对方。

《铁围山丛谈》记载，一日，贺铸与米芾去船上见蔡京。一个客人对蔡京说："你写的大字，人称举世无双。不过，我看，你就是靠灯光烛影才写得这么大。不然，怎么可能写得像椽那么大呢？"蔡京笑道："那我就当着你的面写，让你看看。"于是，蔡京让人取来自己的笔。众人一见，皆大吃一惊。那笔有六七枝，大多有一根椽那样大。蔡京对客人说："你想让我写什么字？"那人说："龟山。"蔡京饱蘸浓墨，然后操起大笔，大笑一声，一挥而就。众人看后，都称赞不已，便拿到太阳底下晾晒。过了一会儿，众人正要取回来欣赏，谁知，被贺铸先下手为强，他举起双手，像是要展开一张画一样，忽然卷起蔡京的那幅字，撒腿就跑。米芾见状，气得直跺脚，责骂贺铸"不讲武德"。

元祐三年(1088)，贺铸三十六岁，出任和州管界巡检。此时，西夏趁宋哲宗年幼，高太后垂帘听政，欺负大宋孤儿寡母，竟强兵压境，索要大片领土。以司马光为首的妥协派，竟上书皇帝，割让米脂等地，以讨西夏之欢。此论一出，朝野哗然。贺铸在和州听到后，气愤不已，慨然作《六州歌头》，以倾泻胸中愤懑之气。

## 第 71 夜　贺铸·青玉案

凌波不过横塘路,但目送、芳尘去。锦瑟华年谁与度?月桥花院,琐窗朱户,只有春知处。

飞云冉冉蘅皋暮,彩笔新题断肠句。若问闲情都几许?一川烟草,满城风絮,梅子黄时雨。

贺铸很不满自己做了小小的武官,一直渴望做一名文官。四十岁时,在苏轼、李清臣等人的推荐下,贺铸终于转为文官,出任通直郎。但他的生活,并没有因此有起色。过了几年,他的妻子赵氏不幸病逝。

贺铸的妻子赵氏虽为宗室之女,但颇为贤惠,贺铸一直很爱她。他曾作《问内》诗,说三伏天,他的妻子为他缝补冬衣。他问妻子:"为何如此操劳,这么早就开始补冬衣了?"他的妻子说:"女红就是我的职业,怎可荒废一日?夏天正是补冬衣的时节,到了冬天,可就晚了。"后来,他客居苏州,还写了一首《鹧鸪天》,悼念亡妻:

重过阊门万事非,同来何事不同归?梧桐半死清霜后,头白鸳鸯失伴飞。　　原上草,露初晞,旧栖新垅两依依。空床卧听南窗雨,谁复挑灯夜补衣?

贺铸的妻子死后,他十分寂寞。某年岁末,他恋上了一个吴女。这个吴女是贺铸在某个权贵之家的晚宴上认识的。她是一名歌女,温柔小巧,她的笑容很让贺铸着迷。上元节,贺铸又见到了她,她对着他偷偷地笑了一下。踏青时节,他们又见面了,大约在这个时候,他们定情了。

可是,那个吴女毕竟是权贵家的歌女,身份不自由。贺铸虽然爱她,却爱而不得。况且,贺铸四处为官,漂泊不定,因而,这段恋情很是让他煎熬。大约过了八年,吴女竟不幸亡故了。

吴女是怎么死的,不得而知。但吴女之死,给了贺铸致命的一击。一夜之间,贺铸白发丛生,精神恍惚,疯癫病突发,觉得那湖上的白莲,仿佛就是临风而立的吴女。贺铸在他的词中说,他们曾约定,一起骑着骏马追风,永世不分离,可如今,人去楼空,就连她居住过的小楼,也青草萋萋,满目萧瑟了。

大概在吴女死后三年,贺铸以承议郎的身份退休。退休之后,贺铸定居苏州,亲自校勘家中所藏的万卷图书。经他校勘过的图书,竟无一字有错。

某日,贺铸经过横塘路,忽然,迎面走来一个女子,恍惚之中,贺铸觉得她就是亡故的吴女。他不仅目送那女子远远地离去,还费力地猜想,那女子家住何方,心上的情郎是谁,于是写下了这首《青玉案》。

贺铸的这首《青玉案》颇负盛名,尤其是最后四句"若问闲情都几许?一川烟草,满城风絮,梅子黄时雨",堪称绝唱。后来,人们因其词用"梅子黄时雨",形象地传达了惆怅不堪的愁思,便把贺铸称为"贺梅子"。黄庭坚看过贺铸的这首词后,曾写绝句《寄贺方回》称赞之:"少游醉卧古藤下,谁与愁眉唱一杯?解作江南断肠句,只今唯有贺方回。"

## 第72夜　张元幹·贺新郎

寄李伯纪丞相

　　曳杖危楼去。斗垂天，沧波万顷，月流烟渚。扫尽浮云风不定，未放扁舟夜渡。宿雁落、寒芦深处。怅望关河空吊影，正人间鼻息鸣鼍鼓。谁伴我，醉中舞？

　　十年一梦扬州路，倚高寒、愁生故国，气吞骄虏。要斩楼兰三尺剑，遗恨琵琶旧语。谩暗涩、铜华尘土。唤取谪仙平章看，过苕溪尚许垂纶否？风浩荡，欲飞举。

◎鼍(tuó)：动物名，即扬子鳄。以鼍皮蒙鼓，其声洪大。

　　张元幹,字仲宗,号芦川居士,福建永福人。张元幹出身官宦人家,其祖父、伯父、父亲、族叔、舅父,皆进士出身,在朝中或地方任官。他的一位族叔还曾被奸臣蔡京延请为家庭教师。

　　一日,他的这位族叔忽然厉声问蔡京的孙子们:"你们学会疾走了吗?"蔡京的一个孙子傻乎乎地站起来说:"我听说,慢慢走在长辈后面,谓之'悌',走在长辈前面,谓之'不悌'。"他哈哈大笑,说道:"知道为什么让你们学疾走吗? 你们的爷爷蔡京祸乱朝廷,整个天下都被他败坏了。你们现在不学会疾走,将来大祸临头,恐怕逃都逃不掉了!"蔡京的孙子们听了,都惊恐地瞪大眼睛,连忙捂上耳朵,哭着喊着向蔡京报告。蔡京得知,并不以为忤,反向他请教治国的办法。

　　张元幹早年丧母,十四五岁,随父来到河北官廨。张元幹天资聪颖,其父与客人酬唱作诗时,他也常常参与唱和。众客人读了他的诗,莫不惊诧于其才思敏捷,辞藻可观。二十二岁时,张元幹在许州结识了苏辙等一时名流。尤其是后来的陈瓘对张元幹影响至深,可谓张元幹的精神导师。陈瓘还介绍张元幹结识了李纲,三人志趣相投,皆以天下为己任,不屑与奸佞之徒为伍。二十三岁时,张元幹考中进士,出任开德府教授。

　　谁知,刚过了几年,金朝以宋朝不守盟约为由,悍然南侵,很快兵锋直指汴京。宋徽宗吓破了胆,连忙把皇位禅让给儿子赵桓(宋钦宗),自己仓皇出逃。宋钦宗继位后,也无心守城。他见李纲力主抵抗,便将李纲升为兵部侍郎、东京留守,然后自己也准备逃跑。李纲闻讯,拦住宋钦宗的车驾,发誓拼死保卫汴京。宋钦宗无奈,只好留在了汴京。李纲积极备战,并召张元幹为幕僚。在汴京保卫战中,张元幹跟随在李纲左右,奋勇杀敌,虽箭镞如雨,亦不后退一步。金人见攻城无望,只好悻悻撤退。

金人撤退后,投降派上台,他们污蔑李纲的汴京保卫战,置皇帝生死于不顾,是为了给自己赚取名声,随后竟给李纲安上一个"主战误国"的罪名。宋钦宗耳软,竟将李纲一贬再贬,贬到了夔州。随之张元幹也被贬职。但谁料,金人见李纲被贬,便又命令大军,急攻汴京。汴京被攻破后,金人大肆劫掠了一番,并掳走了宋徽宗(此时已回京)、宋钦宗、郑皇后及公主、太子、宗室、大臣、百工等上万人,北宋灭亡,史称"靖康之难"。

同年五月,赵构在南京应天府(今河南商丘)即位,是为宋高宗。宋高宗即位后,便任命李纲为宰相,并急召李纲来应天府任职。李纲到任后,积极部署防御事宜,并重新启用张元幹等主战派,整顿朝纲,张元幹随即出任将作监丞。但宋高宗见金兵势大,便想放弃中原,到江南去定都。李纲反对南下,反复劝阻宋高宗,使其不悦,便又被罢免了宰相的职务。随后,宋高宗以巡幸为名,来到扬州。

1129年,金兵分三路南下,目标就是生擒宋高宗。宋高宗闻讯,连忙仓皇逃窜。他先是坐着船,跑到绍兴,接着跑到宁波,随后,又顺着海路,逃到定海县,他还觉得不安全,又逃到温州、台州。张元幹跟着皇帝,一路追赶,一直追到海上。张元幹追上皇帝,便献上自己的王霸之术,却遭到流言诽谤,差点入狱,幸得汪藻相助,这才免罪。

张元幹出狱后,便辞官归隐,回到了永福。这一年,宋高宗定都临安(今杭州)，重起用秦桧，决心与金人议和。1138 年，金人派来使者，以"诏谕江南"的姿态前来议和。金人以"诏谕江南"为名，其意就是将南宋当成自己的属国，将宋高宗当作刘豫一样的儿皇帝。投降派大奸臣秦桧等人，卑躬屈膝，主动向金人提出割地纳金等屈辱条约。李纲在长乐听闻此事，上疏极力反对。张元幹也强烈反对宋金媾和，得知李纲上疏言事，振奋不已，便写了这首《贺新郎·寄李伯纪丞相》，以示附和。

## 第 73 夜　张元幹·贺新郎　送胡邦衡待制

　　梦绕神州路。怅秋风、连营画角,故宫离黍。底事昆仑倾砥柱,九地黄流乱注。聚万落、千村狐兔。天意从来高难问,况人情、老易悲如许! 更南浦,送君去。

　　凉生岸柳催残暑。耿斜河,疏星淡月,断云微度。万里江山知何处? 回首对床夜语。雁不到、书成谁与? 目尽青天怀今古,肯儿曹、恩怨相尔汝! 举大白,听《金缕》。

公元 1138 年,宋金议和,金人开出的条件十分苛刻,宋高宗看了,颇为生气,说:"我大宋王朝,已有二百多年的基业,我做皇帝也十多年了,当肯接受金人册封?"但他还是主张议和。秦桧、王伦、孙近曲意奉承,卑躬屈膝,朝中大臣,议论汹汹,大多反对议和,其中,尤以枢密院编修胡铨,反应最为激烈。

他上书宋高宗,说:"金使以'诏谕江南'为名,是欲臣妾我也,是欲刘豫我也。秦桧、王伦、孙近,小人也,我虽是一个小小的枢密院编修,但义不与此三贼共戴天,恳请皇帝下令,砍掉这三个人的头,用竹竿挑到金人使馆,然后,扣留金国使者,责备他们违背礼义,再从容地兴兵讨伐。不然,我就是跳东海死了,也不愿在小朝廷里苟活!"

秦桧看到胡铨的奏疏后,暴跳如雷,便以"狂妄凶悖,鼓众劫持"之名,将胡铨贬为庶民,后迫于舆论,才让胡铨监广州盐仓。张元幹对胡铨的壮举十分欣赏,在胡铨途经福州时,冒死为胡铨送行,并写了这首《贺新郎》。

后来,秦桧听说了张元幹去送胡铨之事,十分恼火,命人抄了张元幹的家,剥夺了他的官籍,还将他抓进了大牢,关押起来。

张元幹出狱后,先是去了苏州,后来又回到了永福。因为他四十一岁时就辞官归隐了,家里一直比较贫困。他的儿女很是埋怨他,嫌他总是惹祸,不仅没有给家人置办一份田产,就连他们嫁娶的钱财也没有多少。张元幹自己也有一点后悔,他在诗中曾说,自己最起码应待儿女都嫁娶了,再辞官不迟。

于是,过了些年,张元幹又来到了临安。到了临安,张元幹因为已被朝廷除名,没有俸禄。为了生计,他只好以自己的笔墨,给权贵们写点文章。其今存文集中,有大量的青词与寿词,可能就是这一时期写的。

张元幹晚年,行踪不定,主要在江浙一带漫游,至七十多岁时,客死他乡。总体上说,其词慷慨悲凉,豪气充塞于天地之间,可谓真大丈夫之壮词,与张孝祥、辛弃疾、陈亮等人,皆可比肩而立,称雄千古。

## 第 74 夜 陆游·钗头凤

红酥手,黄縢酒。满城春色宫墙柳。东风恶,欢情薄,一怀愁绪,几年离索。错,错,错!

春如旧,人空瘦。泪痕红浥鲛绡透。桃花落,闲池阁,山盟虽在,锦书难托。莫,莫,莫!

◎黄縢(téng)酒:黄封酒,宋代官酿之酒,因用黄罗帕或黄纸封口,故名。 ◎浥(yì):湿润。 ◎绡(xiāo):生丝。

陆游,字务观,浙江绍兴人。其高祖、祖父、父亲皆食宋禄。他的父亲陆宰曾任淮南东路转运判官、淮南路计度转运副使等职,他的母亲唐氏是北宋副宰相唐介的孙女,出身尤为显贵。传说,母亲在怀陆游时,曾梦见过著名词人秦观,陆游出生后,父亲认为儿子是秦观授胎转世,因秦观字"少游",就为他取名为"游"。

陆游旦慧,据说,他十二岁时,便能写出很好的诗文。其后,他先后师从毛德昭、曾几等名师,废寝忘食,苦学不辍。十九岁那年,陆游踌躇满志,意气风发,便去临安参加科举考试。但谁料,他竟落榜了。

其从舅唐仲俊见陆游因落榜颇为失意,就留陆游在临安过年。陆游在几位舅舅家里,如鱼得水,玩得十分开心。在此期间,陆游疯狂地爱上了其族舅唐闳的女儿唐琬。唐琬不仅漂亮,还写得一手好诗,更是让陆游着迷。陆游回到家,就迫不及待地让其父母向唐家提亲。他的父母爱子心切,让媒人拿着祖传的凤钗来唐家求亲,唐家也很快就答应了。于是,第二年,陆游就与唐琬结婚了。

婚后,陆游与唐琬两情相悦,很是恩爱。但陆游的母亲唐氏控制欲与忌妒心很强。她见陆游娶了媳妇,便忘了功名,又见唐琬才华横溢,竟盖过了自己这个前宰相的孙女,很是不悦。于是,她便借口唐琬进门一年有余还没有怀孕,强令陆游将唐琬休掉。

陆游不从,但怎奈其母十分强悍,数次要求陆游将唐琬遣送回家。陆游迫于母亲的压力,只好休了唐琬。随后,他偷偷置办了一处房屋,把唐琬安排在那里,并不时与她重续前缘。后来,母亲唐氏得知此事,十分愤怒,竟欲趁陆游不备,带人去捉拿唐琬。陆游得知后,连忙带着唐琬仓皇出逃。在外面躲了几日后,陆游见事情已无可挽回,就只好让唐琬回家去了。

不久,陆游的母亲命陆游与一个王姓女子结婚。唐家得知后,十分气愤,觉得此乃奇耻大辱,就让人做媒,将唐琬嫁给了绍兴人赵士程,此人是宋太宗赵光义的五世孙。唐家将唐琬再次风风光光地嫁到绍兴,而且嫁得比陆家的地位还高,显然就是想气气陆家。

但陆游一直不能忘情于唐琬。过了七八年,一日,陆游出山阴城踏青,在城东南四里的沈园,竟与唐琬、赵士程不期而遇了。三人见面后,十分尴尬,只打了个招呼,便分开了。可陆游见了唐琬十分怅然,便寻了一处地方喝闷酒。忽然,有人给他送来一瓶酒。陆游十分惊讶,询问后方知,这瓶酒正是赵士程送来的。陆游更是感伤不已,便在沈园的墙壁上,写下了这首《钗头凤》。

传说,过了几年,唐琬再游沈园,见到陆游写在墙壁上的这首词,十分伤心,便也写了一首《钗头凤》。其词曰:

世情薄,人情恶,雨送黄昏花易落。晓风干,泪痕残。欲笺心事,独语斜阑。难,难,难!　　人成各,今非昨,病魂常似秋千索。角声寒,夜阑珊。怕人寻问,咽泪装欢。瞒,瞒,瞒!

同年秋天,唐琬在极度苦闷中郁郁而终。陆游听说唐琬去世的消息,哀伤欲绝。后来,他数次重访沈园,哀悼他们那段被埋葬的爱情。

## 第75夜　陆游·汉宫春

### 初自南郑来成都作

　　羽箭雕弓,忆呼鹰古垒,截虎平川。吹笳暮归野帐,雪压青毡。淋漓醉墨,看龙蛇、飞落蛮笺。人误许、诗情将略,一时才气超然。

　　何事又作南来,看重阳药市,元夕灯山。花时万人乐处,攲帽垂鞭。闻歌感旧,尚时时、流涕尊前。君记取、封侯事在,功名不信由天。

◎攲(qī):斜。

陆游和唐琬离婚后,就在其母的严厉督促下,准备科举考试。但陆游屡试不第,不得已,便靠着祖上的功德,荫了一个登仕郎的散官。二十几岁那年,陆游参加锁厅试,名列第一,这才算扬眉吐气了一回。可谁料,秦桧的孙子秦埙也参加了这次锁厅试。秦桧见陆游夺了他孙子的第一名,十分气恼,便暗中指使人来年刷掉陆游。

第二年,陆游在御射殿参加策试。主考官魏师逊等人为了巴结秦桧,便将秦埙列为第一,并将陆游从名单中黜落。幸运的是,次年,秦桧突然一命呜呼了,陆游再次参加策试,这才仕途较为畅通起来。

陆游先是任福州宁德主簿,不久,被调回京师,出任敕令所删定官。后来,宋高宗将皇位禅让给赵昚,即宋孝宗。宋孝宗问起居郎周必大:"当今诗人,谁可以比得上唐代的李白?"周必大说:"只有陆游。"因此人称"小李白"。宋孝宗十分好奇,便召见了陆游,并赐他进士出身。但过了不久,一日,宋孝宗与亲信燕狎,陆游得知后,顺便告诉了大臣张焘,想通过张焘劝谏孝宗。可谁料,宋孝宗事后得知是陆游告密,十分气恼,认为陆游是小人,喜欢搬弄是非,就把陆游赶出京师,出任镇江府通判。

陆游到了镇江,很是兴奋,因为这里接近宋金边境,可以说是抗金前线了。此时,张浚正力主北伐,陆游便积极献策,可因张浚出兵太过仓促,竟大败而回。于是,朝廷上下,都讳言战事。宋孝宗怕陆游在镇江给他捅娄子,就把他调到南昌,出任隆兴府通判军州事。接着,有人弹劾陆游,说他是张浚的爪牙,曾鼓吹其北伐。朝廷听信谗言,便罢免陆游,将他赶回了绍兴。

四年后,朝廷又启用陆游,命他为夔州通判。夔州任满后,陆游穷得连回家的路费都没有了,就去了南郑,投靠四川宣抚使王炎,做了王炎的幕僚。王炎是主战派,很有才干,他的幕府里聚集了一批像陆游这样的幕僚。王炎也十分欣赏陆游的才华,他们经常在一起谈论对敌之策。

宋金之间经常还有些零零星星的战斗,因为处于交战区,陆游便多次参加过对金的作战。尤其是在大散关,他身着铁衣,手持长矛,与敌大战三日,米水未进,数次杀退金兵的进攻。一日,陆游在山中巡行,途中遇见了一只老虎。众人见了老虎,都吓得面如土色,四散奔逃。谁料,陆游却抓起一把长矛,大吼一声,就直接朝猛虎刺去。只见那老虎猛地直立起来,吼声都把山崖震裂了,接着,就见一股股红色的血喷出,溅了陆游一身,随后,那老虎扑倒在地,死掉了。

这年十月,朝廷将王炎召回,让他担任枢密使的职务。王炎走后,他的幕府随即就解散了。第二年,陆游又回到四川,出任成都府路安抚司参议官。初到成都,陆游十分郁闷,他觉得大好的抗金形势,竟瞬间消失殆尽。他看着成都人整日乐呵呵的,像是全然忘却了恢复中原的大志,心中很是苦闷,便写了这首《汉宫春》。

陆游在蜀中,先是做了成都府路安抚司参议官,接着做了蜀州通判,然后,又做了嘉州知州、荣州知州,在这期间,范成大出任四川制置使。陆游与范成大是至交,两人整日在一起诗酒唱和,很是快活。过了两三年,范成大被召回,陆游诗名日隆,宋孝宗终于想起了这个"小李白",就又把他召回了临安。

## 第 76 夜　陆游·卜算子　咏梅

　　驿外断桥边，寂寞开无主。已是黄昏独自愁，更着风和雨。

　　无意苦争春，一任群芳妒。零落成泥碾作尘，只有香如故。

　　陆游回到临安后，宋孝宗便召见了他，随后，命他担任提举福建常平茶盐公事。过了一年，又改除他提举江南西路常平茶盐公事。过了几年，朝廷便命他为朝奉大夫、权知严州军州事。陆游到临安向孝宗皇帝谢恩。宋孝宗说："严陵是个好地方，山清水秀，风景秀丽，你在职事之余，可以好好写些诗。"可见，宋孝宗还是偏爱陆游的，但始终把他当作一个诗人。严州任满，陆游回到京城，出任军器少监。

　　第二年，宋孝宗禅位，宋光宗继位，陆游被提拔为礼部郎中。可没这多久，周必大就被罢相了，留正出任宰相。陆游感到自己的地位岌岌可危，果然，过了不到半年，谏官便向光宗皇帝上奏，说不断有人匿名揭发陆游，说他在四川时有"污秽之迹"，实在难当大任。于是，宋光宗下诏，将陆游罢免了。

　　这里的"污秽之迹"，主要是指陆游在蜀中时期，整日不离醇酒美妇，生活态度不严肃。尤其有两件事，颇为朝中人所诟病。

　　第一件事，是说陆游去蜀中的路上，夜宿某驿站，见墙上有一首题诗："玉阶蟋蟀闹清夜，金井梧桐辞故枝。一枕凄凉眠不得，呼灯起作感秋诗。"陆游很是喜欢，便打听这是谁写的。有人告知是驿站某士卒的女儿，陆游见此女颇负才情，便纳此女为妾。但谁料，半年后，陆游带着小妾回家，小妾竟被他的夫人王氏赶了出去。陆游因此落了一个"始乱之，终弃之"的坏名声。

　　第二件事，是说范成大为四川制置使时，陆游看中了一名官妓杨氏，便帮其脱籍，并别置院子，与杨氏同居了。当时，陆游五十多岁，杨氏十五岁，两人年龄悬殊，自然引起人们的非议。很多人都讥笑陆游颓废,陆游索性就自号"放翁"。后来,杨氏为陆游生了一个女儿。陆游十分喜欢,直呼她为"女女"。不幸的是,女女刚一岁就夭亡了!

陆游闲居绍兴期间,听别人说自己有"污秽之迹",内心很是不平,便写《卜算子·咏梅》以自辩。这首词以梅花为喻,说自己虽遭诋毁,仍是一身香气。

后来,韩侂胄上台,为了笼络文人,主张撰修孝宗、光宗两朝实录,便邀请已经七十八岁的陆游到临安,进行修史工作。陆游因韩侂胄主张北伐,政治见解与自己相同,便欣然接受了韩侂胄的邀请。撰史工作完毕,陆游便又回绍兴去了。

三年后,韩侂胄奉诏北伐,陆游欣喜若狂,写诗支持韩侂胄。但谁料,韩侂胄用人疏于审察,军中竟出现了内奸,导致北伐失利。第二年,史弥远发动政变,杀害了韩侂胄,随后砍下他的头,献给金人。陆游感到北伐无望,遂忧愤成疾,一病不起,最终病逝于卧榻之上。临死之前,他还念念不忘北伐之事,作《示儿》一诗:"死去元知万事空,但悲不见九州同。王师北定中原日,家祭无忘告乃翁。"

## 第 77 夜　严蕊·卜算子

不是爱风尘，似被前身误。花落花开自有时，总是东君主。

去也终须去，往也如何往！若得山花插满头，莫问奴归处。

严蕊,字幼芳,相传为黄岩人。传说,严蕊的父母在战乱中双亡,她先是被人收养,调教了一番后,就被人强行卖到妓院,成了台州的一名营妓。严蕊色艺冠绝一时,琴棋书画,无所不通,诗词歌赋,更是精湛绝伦,尤其擅长填词。其词清新入耳,颇有章法,远近士人,无不渴望能见其一面。

当时,台州知州唐仲友对严蕊更是喜爱不已。一日,桃花盛开,唐仲友置酒赏花,便召严蕊来侍饮。席间,唐仲友命严蕊以红白桃花为题,填一首词。严蕊随即便赋《如梦令》:"道是梨花不是,道是杏花不是。白白与红红,别是东风情味。曾记、曾记,人在武陵微醉。"唐仲友读罢,大加赞赏,便赐了她两匹绢帛。

唐仲友也是南宋大儒,著有《六经解》,时人赞为:"此备六经之指趣,为百世之轨范者也。"他本人颇为自负,对朱熹的理学很看不上眼。在凌蒙初《二刻拍案惊奇》的故事里:一日,陈亮去台州游玩。唐仲友热情招待,让他住在官舍里。两人便谈起朱熹的理学。在交谈过程中,唐仲友很轻蔑地说朱熹连字都不识,他的那些所谓的学说,完全是扭曲孔孟之道,简直就是歪理邪说。

陈亮在台州期间,看中了台州营妓赵娟,有心要娶她,赵娟见陈亮豪爽磊落,也有心嫁他。于是,陈亮便请唐仲友为赵娟脱籍。但唐仲友觉得,陈亮乃放浪不羁之徒,赵娟要是嫁了陈亮,肯定会被扔在半路上,便先应允了陈亮。然后,他私下里问赵娟:"你果真要嫁给陈亮?"赵娟说是,唐仲友便说:"你要是跟了他,要做好受冻挨饿的准备。"赵娟一听话头不对,顿时明白陈亮是个没钱的主,便对他冷落了起来。后来,陈亮知道是唐仲友从中作梗,坏了他的好事,便抛下赵娟,悻悻地离开台州,去找朱熹。

朱熹当时提举浙东常平仓,他见陈亮从台州来,就问陈亮:"最近唐仲友说了些什么?"陈亮在气头上,就说:"唐仲友说你字都不识,说你的学说都是胡说八道。"朱熹听了,当面没有表露,但怀恨在心,待陈亮走后,他便以巡查为由,到台州来寻唐仲友的不是。

唐仲友虽是台州太守,但仍属朱熹管辖。朱熹突然到访,唐仲友仓促出迎,出来得有些迟了。朱熹很是不悦,便以怠慢上司为由,立刻夺了唐仲友的官印。随后,朱熹接连上了六道奏疏,弹劾唐仲友。唐仲友听说朱熹在弹劾自己,也连忙上疏自辩。

在皇帝还没有明确给出指示前,朱熹竟不择手段,将严蕊抓捕入狱,严刑逼供,定要审出唐仲友与严蕊私通之事。因为严蕊的身份是营妓,其职责是陪酒,但不能侍寝。朱熹认为唐仲友与严蕊亲近,就必然与其有染,只要严蕊承认,他便可给唐仲友定罪。

但令朱熹没想到的是,严蕊虽是弱女子,却是个硬骨头,任凭狱吏百般拷打,她就是不肯诬陷唐仲友。她说:"我只是供唱、陪酒,并没做其他事。"朱熹无奈,只好让人将严蕊关了半个月,然后又将其押解到越州,再行审问。

到了越州,狱吏诱骗严蕊,说:"你这是何苦呢,为何不早招了?你就是招了,也不过重责几大板子而已。"严蕊说:"我虽为贱妓,但我也知道,纵然我与唐仲友私通,也不至于死罪。可我怎么能撒谎，污了唐仲友的名声呢？我就是死，也不会诬陷唐仲友。"越州太守见状，觉得很是棘手，只能又痛打了严蕊一顿。

宋孝宗看到朱熹的上疏与唐仲友的自辩书，就问宰相王淮怎么处理。王淮是唐仲友的同乡与姻亲，想大事化小，小事化无，便说："依我看，这不过是两个秀才在斗气罢了！一个说对方不识字，一个嫌对方怠慢了自己，都是芝麻大的事，不值得大动干戈。"随后，王淮又说："唐仲友是苏学一派的，朱熹是程学一派的。"宋孝宗十分喜欢苏轼的文章，对程朱理学甚为反感，便命人放了唐仲友，并将他调到江西，出任江西提刑，同时将朱熹也平调到别处。

越州太守见朱熹被调到别处，便释放了严蕊。严蕊被释放后，名声大噪，远近之人，都敬重她是一个讲义气的女子，纷纷前来向她祝贺。一时间，无人不骂朱熹。唐仲友经此劫难，也心灰意懒，厌倦了官场的争斗，就辞官回乡，潜心著述去了。

后来，岳飞的儿子岳霖出任浙东提点刑狱公事。到任之日，众营妓前来拜贺。岳霖问："哪个是严蕊？"严蕊上前答话，岳霖见严蕊虽容颜憔悴，且仍风姿卓绝，便有意替她落籍，就说："听说你擅长填词，请就自己的归宿，填一首词！我自有主张。"严蕊略一沉思，便吟出了这首《卜算子》。

岳霖听后，大加赞赏，当即判她落籍从良。众士子听说了，都纷纷以千金求聘，但严蕊一直没有答应。后来，一个赵姓宗室，刚死了原配，十分伤心，其友人便将他拉到严蕊家散心。严蕊见其眼有泪痕，满面戚容，又得知他刚刚丧偶，便知他是一个

有情有义的男子。那个赵姓宗室早知严蕊的大名，今见到其本
人，心中更是暗生欢喜之情。两人交往了一段时间后，那赵姓宗
室便纳严蕊为妾，终不复再娶，此后，便只爱着严蕊一个人。

## 第78夜　张孝祥·念奴娇　过洞庭

洞庭青草,近中秋,更无一点风色。玉鉴琼田三万顷,着我扁舟一叶。素月分辉,明河共影,表里俱澄澈。悠然心会,妙处难与君说。

应念岭海经年,孤光自照,肝肺皆冰雪。短发萧骚襟袖冷,稳泛沧浪空阔。尽挹西江,细斟北斗,万象为宾客。扣舷独啸,不知今夕何夕!

张孝祥，字安国，乌江人，出生在鄞县方广寺的一个僧房里。张孝祥自幼十分聪慧，读书过目不忘，下笔顷刻千言。众人见了，都啧啧称奇。他的堂弟张孝伯，常常向他请教，看到他写好的文章，连忙用笔恭恭敬敬抄录下来。张孝祥问："抄录这有什么用？"张孝伯说："准备当作范本来模拟。"过了些日子，张孝祥又对张孝伯说："这些东西没用，真正有用的东西，是经世致用的功夫。"张孝伯听了，佩服得五体投地。

二十三岁时，张孝祥应礼部的进士科考试，一举中第。当年，秦桧的孙子秦埙，也参加了进士科考试，因秦桧提前打点了主考官汤思退等人，秦埙名列省试第一，张孝祥屈居第二。但在殿试时，宋高宗认为秦埙的策论说的全都是他祖父秦桧的话，很是不悦，待听到张孝祥的策论时，大为赞叹，认为张孝祥的策论、词翰、书法俱美，便定其为第一名。秦桧一看状元之名让张孝祥夺走了，很是生气。

殿试完毕，众人还没有散尽，秦桧的死党、临安府知府曹泳，连忙上前向张孝祥拱手，想把自己的女儿嫁给张孝祥。谁料，张孝祥没有理睬，曹泳只好讪讪地走开了。后来，张孝祥去拜谒秦桧，秦桧说："皇上不只喜欢你的策论，还喜欢你的诗、书法，可谓'三绝'，不知你学的是谁的诗，法的是谁的字？"张孝祥说："我学的是杜甫的诗，法的是颜真卿的字。"秦桧冷冷地笑道："天底下的好事，都让你占尽了。"

张孝祥的父亲叫张祁，张祁的哥哥张邵曾以代理礼部尚书之名，出使金国。金人逼张邵投降，他誓死不从，金人便将他囚禁了整整十五年。后来金关系缓和，张邵才被释放回家。张邵回家后,见其妻暴病身亡,心里一时很难接受,竟至于发疯,整日疯言疯语,疑神疑鬼,总怀疑别人要谋害自己,谁给的饭食也不吃,就是张孝祥新晋了状元,他也不让其到身边来看望。

秦桧见张家有此等不可告人的家事,就让人利用张邵的疯话,罗织罪证,诬陷张祁与其嫂的身亡有关,将张祁抓入大牢,准备往死里折磨。但人算不如天算,张祁刚入狱四五天,秦桧就一命呜呼了!秦桧死后,张孝祥连忙上书,向宋高宗诉说其父之冤,刑部尚书韩仲通亦从旁鼎力相助,张祁才得以获释。

张孝祥的父亲出狱后,张孝祥被任命为秘书省正字。在秘书省,他与汪澈结下梁子。后来,张孝祥因其恩师汤思退为相,接连升迁,不久便升为尚书礼部员外郎、起居舍人。而他的仇人汪澈也升为御史中丞。汪澈为泄私愤,便利用手中职权,弹劾张孝祥,说他"受财夺官""交通权贵","奸不在卢杞之下"。张孝祥因此而被罢官。

张孝祥被罢官后,闲居在芜湖。不久,完颜亮大举南侵,宋高宗连忙起用主战派张浚。张浚还没出发,虞允文便在采石矶大败金军,迫使完颜亮仓皇逃至扬州,随后被部将杀死。张浚到达建康后,张孝祥从芜湖前往建康,拜见了张浚,并在一次宴席上,为张浚赋《六州歌头》。张浚听罢,泪流满面,不得不暂时离席。

不久,张浚入朝为相,便举荐张孝祥为建康留守。第二年,张浚北伐,收复了宿州等地,谁料,后又兵败于符离。主和派遂趁机兴风作浪,弹劾张浚轻言用兵,导致兵败财困、国家疲敝。

张浚随后被罢相,张孝祥也被人弹劾,被贬到远在广西桂林的静江府。

　　张孝祥在广西待了一年,随后又被罢职。在从广西回芜湖途中,张孝祥途经洞庭湖。这一天,正好是中秋节前一天,张孝祥下了船,在金沙滩上,用牲醴祭祀了洞庭湖君,晚上,他驾着一叶扁舟,独游洞庭湖,并写下了这首流传千古的《念奴娇》。

## 第 79 夜　张孝祥·念奴娇

风帆更起,望一天秋色,离愁无数。明日重阳尊酒里,谁与黄花为主? 别岸风烟,孤舟灯火,今夕知何处? 不如江月,照伊清夜同去。

船过采石江边,望夫山下,酹水应怀古。德耀归来,虽富贵,忍弃平生荆布! 默想音容,遥怜儿女,独立衡皋暮。桐乡君子,念予憔悴如许。

张孝祥是状元词人，天才超绝，风流倜傥，是南宋时期的英雄人物之一。但其感情之事，却较为隐秘，兹述如下：

张孝祥出生前三年，金兵南下，俘虏了宋徽宗、宋钦宗二帝。中原顿时大乱，百姓纷纷南下避难。张孝祥父母也带领家人，一路逃难到鄞县。当时，桐城的一对李姓夫妇，也带着女儿逃到了鄞县。张孝祥与李家女儿，青梅竹马，相爱相恋，二人长大后还生下一个儿子，名叫张同之。但张孝祥的父母嫌弃李家女儿地位低下，配不上他们宦宦人家，便一直没有承认这桩婚事。

后来，张孝祥高中状元，其履历上是未婚，但实际上却已有一个儿子。秦桧本来就对张孝祥夺了自己孙子的状元之位，怀恨在心。此事倘若让秦桧知道，按照当时严苛的科举制度，张孝祥不仅状元之名不保，而且很可能因犯下欺君之罪，被打入死牢。

其父张祁出狱后，便召集家人商议如何处理张孝祥与李家女子的关系，以免再次授人以柄。张家商量来商量去，最后决定送李氏回桐城，入山做尼姑，然后，让张孝祥迎娶他二舅的女儿时氏。张孝祥对这一决定，内心是抗拒的，但若长久不娶，他与李氏的私情必大白于天下，很可能对他的仕途造成致命的打击。

重阳节的前一天，李氏领着儿子张同之坐船离去，张孝祥在江边送别。当时，他内心如同刀割，觉得辜负了妻子和儿子，很是内疚。这首《念奴娇》就是他送别李氏时写的一首词。

不久，张孝祥就娶了他二舅的女儿时氏为妻。但不幸的是，过了三年，时氏突然亡故了。张孝祥想把李氏迎娶回来，但李氏因他曾抛弃过自己,就拒绝了。

后来,张孝祥历任六郡太守:先是抚州知州,接着是平江府知府、建康留守、静江府知府、潭州知州,最后是荆南府知府。在潭州任上,张孝祥的儿子张同之曾奉母之命,前来看望他。张孝祥见到儿子,十分感动,觉得李氏原谅了他,就又写了一首《雨中花慢》,再次怀念他们那段夭折的感情。

《雨中花慢》曰:

一叶凌波,十里驭风,烟鬟雾鬓萧萧。认得兰皋琼佩,水馆冰绡。秋霁明霞乍吐,曙凉宿霭初消。恨微颦不语,少进还收,伫立超遥。　　神交冉冉,愁思盈盈,断魂欲遣谁招?犹自待、青鸾传信,乌鹊成桥。怅望胎仙琴叠,忍看翡翠兰苕。梦回人远,红云一片,天际笙箫。

从这首词看,张孝祥仍希望"青鸾传信,乌鹊成桥",与李氏再续前缘。

关于张孝祥,还有一个传说,说的是他与尼姑陈妙常的故事。其事在民间流传甚广,在《古今女史》《张于湖传》《玉簪记》中,亦有记载。

张孝祥出任建康留守时,借宿在女贞观。夜晚,张孝祥在观里闲逛,忽闻琴声优美,便循着琴声,来到一座黑门楼前。黑门楼半开着,张孝祥见一美貌尼姑,焚香端坐,低首弹琴,其神情相貌,酷似被迫入山为尼的李氏。张孝祥便口占了一首词。谁料,这尼姑站起来,当场也口占了一首词,坚决回绝了张孝祥的试探,并把门猛地关上了。

张孝祥自感唐突,便惭愧地退下了。后来,张孝祥便忘了此事。谁知,过了些日子,他的好友潘必正前来求他。原来,这个尼姑叫陈妙常,她早就爱上了潘必正,不妙的是,陈妙常怀孕了。潘必正恳请张孝祥想想办法。张孝祥说:"此事不难,你可去县衙告状,说你与陈妙常自幼指腹为婚,因金兵南下走散,今日幸得相逢,恳请完婚。"后来,潘必正在张孝祥的帮助下,最终与陈妙常喜结连理,成了夫妻。

张孝祥历任六郡太守,皆有惠政,但他对仕途心灰意冷,便以侍奉双亲为由,归隐于芜湖。不幸的是,1169年的夏天,他为宰相虞允文送行,大暑天在芜湖的一艘船上饮酒,竟因中暑而暴病身亡,年仅三十八岁,真是令人叹息!

## 第 80 夜    辛弃疾·鹧鸪天

有客慨然谈功名，因追念少年时事，戏作。

壮岁旌旗拥万夫，锦襜突骑渡江初。燕兵夜娖银胡䩮，汉箭朝飞金仆姑。

追往事，叹今吾，春风不染白髭须。却将万字平戎策，换得东家种树书！

◎襜(chān)：一种长的单衣。    ◎娖(chuò)：整顿(队伍)。    ◎䩮(lù)：指箭袋。

辛弃疾,字幼安,济南人。辛弃疾出生于 1140 年,当时,宋室南渡已过去了十三年,而济南正处于金人占领区,因而,从出生地上讲,辛弃疾早年是金朝人。

据辛弃疾回忆,他的祖父辛赞当年之所以没有随宋室南渡,是因为辛氏家族人口众多,祖父不敢冒着让家人活在刀刃上的风险南下,只好忍辱负重,苟活在金人的铁蹄下。但后来,其祖父出仕于金朝,先后任谯县令、开封府知府,其父辛文郁亦接受了中散大夫的职位。从气节上讲,他们是变节者,是贰臣。这对辛弃疾很不友好,因为他一出生,就成了贰臣之子、贰臣之孙。

辛弃疾说,他祖父虽身在金朝,却心怀宋朝,常带着儿孙,登高望远,指着南方,悔恨地流下眼泪。后来,辛弃疾两次跟随金人的官员到燕山一带,考察当地形势,因目睹做亡国奴的种种屈辱与不堪,他在青少年时期就立下了反金归宋、恢复山河的志向。

辛弃疾二十二岁时,金主完颜亮大举南侵,河北、山东一带兵力空虚,于是,各地豪杰纷纷揭竿而起,扛起反金的大旗。辛弃疾也当即聚众两千人,在济南发动起义。但因势单力薄,他便率众归顺耿京,在耿京手下任掌书记。

这时,济南附近有一个和尚,叫义端,也率众起义了。辛弃疾与义端有些交情,就说服义端也来归顺了耿京。但谁料,义端见金人势大,竟偷了耿京的大印,去投奔金人。耿京得知后,大怒,要斩杀辛弃疾。辛弃疾说:"请给我三天时间,我若不能把义端抓住,就请你把我处死吧!"耿京答应了。辛弃疾估计义端会直奔金人大营，便快马加鞭，急忙追赶。义端见辛弃疾追来，连忙下马求饶，说："我知道，你是天上的猛兽青兕牛下凡，请饶了我吧，不要杀我。"辛弃疾二话没说，飞起一刀，就砍下了义端的头，然后提着头去见耿京。

完颜亮南下，遭到宋兵的痛击。不久，金兵哗变，砍下完颜亮的头，不断后撤。这本是收复中原的绝佳时机，可宋王室却一心求和，竟错失良机。金人回撤后，与宋王室媾和，随后便专心围剿各路义军。耿京的义军岌岌可危，辛弃疾便力劝耿京南下投宋。耿京同意了，便派贾瑞、辛弃疾等人，前去与宋朝接洽。

当时，宋高宗赵构在建康，听说济南的义军来降，十分高兴，便在建康接见了贾瑞与辛弃疾等人，并正式授予耿京天平军节度使。贾瑞、辛弃疾等人回去复命。谁料，他们刚走到海州（今江苏连云港），就听说耿京已被张安国等人谋杀。辛弃疾对贾瑞说："耿京派我来商议归顺之事，怎料主帅被杀，这可怎么向朝廷交代？"贾瑞也手足无措。辛弃疾便与统制官王世隆等人商议，决定奇袭金人大营。当夜，辛弃疾等人悄悄地来到金营附近，探知张安国所在的营帐，便突然驱兵直杀了进去。当时，张安国正和金人将领饮酒，猝不及防，竟被辛弃疾飞来的绳子牢牢套住，接着，辛弃疾奋力一拽，将张安国拖到马背上，然后死死地摁住，就将张安国活捉而去。待那位金人将领上马追赶时，辛弃疾等人早已跑得无影无踪。

后来，辛弃疾将叛贼张安国押解到临安，献给了宋高宗。宋高宗当即喝令，斩了张安国。宋高宗对辛弃疾的胆识赞叹不已，随即封他为江阴签判。

　　辛弃疾对自己勇闯金营、活捉叛贼一事,也颇为得意。晚年退居瓢泉,仍时时想起。一日,一位客人来拜访辛弃疾,与他谈起建功立业之事。这时,辛弃疾已经六十岁了,当他想起当年的勇猛之举,仍激动不已,便慨然写下了这首《鹧鸪天》。

## 第81夜　辛弃疾·摸鱼儿

淳熙己亥,自湖北漕移湖南,同官王正之置酒小山亭,为赋。

更能消、几番风雨,匆匆春又归去。惜春长怕花开早,何况落红无数。春且住。见说道、天涯芳草无归路。怨春无语。算只有殷勤,画檐蛛网,尽日惹飞絮。

长门事,准拟佳期又误。蛾眉曾有人妒。千金纵买相如赋,脉脉此情谁诉?君莫舞。君不见、玉环飞燕皆尘土!闲愁最苦。休去倚危栏,斜阳正在、烟柳断肠处。

宋孝宗继位后，很想一洗祖先们的屈辱，便任用张浚北伐。谁料，张浚志大才疏，只会纸上谈兵，出兵不久，便兵败符离。可怜十三万大军，相互践踏，死伤无数。一时间，主和派占了上风，主战派便很不受皇帝待见。

可辛弃疾没有眼色，仍写出《御戎十论》(《美芹十论》)，献给了宋孝宗，未被采纳。但宋孝宗敬佩辛弃疾是一位英雄，就擢拔他为建康通判。后来，他又写《九议》，献给了宰相虞允文。虞允文也没有重视。接着，他又两次上疏，陈述淮南地位之重要。这次，朝廷似乎听见了，就委任他为淮南地区滁州知州。这是辛弃疾第一次做地方官。他到任之后，减赋税、招流民、教民兵、议屯田、建馆舍，几经努力，竟把一个萧条荒凉的战乱之地，变成了繁华的都市。辛弃疾一分高兴，觉得以滁州为根据地，只要粮草准备充足，定能恢复中原，北伐成功。

可谁料，朝廷对辛弃疾这样的"归正人"(指从北方南下，一心归于宋朝的难民)很不放心，并不敢在宋金边境重用。于是，他又被调到了南方。此时，赖文政在湖北率领茶商造反。朝廷便命辛弃疾为江西提点刑狱，前去剿灭江西的茶商军。

辛弃疾很有作战天赋，对付茶商军自有一套办法。他先是招募本地精壮乡兵，淘汰了军中的老弱病残，接着，他命那些乡兵，深入大山，熟悉地形，搜捕茶商，待摸清茶商军的部署后，他便命人守住要冲，然后才派兵进攻。茶商军一看，自己陷入了宋兵的天罗地网，便不战自溃。后来，辛弃疾诱捕了茶商军首领赖文政，并将其斩杀。

朝廷见辛弃疾颇有军事才干,就又派他到湖北剿匪。辛弃疾在湖北,实施的是血腥的铁腕手段,得贼即杀,不要一个俘虏。湖北的匪民,闻风丧胆,四散而逃,全都跑到外地去了。湖北匪乱刚平,湖南也盗贼遍地,多地爆发了武装暴动。于是,朝廷又派辛弃疾,到湖南去剿匪。

辛弃疾觉得十分痛心。他志在恢复中原,讨伐金国,可谁料,竟被朝廷当作爪牙,四处剿匪。而且,很多人对辛弃疾的铁腕剿匪政策十分不满,认为辛弃疾是草菅人命,滥杀无辜。第二年暮春,辛弃疾从湖北任上,准备前往湖南,他的同僚王正之在小山亭摆下酒席,为他送行。在宴席上,辛弃疾内心十分矛盾,对他人的诋毁愤懑不已,于是,便写下了这首《摸鱼儿》。

辛弃疾到了湖南,立即给孝宗皇帝上疏。他认为,剿匪应该先从减轻赋税与整治浊吏入手,否则,今年剿匪,明年扫荡,日朘月削,只会动摇国家之根本。

此时,监察御史王蔺弹劾辛弃疾,说辛弃疾在江西、湖北等地"用钱如泥沙,杀人如草芥",简直就是一个彻头彻尾的大恶魔。宋孝宗性格柔弱,不喜杀戮,便听信了王蔺的言辞,罢免了辛弃疾的一切职务。

## 第 82 夜　辛弃疾·贺新郎

邑中园亭,仆皆为赋此词。一日,独坐停云,水声山色,竞来相娱,意溪山欲援例者,遂作数语,庶几仿佛渊明思亲友之意云。

甚矣吾衰矣。怅平生、交游零落,只今余几！白发空垂三千丈,一笑人间万事。问何物、能令公喜？我见青山多妩媚,料青山、见我应如是。情与貌,略相似。

一尊搔首东窗里。想渊明《停云》诗就,此时风味。江左沉酣求名者,岂识浊醪妙理。回首叫、云飞风起。不恨古人吾不见,恨古人、不见吾狂耳。知我者,二三子。

辛弃疾被罢职后,就在江西上饶隐居,前后长达二十年。他在上饶这个地方建了一处住宅,取名为"带湖新居"。因为房子就建在一个狭长的湖泊旁,湖泊原来没有名字,他就叫它"带湖",房子也没有名字,他就叫它"稼轩"。有人问他为什么给房子起名"稼轩",辛弃疾说:"人生在勤,当以力田为先。北方之人,养生之具不求于人,是以无甚富甚贫之家。南方多末作以病农,而兼并之患兴,贫富斯不侔矣。"从此,他便以"稼轩居士"作为自己的别号,此号亦随辛弃疾闻名久远。

辛弃疾退隐之后,仿佛换了一副心肠,整日拄着手杖在湖边漫步,一会儿抬头,和天上的白鸥说说话,一会儿举着酒杯,邀请水里的鱼儿与他喝上一杯。他喜欢登山,经常去附近的博山、鹅湖山,在寺庙里坐坐,看一会儿雨景,在路边发一会儿呆。

有一夜,他从黄沙岭回来,走在半路上。忽然,明月从云层里露出了脸,吓得栖息在树上的乌鹊,扑棱棱地飞了起来。过了一会儿,清风吹过,送来了夜半的蝉鸣声,好不幽静啊! 又走了一段路后,竟忽然飘来一股浓浓的稻花香,一个不知名的池塘里,竟蛙声一片,仿佛在吟唱着丰年的赞歌。走啊,走啊,月亮渐渐地落下去了,天上的星星只剩下七八颗,还下起了两三滴雨,呀,大事不好了,赶紧回家。这时,转过溪桥,竟在社林边看见自己熟悉的茅店,他顿时松了一口气,终于快到家了。

隐居的这些年,辛弃疾曾被朝廷短暂地起用过一次,但仍然是让他去剿匪。不过,这次是海匪,地点在福建。辛弃疾很努力地去剿匪,但不到一年,又被人弹劾落职。辛弃疾回到上饶后,发现了瓢泉这个地方,便在此地修建一所新居。不久,带湖新居着火，辛弃疾便迁至瓢泉新居。

在瓢泉新居，辛弃疾整日游山玩水，饮酒作乐。辛弃疾嗜酒如狂，他的妻子范如玉为了劝他戒酒，便在家中墙壁上、窗户上，贴满戒酒的字条。辛弃疾虽脸有愧色，可仍照喝不误，真乃酒中狂徒、词中卧龙！

一日，辛弃疾独坐瓢泉新居的停云堂，只觉得周围的山水都跑过来，在他身边撒娇，说："你给咱县邑里的园亭，都写过词，为什么不为我也写一首呢？"没办法，辛弃疾只好写了一首《贺新郎》，其词意大致与陶渊明《停云》之思念亲友相近。

据岳飞的孙子岳珂在《桯史》中说，辛弃疾在宴会宾客时，常常命歌姬吟唱自己的词作。辛弃疾尤其喜欢让人唱他的这首《贺新郎》。他还经常在酒席上，吟诵《贺新郎》中的两句话："我见青山多妩媚，料青山、见我应如是""不恨古人吾不见，恨古人、不见吾狂耳"。他一边吟诵，还一边大笑着拍大腿，诵完之后，他还问宾客，唱得如何。众人皆赞誉不已，真是很好玩的老头啊！

# 第 83 夜　辛弃疾·永遇乐

## 京口北固亭怀古

千古江山，英雄无觅，孙仲谋处。舞榭歌台，风流总被，雨打风吹去。斜阳草树，寻常巷陌，人道寄奴曾住。想当年，金戈铁马，气吞万里如虎。

元嘉草草，封狼居胥，赢得仓皇北顾。四十三年，望中犹记，烽火扬州路。可堪回首，佛狸祠下，一片神鸦社鼓。凭谁问：廉颇老矣，尚能饭否？

　　1189 年,在位已经 27 年的宋孝宗,自觉年事已高,便把帝位禅让给儿子赵惇,是为宋光宗。但赵惇十分害怕老婆,整日活在皇后李凤娘的阴影下,提心吊胆,惶惶不可终日。

　　李凤娘是将门之女,为人十分凶悍。传说,某日,赵惇正在洗手,无意中看到侍女端着盆子的光洁的手,便随口称赞了一句。谁料,过了两天,李凤娘就让人给赵惇送来一个食盒。赵惇打开一看,只见里面装的竟是那侍女的一双手,顿时吓得魂飞魄散。后来,赵惇宠爱黄贵妃,李凤娘竟趁赵惇出外祭祀之际,派人谋杀了黄贵妃,并谎称黄贵妃暴死。赵惇本来身体就多病,当他听到黄贵妃惨死在李凤娘手里后,他的病就越来越重,甚至无法亲理朝政。李凤娘见皇帝病重,正中下怀,便把大权夺了过来,妄想做武则天第二。

　　1194 年,宋孝宗病逝。宋光宗因与其父关系不好,便自称有病,不愿主持葬礼。居丧期间,宋光宗受李凤娘蛊惑,竟连丧服也不愿穿。众大臣愤怒了,都想把宋光宗赶下台。于是,宗室赵汝愚与外戚韩侂胄勾连,拥立皇太子赵扩为新皇帝,是为宋宁宗,并逼迫宋光宗内禅。

　　韩侂胄是赵扩妻子韩氏的叔父。宋宁宗继位后不久,韩侂胄便通过排挤赵汝愚等人,大权在握。韩侂胄执政后的第一件大事,就是为岳飞平反,并削去秦桧的爵号,改其谥号为“缪丑”。随后,他严厉打击朱熹等人,说朱熹借讲学之名,聚众集会,图谋不轨,并给朱熹等人取名“伪学逆党”,统统赶出朝廷。接着,他积极准备北伐,并起用了在上饶已经隐居了二十年的辛弃疾。

辛弃疾被起用后,先是出任绍兴府知府兼浙东安抚使。第二年,宋宁宗赵扩召见了辛弃疾。辛弃疾在宋宁宗面前侃侃而谈,力主伐金,并断言金国必乱必亡。宋宁宗听后,龙颜大悦,赐给了他一条金带,并将他派到抗金前线镇江,出任镇江府知府。

辛弃疾到了镇江,积极备战。辛弃疾对韩侂胄的北伐之策十分赞成,但对韩侂胄轻敌冒进、贪功冒险之举,深怀忧虑。一日,他登镇江城北的北固亭,俯瞰长江,不由得想起曾在镇江的四个历史人物——孙权、刘裕、刘义隆、拓跋焘,便写下了这首《永遇乐》。

谁料,北伐前夕,韩侂胄竟以辛弃疾荐人不当为由,将他调离前线,发配到江西。辛弃疾还没到江西,就又被人诬以贪财、好色等罪名,遣返回家。在辛弃疾退居乡间之时,韩侂胄仓促发动北伐,很快就失败了。

韩侂胄为了掩饰自己的败绩,就再次起用辛弃疾,拜辛弃疾为龙图阁待制。辛弃疾到了临安,朝廷又加封他为兵部侍郎。可这一切,来得太晚了。辛弃疾忽然病重,不得不返回家乡养病。这年九月,就在金人索要韩侂胄项上人头之际,辛弃疾不幸病逝,享年六十八岁。

临终之际,他还在病榻之上大喊"杀贼,杀贼"。直到其去世六七十年后,谢枋得在辛弃疾墓旁的僧舍中仍听到他大声呼喊的声音,从早到晚,呼声不断。谢枋得为了安抚其亡魂,连夜点着蜡烛撰写祭文,以祭奠辛弃疾,谁知,祭文刚写好,那声音就停止了。

## 第 84 夜　陈亮·念奴娇　登多景楼

危楼还望,叹此意、今古几人曾会?鬼设神施,浑认作、天限南疆北界。一水横陈,连岗三面,做出争雄势。六朝何事,只成门户私计!

因笑王谢诸人,登高怀远,也学英雄涕。凭却长江,管不到、河洛腥膻无际。正好长驱,不须反顾,寻取中流誓。小儿破贼,势成宁问强对!

　　陈亮,字同甫,婺州永康人。陈亮少年早慧,豪气逼人,说起话来,滔滔不绝,提笔为文,顷刻而成。十八岁,他仍在婺州做秀才时,就写了一篇《酌古论》,评点了古人用兵之成败得失。婺州郡守周葵读了之后　惊叹不已,便让人把陈亮请来,与之辩论。谁知,周葵完全不是陈亮的对手,被陈亮的词锋与气势所慑,甘拜下风,并对人说:"陈亮他日必为国家栋梁之材!"

　　后来,周葵回朝,出任参知政事,便把陈亮召到自己的幕府。朝廷的官员要向周葵报告政事,周葵必定让他们去拜谒陈亮。陈亮因此得以结交一时豪俊,声名大噪。

　　一日,周葵拿着《大学》《中庸》对陈亮说:"好好读这两本书,就可以精通性命之说。"陈亮欣然接受,并潜心研读。

　　1168 年,二十六岁的陈亮参加婺州乡试,得了第一名。随后,他又来到临安,参加礼部的考试,但没有考中。陈亮不以为意,趁此机会接连五次上疏,陈述抗金复国之要义。这就是有名的《中兴五论》。但此时,宋金和议刚刚签订,朝中并无人搭理他。他只好再次黯然回家。

　　陈亮在家讲学,约有十年。到了三十六岁时,陈亮再次来到临安。他连续三次上书,说临安不是建都之地,建议皇帝放弃临安,移都建康,然后整顿朝政,恢复中原。宋孝宗读后,震动不已,认为陈亮的文章,真乃天下之第一雄文,就把他的奏疏贴在朝堂上,让群臣们拜读,以此激励群臣不要忘了南渡之耻,并想召见陈亮,准备给陈亮封官。

　　谁知,大奸臣曾觌知道皇帝的意思后,竟抢先一步,去陈亮的馆舍,想要拜见他。陈亮听说曾觌要来见他,认为此乃读书人之奇耻大辱,连忙翻墙逃跑了。曾觌见陈亮不愿见他,很不高兴,就在皇帝面前说了些陈亮的坏话。陈亮得知皇帝要给自己封官,就笑着说道:"我上书皇帝,是想为国家开数百年之根基,哪里是为了博得一官呢?"于是,他连忙逃回了家乡。

《宋史》记载,一日,他在家乡与一个狂士饮酒。那个狂士叫来一个歌女,并于醉酒之中称那歌女为妃子。同饮的一个酒客想陷害陈亮,就问那狂士:"你既然自称皇帝,封了妃子,那宰相是谁?"那狂士大笑道:"陈亮就是我的宰相。"酒客说:"那我呢?"狂士说:"你为右相,陈亮为左相。我有你们两个宰相,大事成也!"于是,那酒客就让狂士上座,并与陈亮向狂士行君臣之礼。那歌女也捧着酒杯,唱《降黄龙》,为狂士祝寿,然后歌女与陈亮、酒客,依次高呼"万岁"。

酒席散后,那酒客就去刑部告发此事。陈亮当年参加科举考试时,考官何澹看到他的试卷后,就直接把他刷了下来。陈亮很是不服,便对人说:"我老了,谁知,竟要受何澹这么个小子的羞辱,真奇耻大辱也!"何澹听说后,十分忌恨陈亮。如今,何澹升为刑部侍郎,他收下那酒客的状子后,就让大理寺严查此案。在大理寺严刑拷打下,陈亮体无完肤,最后被诬为以言语犯上,图谋不轨。宋孝宗听说此事后,就暗地里派人去打探实情。后来,何澹报告此事时,宋孝宗说:"这不过是两个秀才喝醉了酒胡说八道罢了,能有什么罪?"何澹听了,十分尴尬,只好释放了陈亮与那狂士。

可谁料,没过多久,陈亮又惹上了官司。陈亮家里的一个奴仆,在外面杀了一个人,被抓了起来。凑巧的是,被杀者曾辱没过陈亮的父亲陈次尹,那家人就怀疑奴仆是受人指使,陈亮才是主谋。于是,那家人将此间隐情告知官府。县令便命人用大棒重责那奴仆,定要其招出背后的主谋。那奴仆被打得遍体鳞伤,昏死过去好几次,都没有诬陷陈亮。但陈亮与其父还是都被抓进大牢。宰相王淮知道宋孝宗喜爱陈亮,就设法营救他。辛弃疾得知陈亮被诬陷,也四处奔走。最后,陈亮与其父被判无罪释放,只有那个杀人的家奴被处死了。

陈亮乃真豪杰,虽连续两次入狱,仍豪情不减,愈挫愈勇,一直念念不忘其恢复中原的大志向。公元 1188 年,陈亮再次北上,来到建康、京口等地,观察宋金前线的地形,并登镇江多景楼,慷慨抒怀,写下了这首著名的《念奴娇》。

陈亮考察了建康等地的形势后,又写了一封奏疏,激励宋孝宗北伐。但谁料,宋孝宗竟决定禅位,自己享清福去了,陈亮的奏疏便被晾在一边。朝中许多大臣因陈亮的《念奴娇》讥讽过自己,更是视他为狂怪之人,忌恨不已。

## 第 85 夜　陈亮·贺新郎

寄辛幼安和见怀韵

老去凭谁说？看几番、神奇臭腐，夏裘冬葛！父老长安今余几？后死无仇可雪。犹未燥、当时生发！二十五弦多少恨，算世间，那有平分月！胡妇弄，汉宫瑟。

树犹如此堪重别！只使君、从来与我，话头多合。行矣置之无足问，谁换妍皮痴骨？但莫使伯牙弦断！九转丹砂牢拾取，管精金只是寻常铁。龙共虎，应声裂。

陈亮小辛弃疾三岁，十分钦佩辛弃疾。陈亮当年进京赶考时，曾拜访过辛弃疾。当时，辛弃疾正出任大理寺少卿。

陈亮与辛弃疾相见之后，相谈甚欢。两人喝了很多酒，说了很多话。辛弃疾说，宋吞并金，可如何如何做，金吞并宋，可如何如何做。他还说，临安就不是建都的地方，因为一旦敌人占据牛头山，天下的援兵就进不来，而敌人一旦挖开西湖的水，那临安城的人顿时就成了鱼鳖。最后，二人都喝醉了，陈亮便在辛弃疾家住了下来。

但到了夜里，陈亮越寻思越觉得不对。这些话里可都是重要的军事机密，辛弃疾怎么竟全告诉了他。辛弃疾作为剿匪总司令，杀人如麻，手段残忍，他醒来后，如果想起自己酒后失言，肯定会杀人灭口。陈亮越想越怕，就连忙从辛弃疾家中偷了一匹骏马，连夜跑掉了。过了一个多月，他还给辛弃疾写信，试着借钱买房，辛弃疾得信之后，竟如数奉上。

1188 年，陈亮从建康回到永康，听说辛弃疾从剿匪总司令的位置上退了下来，正在上饶隐居，就再次前来拜访。

辛弃疾当时住在瓢泉新居。瓢泉新居附近有一座湖，名叫鹅湖。陈亮来访后，辛弃疾就带着陈亮去鹅湖游玩。后来，陈亮离去，辛弃疾心中还十分眷恋，就连忙追赶。但谁料，走到鹭鸶林时，因雪深泥滑，没法前行，辛弃疾只好悻悻地往回走。晚上，辛弃疾投宿在吴氏泉湖四望楼，听到邻里有人吹笛，笛声十分悲凉，便写了一首《贺新郎》，并寄给陈亮。

其词曰："把酒长亭说。看渊明、风流酷似，卧龙诸葛。何处飞来林间鹊,蹴踏松梢残雪。要破帽、多添华发。剩水残山无态度,被疏梅、料理成风月。两三雁,也萧瑟。　　佳人重约还轻别。怅清江、天寒不渡,水深冰合。路断车轮生四角,此地行人销骨。问谁使、君来愁绝?铸就而今相思错,料当初、费尽人间铁。长夜笛,莫吹裂。"上阕回忆他们在鹅湖相会时的场景,下阕写自己因雪深路断,不能追赶上陈亮的悔恨之意,最后两句结语在长夜闻笛上,情意绵绵,仿佛在说,笛声啊,你不要停下来,就让悠远的笛声,传递出我对陈君的思念之情吧!

陈亮得到辛弃疾的《贺新郎》后,便写了这首《贺新郎》。

第二年春天,辛弃疾又顺着陈亮的词意,和了一首《贺新郎》。陈亮得词后,又连写了两首《贺新郎》,回赠给辛弃疾。谁知,陈亮命运多舛,回乡之后,竟再遭两桩命案。

一日,陈亮参加乡人的宴会。乡里有个习俗,招待尊贵的客人,必定会在他的饭菜里撒胡椒粉。那天,因为陈亮是贵客,主人就特意在陈亮面前的肉羹里,撒了些胡椒粉。谁料,与陈亮同坐的人回家后,竟暴病而亡了,其家人怀疑他是吃了有毒的食物,就报到官府。

恰巧此时,村民吕兴、何念四与吕天济斗殴,吕兴、何念四竟把吕天济打死了。吕天济临死前,狠狠地说:"是陈亮指使吕兴、何念四杀我的!"

两条命案,都无端地指向陈亮。县令王恬便将陈亮抓来,严刑拷打,但陈亮至死不从。最后,陈亮被移交给大理寺。大理寺少卿郑汝谐仔细阅览了案宗,认为陈亮冤枉,便说:"陈亮,天下之奇才也。朝廷若无罪而杀士,上会破坏天和,下会损伤国家之命脉。"于是,他奏明宋光宗,释放了陈亮。

陈亮出狱后,再次参加礼部的科举考试。这年,陈亮五十一岁。幸运的是,他终于考中了进士,并在殿试中名列第一。但不幸的是,第二年,陈亮竟病逝了。辛弃疾听说陈亮死了,悲痛不已,撰《祭陈同甫文》,以祭奠这位铁骨铮铮的汉子,称颂他为"天下之伟人"。

## 第 86 夜　刘过·唐多令

安远楼小集,侑觞歌板之姬黄其姓者,乞词于龙洲道人,为赋此《唐多令》。同柳阜之、刘去非、石民瞻、周嘉仲、陈孟参、孟容。时八月五日也。

芦叶满汀洲,寒沙带浅流。二十年重过南楼。柳下系船犹未稳,能几日,又中秋。

黄鹤断矶头,故人曾到否?旧江山浑是新愁。欲买桂花同载酒,终不似,少年游。

刘过，字改之，吉州太和人。刘过小时候，家里极为贫寒。于是，他便梦想着通过科举，改变命运。但直到三十岁，他才通过乡试。第二年，他便来到临安，参加礼部进士科考试，但不幸落第了。落第之后，他觉得很是丢脸，就没有回家乡，开始四处漫游。

他先是游了西湖，然后北上襄阳，接着，他和姜夔等人到武昌游览了黄鹤楼。在武昌，刘过偶遇美丽的歌姬徐楚楚。刘过对徐楚楚一见倾心，觉得徐楚楚比杜牧眼中的张好好标致多了。可刘过乃一介寒儒，自己的衣食都难保证，怎么能娶徐楚楚呢？在武昌逗留了一段时间后，刘过只好忍痛与徐楚楚分别。

随后，他四处干谒。先是到了建康，拜见了时任江东转运副使的杨万里。杨万里热情地接待了他，但并没有给他官职。他失望地离开了。随后，他又去拜见了在绍兴乡间隐居的陆游。两人意气相投，相见甚欢，便都互相给对方写了一首诗，然后，刘过回到了临安。

此时，太上皇宋孝宗病重，宋光宗不肯探问。布衣刘过听说了，竟穿着白袍黑帽跪在宫城门前，一面痛哭，一面呈上书，恳请宋光宗到重华宫探望一下太上皇的病情。宋光宗看到刘过的上书，大怒，责令他闭上嘴巴，回家乡待着。

刘过最不愿意回到故乡。因为他已经四十一岁，仍是一介布衣，脸上很没光彩。但皇帝责令他回乡，他不敢抗命，只好回到家乡。他在家乡待了几日，接着又外出漫游去了。此时，辛弃疾出任浙东安抚使。辛弃疾久闻其名，便派人请刘过到绍兴府。

不凑巧,刘过正生着病,来不及与那人同行,便模仿辛弃疾,写了一首《沁园春》。词曰:"斗酒彘肩,风雨渡江,岂不快哉! 被香山居士,约林和靖,与东坡老,驾勒吾回。坡谓西湖,正如西子,浓抹淡妆临镜台。二公者,皆掉头不顾,只管衔杯。 白云天竺去来,图画里、峥嵘楼观开。爱东西双涧,纵横水绕,两峰南北,高下云堆。逋曰不然,暗香浮动,争似孤山先探梅。须晴去,访稼轩未晚,且此徘徊。"辛弃疾看后,十分高兴,便派人再次邀请。刘过见盛情难却,便去绍兴赴邀。辛弃疾与刘过相见恨晚,两人相聚了整整一个月。临别之际,辛弃疾还赠送刘过一千缗,但刘过放荡不羁,很快就把这些钱花光了。

《宋人轶事汇编》记载,辛弃疾出任镇江府知府时,刘过便来到镇江,做了辛弃疾的幕僚。谁料,不久,刘过的母亲病重,他心中十分着急,很想回家探望其母,但囊中空空,连路费也没有。

这天晚上,辛弃疾与刘过微服私访,来到了一家妓院。恰巧,镇江督邮也来此饮酒取乐。他十分豪横,进门后就轰赶客人,竟连辛弃疾与刘过也赶走了。两人大笑而归,回去之后,辛弃疾便以有机密文件为由,命人把那督邮叫过来。那督邮当夜大醉,并没有来。第二天,辛弃疾便以贻误战机为由,要没收他的家产,还恐吓要流放他。那督邮连忙拿了五千缗,以给刘过母亲养病为由,请刘过为自己说情。辛弃疾说:"不行,非得一万缗不可。"那督邮只好如数奉上。辛弃疾为刘过买了一艘船,并将这些钱全都给了他。临行时,辛弃疾说:"你可以放心地回家了,但不要像往日一样,随意挥霍。"

刘过回家看望了母亲,过了些日子,又出去游荡了。他回到二十年前曾游览过的襄阳、武昌。在武昌,刘过与友人又重登了安远楼。在安远楼与友人饮酒时,一位姓黄的歌女在旁边打着板子唱歌。歌毕,那个女子请刘过为她写一首词。这年,刘过五十一岁,常年漂泊,一无所有,又逢故地重游,颇多感慨,便写下了这首《唐多令》。

第二年,韩侂胄北伐,刘过欣然从军,做了幕僚。他操弄起笔杆,极力颂扬韩侂胄。谁料,北伐很快就失败了。刘过失望至极,只好黯然离去,随后在昆山定居下来。这时,他才想起娶妻生子。可他刚结婚不久,就撒手人寰,终年五十二岁。

# 第四季
# 晚年之词

　　南宋中晚期，词人像是被抽掉了魂一样，不是在悲秋伤时，就是在叹贫嗟老。整个词坛呈现出一种老年人的情态，很是让人气闷。即使偶尔出现如刘克庄这样奋力呐喊的先行者，可这样的声音太微弱了，几乎没有回响。大多数词人都转向了以词咏物，在梅花、孤雁这些小玩意上面做文章，一点反抗的意识也没有了。

　　这一时期，重要的词人有姜夔、元好问与蒋捷。姜夔是纯情词人，他的词多写梅、梦、魂、月，意境清苦、冷寂。他写过很多艳词，但多是"少年情事老来悲"，一点也不火热。

　　元好问的词，多写其由金入蒙古时的身世之感，其笔端所触之处，多世事变幻、物是人非的深切之痛，颇多警语。后世称其为"一代宗匠"，可比肩于苏轼、黄庭坚。其晚年多游走于蒙古贵族门下，大节有亏，令人惋惜。

　　蒋捷的词，多为怀旧词，主要写对往日生活的眷恋，以及故国家园不可再见的伤感，有一种对时间流逝的追问，对生命无常的彻悟。

## 第 87 夜　姜夔 · 扬州慢

淳熙丙申至日,予过维扬。夜雪初霁,荠麦弥望。入其城则四顾萧条,寒水自碧。暮色渐起,戍角悲吟。予怀怆然,感慨今昔,因自度此曲。千岩老人以为有黍离之悲也。

淮左名都,竹西佳处,解鞍少驻初程。过春风十里,尽荠麦青青。自胡马窥江去后,废池乔木,犹厌言兵。渐黄昏,清角吹寒,都在空城。

杜郎俊赏,算而今,重到须惊。纵豆蔻词工,青楼梦好,难赋深情。二十四桥仍在,波心荡,冷月无声。念桥边红药,年年知为谁生?

　　姜夔,字尧章,江西鄱阳人。姜夔的母亲早逝,他的父亲姜噩是南宋绍兴三十年(1160)的进士,曾任新喻县丞、汉阳县令。姜夔小时候,就一直跟着父亲,在他十五岁左右,父亲突然去世了,姜夔尚不能自立,便去投靠他嫁到汉川县山阳村的姐姐。

　　姜夔性格柔弱,脾气和顺,村里的人和姐姐家的人都很喜欢这个孤苦的少年。姜夔也经常带着几个小外甥,在河边嬉戏、打闹,有时举着火把捉兔子,有时驾着小船去采菱角,有时用竹篮子在河边捞鱼。他简直把这里当成自己的故乡了,只是他渐渐长大,从一个少年变成一个男子汉了,就不得不开始为自己的前程着想。

　　二十岁前,他曾四次返回鄱阳,参加乡试,但都落第了。失落的他,不好意思继续赖在姐姐家,就开始四处游历,一方面是排遣心中的苦闷,一方面也是开阔眼界,增长知识。

　　大约在二十二岁那年冬天,姜夔漫游到扬州。扬州在唐代时是南北经济中心,其繁华程度,甚至超过首都长安,有“扬一益(指成都)二”之说,可以说是雄富冠天下。北宋时,扬州仍是全国较繁华的都市之一,欧阳修、苏轼都曾任扬州知州。可到了南宋,这里竟成了宋金交战的前线、双方反复厮杀的战场。尤其是隆兴元年(1163),张浚仓促北伐,符离一战,十三万宋军竟全面溃败,致使扬州一带的经济遭到毁灭性的打击。姜夔到扬州那年,距离符离之战刚刚过去十四年。

　　十四年过去了,扬州仍是一片萧条,城外,夜雪初晴,放眼望去,尽是荠菜与野麦,一点庄稼都没有,到了城里,也是残垣断壁,冷冷清清,仿佛一座空城,没有一点生机。黄昏时分,竟然有人在城墙上吹起军营里才会吹的戍角。往日繁华的都市,竟变成了宋金边境上的一座军营。姜夔心里满是悲戚,于是,他感慨今昔,写下了这首《扬州慢》。

后来,姜夔流浪到长沙,认识了长沙别驾萧德藻。萧德藻是福建闽清人,与姜夔的父亲姜噩是同科进士。萧德藻读了姜夔的这首《扬州慢》,大为赞叹,认为它"有《黍离》之悲"。《黍离》是《诗经·王风》里面的一首诗,这首诗以一个行者的口吻,诉说西周王室竟变成黍稷丛生的一片废墟,其心中悲伤,不禁向上天呐喊,这到底是谁害得我无家可归?

姜夔与萧德藻结识之后,便常在一起酬唱。萧德藻见姜夔未娶,就将侄女许配给了他。后来,萧德藻长沙别驾任满,出任湖州乌程县令,姜夔便带着妻子,随萧德藻一起到了湖州。姜夔卜居在弁山苕溪的白石洞天,从此便以"白石道人"自号。在萧德藻的引荐下,姜夔认识了杨万里,随后,杨万里又引荐姜夔认识了范成大。杨万里与范成大对姜夔的诗词,都赞赏不已,认为他的诗词,空灵清雅,深得风骚之韵。经杨万里、范成大的延誉,姜夔词名日隆,最后竟成一家,堪称南宋第一布衣词人。

## 第88夜　姜夔·暗香　疏影

辛亥之冬,予载雪诣石湖。止既月,授简索句,且征新声,作此两曲。石湖把玩不已,使工妓隶习之,音节谐婉,乃名之曰《暗香》《疏影》。

旧时月色,算几番照我,梅边吹笛。唤起玉人,不管清寒与攀摘。何逊而今渐老,都忘却春风词笔。但怪得、竹外疏花,香冷入瑶席。

江国,正寂寂。叹寄与路遥,夜雪初积。翠尊易泣,红萼无言耿相忆。长记曾携手处,千树压西湖寒碧。又片片、吹尽也,几时见得。(《暗香》)

苔枝缀玉,有翠禽小小,枝上同宿。客里相逢,篱角黄昏,无言自倚修竹。昭君不惯胡沙远,但暗忆、江南江北。想佩环、月夜归来,化作此花幽独。

　　犹记深宫旧事，那人正睡里，飞近蛾绿。莫似春风，不管盈盈，早与安排金屋。还教一片随波去，又却怨、玉龙哀曲。等恁时、重觅幽香，已入小窗横幅。（《疏影》）

姜夔在湖州寓居期间，曾多次北上合肥，个中缘由是，他始终无法忘情于合肥的一对姐妹。这对姐妹皆为青楼歌女，一个叫燕燕，一个叫莺莺。燕燕是姐姐，善弹琵琶，莺莺是妹妹，善奏古筝。姜夔对她们用情很深，一生为姐妹俩写词二十多首，约占其全部词的四分之一。

姜夔第一次见到她们，大概是他写完《扬州慢》后不久，北上合肥，在一个叫赤阑桥的地方。赤阑桥位于南城，横跨金斗河，两岸商铺林立，妓馆繁多。姜夔与姐妹俩初次相见的情景，其词中没有具体的记述，但此后，姜夔时常忆起他们曾在西楼聚饮的情景。他们当时互相都不知能否再次见到对方，感到十分惆怅，情意缠绵。

后来，姜夔南下长沙，娶了萧德藻的侄女，但仍不能忘怀于燕燕、莺莺。新婚之后，姜夔与妻子随萧德藻去了湖州，途经金陵时，他竟然梦见了燕燕、莺莺。在梦中，燕燕、莺莺指责姜夔薄情，说离别时她们姐妹俩给他缝衣服，后来还给他写了许多信，他怎么竟忘了她们，并说不管他是否已经结婚，她们的离魂一定要死死地跟着他，永不分离。梦醒之后，姜夔想起燕燕翩翩起舞，莺莺轻吟低唱，他却因为此时结婚了，竟不能北上，内心十分矛盾。

过了三年，姜夔毅然北上合肥。他在赤阑桥的西边，租了一间房子，从这年寒食到第二年正月二十四，姜夔一直与燕燕、莺莺住在一起。可毕竟他的妻子还在湖州，他们不能就这样一直厮混下去。临别之际，燕燕、莺莺对姜夔依然很是不舍。燕燕哭着说要用她的裙带拴住姜夔的船，不让他走，莺莺性子比较急，一晚上都没睡着。但姜夔也没有办法，毕竟他只是一个荡子，不可能将燕燕、莺莺都娶到家里去。她们问他何时再来，他也只能指着蔷薇，说待蔷薇花开，大约夏秋之时，重来相聚。

这年秋天，姜夔再次北上合肥。但谁料，燕燕、莺莺已坐着船离开了，她们去了哪里，不知道，有的说为了避难，回家乡去了，有的说她们被某贵家子看中，已经嫁人了。姜夔听后感到十分悲伤，无处排遣，只好在馆舍斜倚着枕头，偃卧在窗下。这时，秋风萧瑟，小雨淅沥，待到小雨初霁，姜夔便请来他的友人赵君猷。两人坐在月下喝酒，一直喝到月儿西沉，才闷闷地分别了。第二天，姜夔便独自一人南归了。

这年冬天，姜夔途经苏州，他再一次拜访了范成大。范成大见姜夔来访，十分高兴，便让他在自己家住了整整一个月。范成大喜欢梅花，不仅在园中种满了梅花，还撰有一本《梅谱》。范成大知道姜夔也喜欢梅花，就请他作一首词，以制成新的音乐。姜夔便摘取林逋《山园小梅》中的名句"疏影横斜水清浅，暗香浮动月黄昏"，自度曲子，接连写了《暗香》《疏影》。

范成大十分喜欢这两首词，便反复吟咏，把玩不已，并让歌姬练习，唱给自己听。后来，与姜夔离别时，范成大竟将自己的歌姬小红，赠给了姜夔，以安慰他失恋的心情。姜夔带着小红回湖州的路上，夜遇大雪，于是，姜夔吹笛，小红唱歌，又深情地将《暗香》《疏影》唱了一遍。

自此，姜夔再也没有见到合肥那两个女子。可姜夔仍眷恋不已，直到四十三岁，他还为这两个女子写了一首《鹧鸪天·元夕有所梦》：

　　肥水东流无尽期,当初不合种相思。梦中未比丹青见,暗里忽惊山鸟啼。　　春未绿,鬓先丝,人间别久不成悲。谁教岁岁红莲夜,两处沉吟各自知。

　　可这相思的种子已经种下了,又怎能奈何得了?

　　姜夔晚年,一直依附着张鉴、张镃在杭州过活。张鉴要为他买官,被他拒绝了,要送他良田,仍被他拒绝。后来,张鉴死了,他无所依靠,日子变得十分潦倒。更为不幸的是,有一年杭州发生大火,竟也烧毁了姜夔的屋子。他无家可居,只好四处旅食,最后,病逝于西湖边,享年六十七岁。

## 第89夜　史达祖·双双燕　咏燕

过春社了,度帘幕中间,去年尘冷。差池欲住,试入旧巢相并。还相雕梁藻井。又软语、商量不定。飘然快拂花梢,翠尾分开红影。

芳径。芹泥雨润。爱贴地争飞,竞夸轻俊。红楼归晚,看足柳昏花暝。应自栖香正稳。便忘了、天涯芳信。愁损翠黛双蛾,日日画阑独凭。

史达祖,字邦卿,号梅溪,河南开封人。大概在"靖康之难"中,其祖辈迁到南方,可史达祖出生在哪里,早年在何处生活,一概不知。只知道,他家境贫寒,多次参加科举考试,都未能遂愿。于是,他浪迹江湖,结交诗友,干谒权贵,希望通过他人的举荐,获得功名。

大概在三十岁,史达祖前去拜谒张镃。张镃是南宋名将张浚的曾孙,其家豪富,园池、声伎、服玩之丽甲天下,他是当时颇负盛名的贵公子,著名词人姜夔曾长期依附于他。张镃亦善诗词,曾拜陆游为师,与辛弃疾、杨万里等人交往甚密,是宋词殿军人物张炎的曾祖。

张镃当时已隐居林下,一日,忽然听到柴门被打开的声音,过了一会儿,园丁就拿着一张名帖进来,张镃一看,是开封人史达祖。张镃忙让人将他迎入园中竹荫下。史达祖说:"我从弱冠时,就听说了您的大名,可如今,您的名声被埋没,实在有些可惜。我今日来,没有别的事情。"说着,史达祖从袖子里,掏出一卷词,恭恭敬敬地递给了张镃。张镃听了史达祖的话,颇为惊诧,笑而不语。史达祖走后,张镃才仔仔细细地阅读了一遍。张镃读完,掩卷而叹曰:"有这等才华,今生无遗恨了。"

史达祖敬献给张镃的词集,名《梅溪词》。《梅溪词》中,最为人称道的,莫过于这首《双双燕》,王士禛认为"咏物至此,人巧极天工矣"。

随后张镃为史达祖的《梅溪词》作序,使其顿时声名鹊起。此时,韩侂胄开始独揽大权,他将史达祖召至自己手下,让史达祖做了一名堂吏。

史达祖颇得韩侂胄的信任。韩侂胄为宰相时,遇事不能决断的,都听史达祖的。韩侂胄平时的文书、奏章,全都出于史达祖之手。一时间,史达祖炙手可热,百官无不敬畏。韩侂胄主张抗金,特别崇拜岳飞,执政之后,就追封岳飞为"鄂王",贬斥秦桧为"缪丑",因而得罪了一大批投降派。韩侂胄还特别厌恶朱熹之流,认为朱熹提倡的理学是伪学,是祸国殃民的种子,戕害人心。以至于朱熹本人及其徒子徒孙,对韩侂胄恨得咬牙切齿,恨不得用笔杆子杀了他。

第二年,韩侂胄便发动北伐,但因吴曦的叛变和投降派的掣肘,北伐失败。史弥远趁机密谋夺权,他派人埋伏在韩侂胄上朝的路上,突然袭击,将韩侂胄逼到玉津园夹墙内杀害。金主完颜璟听说韩侂胄去世,高兴地说:"韩侂胄死了,金国还有什么担忧呢?"

韩侂胄去世后,史达祖作为其最得力的助手,随即被抓捕入狱,施以黥刑,并被赶出了京城。史达祖晚年穷困潦倒,但他安于贫苦,吟诵不辍。其晚期的词笔力劲健,风格豪迈苍凉,颇有辛弃疾之风格。姜夔十分欣赏史达祖,称其《梅溪词》有李贺之韵,可谓惺惺惜惺惺,真史达祖之知音也。

## 第 90 夜　戴复古·木兰花慢

莺啼啼不尽，任燕语、语难通。这一点闲愁，十年不断，恼乱春风。重来故人不见，但依然、杨柳小楼东。记得同题粉壁，而今壁破无踪。

兰皋新涨绿溶溶，流恨落花红。念着破春衫，当时送别，灯下裁缝。相思谩然自苦，算云烟、过眼总成空。落日楚天无际，凭栏目送飞鸿。

戴复古,字式之,天台黄岩人。他的父亲戴敏才是一个诗痴,一生穷困潦倒,却始终以诗为伴。父亲去世前,曾对亲友叹息道:"我的病好不了,可我的孩子还小,将来没人把我的诗传世了!"此时,戴复古还在襁褓之中。

戴复古小时候,因为家贫,并没有得到良好的教育,后来,他从亲戚口中得知,自己的父亲是一位诗人,便决心继承父业,立志成为一名专业诗人。于是,他刻苦自学,一心为诗。三十一岁时,他辞别妻儿,开始在江湖上漫游。他先是到了临安,向聚集在京师的名家学习,且受尽冷漠。后来,他听说陆游正在山阴闲居,便来到山阴,拜其为师,虚心学习作诗的奥秘。

后来,因陆游被朝廷召去编修国史,戴复古便又一次出外漫游。这一次,他的足迹遍布淮甸、鄂州、信州等地,时间长达十多年,中间大概回家了两次。

有一年,他漫游到江西武宁。一个富翁欣赏他的才华,就将自己的女儿嫁给他。戴复古在武宁住了三年。一日,他突然对富家女说他要回家。富家女十分惊讶地问道:"这里不就是你的家吗?"戴复古只好告诉她,自己已娶妻生子。富家女听了,顿时觉得如五雷轰顶,痛不欲生,便将此事告诉了自己的父亲。她的父亲十分愤怒,恨不得亲手撕了这个骗吃骗喝的负心汉。但富家女温言相劝,她的父亲才气消了。

临别之前,这个富家女将自己的嫁资都送给了戴复古,还为他写了一首《祝英台近》词。其词曰:

惜多才,怜薄命,无计可留汝。揉碎花笺,忍写断肠句。道旁杨柳依依，千丝万缕，抵不住、一分愁绪。　　　如何诉。便教缘尽今生，此身已轻许。捉月盟言，不是梦中语。后回君若重来，不相忘处，把杯酒，浇奴坟土。

在词中，她自怜自怨，却没有一句怨恨戴复古的话，只是恳请他再次回来时，在她坟头浇一杯酒。戴复古走后，她便投河自尽了。

戴复古回到台州，却发现自己的第一个妻子已经去世，只剩下两个嗷嗷待哺的孩子。他的妻子死前，大约十分怨恨他。她在墙壁上写了两句诗："机番白苎和愁织，门掩黄花带恨吟。"戴复古看后，大哭不已。但他仅在家尽了几天做父亲的责任，就扔下两个未成年的孩子，又出外漫游了。约十年后，他再一次来到江西武宁。他得知那个富家女，因他的薄情而投河自尽，悔恨不已，便写了这首《木兰花慢》。

后来，戴复古依然四处漫游。大约到七十二岁时，他流浪了四十年，才回到家乡。他的儿子见整日在外面浪荡、一点也不顾家的父亲终于回来了，也没有埋怨，只是默默地把父亲先前住的破房子推倒，给他建造了一座新房。戴复古又活了约十年，最后，就在故乡的山水中去世了。

## 第91夜　刘克庄·贺新郎

实之三和,有忧边之语,走笔答之。

国脉微如缕。问长缨、何时入手,缚将戎主?未必人间无好汉,谁与宽些尺度?试看取、当年韩五。岂有谷城公付授,也不干、曾遇骊山母。谈笑起,两河路。

少时棋柝曾联句。叹而今、登楼揽镜,事机频误。闻说北风吹面急,边上冲梯屡舞。君莫道、投鞭虚语。自古一贤能制难,有金汤、便可无张许?快投笔,莫题柱。

　　刘克庄,字潜夫,福建莆田人,出身官宦人家。其父刘弥正是宋孝宗时期的进士,官至吏部侍郎。刘克庄自幼十分聪颖,下笔作文从不打草稿,洋洋万言,援笔立就。后来,他拜真德秀等人为师,并以优异的成绩,考入国子监。但不幸的是,他接连参加了两次科举考试,都铩羽而归。二十三岁时,他靠着父亲在朝任官的恩荫,补了一个将仕郎的小官。

　　初入政坛,刘克庄就遇到了一件事。朱熹去世后,宋宁宗想赐给朱熹一个谥号,便让太常寺拟定。太常寺拟定的谥号是"文忠"。刘克庄认为不妥,但他初出茅庐,不好说话,便偷偷地以父亲刘弥正的名义,写了一篇《侍讲朱公覆谥议》,认为将朱熹的谥号定为"文"即可。宋宁宗看了"刘弥正"的文章后,觉得甚为合理,就改朱熹谥号为"文"。后来,众高官得知《侍讲朱公覆谥议》出自青年学者刘克庄之手,皆为震惊,于是,纷纷折节,与之结交。

　　后来,宋宁宗去世,宋理宗赵昀继位,刘克庄出任建阳县令。这是刘克庄第一次做县令。他觉得当官就是当官,不能三心二意,于是,他戒掉自己爱写诗的毛病,专心从政。三年间,刘克庄不仅将政务处理得井井有条,还增加了赈灾粮五千斛,颇有惠政,深得民心。刘克庄离任时,在县衙门上大书道:"聊为尔民留饭碗,岂无来者续心灯。"

　　刘克庄出任建阳县令时,曾写过一首《落梅》:"一片能教一断肠,可堪平砌更堆墙? 飘如迁客来过岭,坠似骚人去赴湘。乱点莓苔多莫数,偶粘衣袖久犹香。东风谬掌花权柄,却忌孤高不主张。"这是一首咏物诗,说清晨醒来,院子里,到处都是落梅,真是满目狼藉,不忍直视。这是谁之过？东风。东风实在可恶,竟因自己有权柄,就肆意践踏众花。从最后两句可以看出,其诗是有所讥讽的。据说,谏官李知孝读后,便向权相史弥远告发了刘克庄。史弥远认为诗句"东风谬掌花权柄",说的就是自己,十分恼怒,当即下令将刘克庄抓到京城来审问。

　　史弥远杀害了韩侂胄后,迅速升为右丞相。皇太子赵竑对史弥远的恶行十分厌恶,欲在继位后,除掉史弥远。史弥远为了巴结赵竑,送了他一位善弹琴的美女,用来监视他。一日,赵竑指着墙上的地图,对那美女说："我他日若得志,一定要把史弥远流放到崖州。"史弥远听说后,十分惊慌,便私下里扶持了另外一位皇子赵昀。宋宁宗去世后,史弥远拥立赵昀为帝,并与杨皇后伪造遗诏,将赵竑贬为济王。第二年,湖州人潘壬谋反,强行将黄袍披在赵竑身上。兵变平息后,史弥远便逼迫赵竑自缢了。

　　史弥远逼死济王赵竑,引起朝野哗然。真德秀、魏了翁等人纷纷上书,为赵竑喊冤。此时,杭州书商陈起刊行《江湖集》,因陈起有诗云"秋雨梧桐皇子府,春风杨柳相公桥",被认为是在讥诮史弥远,替赵竑喊冤,谏官便将之与刘克庄《落梅》诗并举,上告给史弥远。史弥远大怒,命人劈了《江湖集》的底版,并将陈起流放,欲置刘克庄于死地。幸得签书枢密院事郑清之,也就是新皇帝赵昀的老师,极力为刘克庄辩护,刘克庄才死里逃生,捡回了一条命。

　　此后数年,刘克庄一直被闲弃在家,直到史弥远去世,郑清之为宰相,刘克庄才重新被起用。1241年,刘克庄因不肯依附史弥远的侄子、宰相史嵩之,被侍御史金渊以"自拟清望"弹劾而罢官,不得不赋闲在家。

此时,金朝已在宋、蒙的夹击下灭亡。在灭金过程中,蒙古人见南宋孱弱,便以南宋不守盟约为由,悍然发动进攻,先是从西路进攻四川,接着又直接发兵,围困寿春。这年,刘克庄赋闲在家,听到边关告急,心急如焚。一日,在友人王实之的生日宴上,他感到自己报国无门,倍感愤懑,就连写了六首《贺新郎》,大声呼吁。这首《贺新郎》是其中第四首。

1260 年,已经七十四岁的刘克庄又被起复回朝。但宋理宗昏聩无能,先后任用的宰相大多都是奸相,如史嵩之、贾似道。后来,他竟将朝政全部交给了贾似道,致使国家疲敝,一日不如一日。刘克庄虽在朝中,提出了诸多补救措施,但仍于事无补,最后,他告老还乡,因病去世,享年八十三岁。

## 第 92 夜　元好问·摸鱼儿

乙丑岁赴试并州,道逢捕雁者云:"今旦获一雁,杀之矣。其脱网者悲鸣不能去,竟自投于地而死。"予因买得之,葬之汾水之上,垒石为识,号曰"雁丘"。同行者多为赋诗,予亦有《雁丘词》。旧所作无宫商,今改定之。

问世间情是何物,直教生死相许? 天南地北双飞客,老翅几回寒暑。欢乐趣,离别苦,就中更有痴儿女。君应有语:渺万里层云,千山暮雪,只影向谁去?

横汾路,寂寞当年箫鼓,荒烟依旧平楚。招魂楚些何嗟及,山鬼暗啼风雨。天也妒,未信与,莺儿燕子俱黄土。千秋万古,为留待骚人,狂歌痛饮,来访雁丘处。

元好问,字裕之,忻州人,是鲜卑拓跋氏的后代。元好问的父亲元德明是金朝的一个穷酸书生,一辈子只喜欢读书、写诗,不理家务,家里人也不敢说他。元好问刚生下七个月,元德明的弟弟元格就来求他,恳请将元好问过继给自己,原因是自己没有儿子,而元德明已有三个儿子了。

元好问被过继给元格后,元格对他很好。元好问四岁时,元格就开始教他读书。元好问是个神童,七岁时就可以作诗,十一岁时就得到翰林学士路铎的赏识。元好问十四岁时,元格出任陵川县令,为了让元好问得到良好的教育,他便让元好问师从陵川人郝天挺。陵川任职期满后,元格为了元好问,竟不去求官,而是留在陵川,让元好问能继续跟随郝天挺,完整地学习经史百家、策论诗赋。

元好问不仅早慧,情感也比较细腻。他因为是过继子,总觉得是生父抛弃了他,对骨肉分离有着切肤之痛,从小就十分敏感。进入青少年时期,元好问变得多情善感,对青年男女之间的生死之恋,尤为关切,因而写了很多恋情方面的诗词。

他写得最早的一首词,大概是《江梅引》。其词曰:

墙头红杏粉光匀。宋东邻。见郎频。肠断城南,消息未全真。拾得杨花双泪落　江水阔,年年燕语新。　　见说金娘埋恨处。蒹葭沙,草不尽,离魂一只鸳鸯去,寂寞谁亲。惟有因风,委露托清尘。月下哀歌宫殿古,暮云合,遥山入翠颦。

这首词写了西州的一户读书人家的女儿,名叫阿金。她的父亲十分疼爱她,到了她快要出嫁的年龄,就让她自己选择夫婿。阿金看中了同郡的某个男子。这个男子不仅仪表堂堂,而且文章也写得很好。阿金曾与他在墙头说过两句话,又约定他日在城南相见。但这个男子因为有事没有来,后来又跟着他的兄长,到陕西谋官去了。阿金的家人见事情不成,就把阿金许给了别人。阿金郁郁寡欢,因此生了重病,不久便去世了。过了几年,那男子才谋得官职回来,他听说阿金因他而死,十分伤痛,便在阿金的坟上,一边为她烧纸钱,一边哭诉道:"我今日回来了,你知道吗,你知道吗?"

十六岁时,元好问与友人赴并州参加乡试。路上,他们遇见一个捕大雁的猎人,向他们讲了一件奇怪的事:"我今天早上射杀了一只大雁。另一只大雁在空中悲鸣不已,过了一会儿,竟一头撞在地上,死在这只大雁的身边。"元好问听了,十分心痛,便从猎人手中,把这两只大雁买了下来,把它们葬在汾水旁边,并垒了一个石头坟,命名为"雁丘"。元好问的同行者都作诗记录了此事,元好问作了一首《雁丘词》,后来,他稍作修改,便成了这首《摸鱼儿》。

后来,元好问避乱河南,又听说了一个故事。大名府有两户人家的儿女,因为相爱却不能长相厮守,便相约着双双跳河而死。官府的人到河里寻找尸体,却没有找到。后来,采藕的人发现了两具尸体,其面目已模糊,但衣服仍可辨认,事情才真相大白。据说当年此处荷花盛开时,开的全都是并蒂的花朵,朵朵娇艳无比、含情脉脉。元好问听了,内心颇为感动,便以《双蕖词》为名,又写了一首《摸鱼儿》。

其词曰:

　　问莲根、有丝多少,莲心知为谁苦?双花脉脉娇相向,只是旧家儿女。天已许。甚不教、白头生死鸳鸯浦?夕阳无语。算谢客烟中,湘妃江上,未是断肠处。　　香奁梦,好在灵芝瑞露。人间俯仰今古。海枯石烂情缘在,幽恨不埋黄土。相思树,流年度,无端又被西风误。兰舟少住。怕载酒重来,红衣半落,狼藉卧风雨。

　　这首词堪与上一首《摸鱼儿》并举,令人读后,更是唏嘘不已。

## 第 93 夜　元好问·鹧鸪天　薄命妾辞三首

复幕重帘十二楼,而今尘土是西州。香云已失金钿翠,小景犹残画扇秋。

天也老,水空流,春山供得几多愁。桃花一簇开无主,尽着风吹雨打休。(其一)

颜色如花画不成,命如叶薄可怜生。浮萍自合无根蒂,杨柳谁教管送迎。

云聚散,月亏盈,海枯石烂古今情。鸳鸯只影江南岸,肠断枯荷夜雨声。(其二)

一日春光一日深,眼看芳树绿成阴。娉婷卢女娇无奈,流落秋娘瘦不禁。

霜塞阔,海烟沉,燕鸿何地更相寻。早教会得琴心了,醉尽长门买赋金。(其三)

◎娉婷(pīng tíng):形容好的姿态美。

元好问从十六岁就开始参加科举考试,可直到二十岁,仍没有通过府试。这一年,蒙古与金断交,并在第二年发动了征讨金国的战争。金国连连败退,就连都城也从中都(北京)迁到了汴京。1214年,蒙古大军突袭忻州,占领之后,大肆屠城,全城十万多人,几乎被屠杀殆尽。元好问一家仓皇出逃,但元好问的哥哥元好古却不幸丧身于蒙古人的屠刀之下。

元好问一家一直南逃至河南三乡,才暂时客居下来。后来,成吉思汗西征花剌子模,金朝才得以喘息。过了三年,已经二十八岁的元好问来到汴京再次参加礼部的考试。他先拜谒了礼部尚书赵秉文。赵秉文看了他的诗文后,大为赞叹。可让他感到失落的是,他再一次名落孙山了。回到家,他潜心总结历次考试失败的教训,用心揣摩了一段时间。四年后,元好问再次参加科举考试,并在这年考中进士。

但因为这次考试的主考官是赵秉文,众人便指责赵秉文坏了科举取士的规矩,说元好问是走后门考进来的。元好问愤而离京,在嵩山隐居了一段时间。过了两年,元好问参加了吏部博学鸿词科考试,通过后,他便出任国史馆编修。但金朝此时已风雨飘摇,财政极为匮乏,京官俸禄很低。元好问生活清苦,做了几个月的编修后,又回到嵩山隐居去了。

可总在嵩山隐居,也非长久之策,又过了两年,已经三十六岁的元好问再次出仕,任内乡县令。此时,蒙古人西征回来,先是灭了西夏,随后,便大举伐金。元好问在此后又短暂出任镇平县令、南阳县令,不久,又被调到汴京,出任尚书省掾。令人伤心的是,元好问家里的灾难接踵而来,先是妻子张氏病逝,接着,长女远嫁,二女做了尼姑,三女阿秀年仅十四,竟因母丧过于哀痛,得疾而亡。

1233 年,蒙古大军再次对金朝发动猛烈进攻,包围了汴京。金哀宗仓皇出逃到归德。汴京西面元帅崔立发动兵变,杀了留守完颜奴申,自封为丞相,并决定开城投降。崔立的理由是,蒙古人对敢于反抗者,必定实施屠城政策,他这样做,是救了一城百姓的性命。

但崔立怕后人骂他是卖国贼,就让翰林直学士王若虚撰写功德碑。王若虚得知后,对元好问说:"崔立让我写碑文,我不从的话,必死,但若称颂卖国贼,必然名誉扫地,还不如死呢!不过,我先要问问他们。"王若虚找到崔党成员翟奕,说:"丞相要我撰写功德碑,请问,何来功德之事?"翟奕说:"丞相让开封城百万百姓免遭蒙古人的屠刀,这难道不是功德吗?"王若虚见事情躲不过,就找了个替死鬼,让太学生刘祁来写。刘祁知道这是要遭千古骂名的,就草草地写了一篇,交给了元好问。元好问一看,不觉技痒,竟做了大量修改,写好后,他拿给王若虚。王若虚只改定了几个字,就交给了翟奕。

但功德碑还没来得及立,蒙古人的大军就冲了进来。城破之后,蒙古人大肆屠杀,并劫掠了两宫嫔妃、宗室男女五百多人,以及医流、工匠、绣女等。元好问等大小官员也被当作俘虏,像牲口一样赶到汴京附近的青城。一路上,天地失色,凄凄惨惨。此情此景,与金灭北宋时的"靖康之耻"何其相似。路上,元好问有感于家破人亡,最惨的莫过于这些两宫嫔妃,便以这些女子的口吻,写下了这三首《鹧鸪天》。

## 第 94 夜　元好问·木兰花慢　游三台

　　拥岧岧双阙，龙虎气，郁峥嵘。想暮雨珠帘，秋香佳树，指顾台城。台城。为谁西望，但哀弦、凄断似平生。只道江山如画，争教天地无情。

　　风云奔走十年兵。惨淡入经营。问对酒当歌，曹侯墓上，何用虚名。青青。故都乔木，怅西陵、遗恨几时平？安得参军健笔，为君重赋芜城。

◎岧岧（tiáo）：高峻。

金朝灭亡后,直到第二年,元好问才获得自由,一家人由聊城迁到冠氏县,租赁了几间民屋,生活才慢慢正常起来。

但元好问是不甘寂寞的。当年,崔立要立功德碑,他明知这是在讨好卖国贼,要遭千古骂名的,他仍重写了碑文。可见,他内心是附和崔立的投降立场的。

在汴京被围时,元好问竟偷偷地给耶律楚材写了一封信,阿谀耶律楚材是"良相",恳请他不要杀像自己这样的知识分子,并开出一份五十四人的名单,求他重点保护。当时,蒙、金正处于最为紧张的敌对状态,称敌国宰相为"良相",这简直是赤裸裸的投敌叛国行为。更何况,他的哥哥元好古就是死在蒙古人的屠刀下,杀兄之仇未报,竟怎能为了活命,摇尾乞怜,媚骨尽现呢?

元好问在获得自由身后,携家西归,回到了故乡忻州。在家乡,他本可安度晚年,可他是耐不住寂寞的。1243 年,耶律楚材邀请元好问为其父耶律履撰写神道碑。耶律楚材父子本是辽朝宗室后裔,辽灭亡后,耶律履官至金朝左右司员外郎,蒙古灭金过程中,耶律楚材投降了蒙古人,并出任中书令(宰相)。元好问应该知道,为耶律楚材的父亲写神道碑,必然会被人视为攀附蒙古权臣的变节行为。可元好问却欣然接受,还说道:"谨受教。"随后,元好问还为耶律楚材的母亲撰写了祭文。果然,此事一出,舆论哗然,燕赵士人无不痛骂元好问投敌变节之行径。

后来,元好问前后五次来到蒙古人的中都燕京,与燕京权贵交往,希望得到蒙古人的垂怜。但蒙古人忙着灭宋,对武将十分欢迎,对文人则不太感兴趣。元好问受到了冷落,就决心修史,并先后编成《中州集》《南冠录》《壬辰杂编》等书籍。

在往返忻州与燕京的路上,他曾写过许多凭吊古迹的怀古词。这首《木兰花慢》就是他途经邺城三台所作的一首词。邺城三台是曹操在魏的旧都邺城所建造的三座亭台:铜雀台、金虎台、冰井台。三台相连,巍巍壮观。只可惜,后被北周大将、后来的隋文帝杨坚一把火烧了。元好问游览邺城三台时,见到的,大概只有西边的曹操墓和一片参天大树,而元好问以金朝遗民的身份,凭吊魏朝的旧都,大有感念旧朝之意。

1252年,元好问来到燕京,通过张德辉的引荐,拜见了蒙古国皇帝蒙哥的弟弟忽必烈。当时,忽必烈还不是元朝皇帝,但总领漠南汉地事务,俨然已是实际上的中原霸主了。元好问恭请忽必烈接受"儒教大宗师"的称号。忽必烈欣然接受,并表示会重用元好问等儒士。只可惜,过了几年,忽必烈还没当上皇帝,元好问就病死在获鹿县的一个旅舍里了。

## 第95夜　吴文英·莺啼序

残寒正欺病酒,掩沉香绣户。燕来晚、飞入西城,似说春事迟暮。画船载、清明过却,晴烟冉冉吴宫树。念羁情、游荡,随风化为轻絮。

十载西湖,傍柳系马,趁娇尘软雾。溯红渐、招入仙溪,锦儿偷寄幽素,倚银屏、春宽梦窄,断红湿、歌纨金缕。暝堤空,轻把斜阳,总还鸥鹭。

幽兰旋老,杜若还生,水乡尚寄旅。别后访、六桥无信,事往花委,瘗玉埋香,几番风雨。长波妒盼,遥山羞黛,渔灯分影春江宿。记当时、短楫桃根渡。青楼仿佛,临分败壁题诗,泪墨惨淡尘土。

危亭望极,草色天涯,叹鬓侵半苎。暗点检、离痕欢唾,尚染鲛绡,嚲凤迷归,破鸾慵舞。殷勤待写,书中长恨,蓝霞辽海沉过雁。漫相思、弹入哀筝柱。伤心千里江南,怨曲重招,断魂在否?

◎嚲(duǒ)凤:垂下翅膀的凤鸟。

　　吴文英,字君特,号梦窗,四明人。吴文英的一生,同他的号一样,像一场梦,朦朦胧胧,让人很难描摹出一个清晰的身影。他的词,就更朦胧,甚至晦涩难懂,让人不知所云,因而有人便将他与李商隐并举,称"诗家李商隐,词家吴梦窗",说的是两人的诗词,就像猜谜一样,非得细细揣摩,方可品得其中三昧。

　　据夏承焘《吴梦窗系年》,大略可知:吴文英生于宋宁宗庆元六年(1200),在四明度过了自己的青少年时代,随后便四处漫游。他大概没有参加过礼部的进士科考试,一生布衣,终生以江湖游士的身份,在苏、杭、江淮一带流浪。他曾任苏州仓台幕僚、吴潜幕僚,后来,在嗣荣王赵与芮的门下,做了一段时间的门客。他这一生漂泊不定,穷困潦倒,简直就是姜夔的人生的翻版。

　　吴文英一生,最值得说道的就是他的情事。二十多岁时,吴文英从家乡来到了杭州。不久,他爱上了一个歌姬。他们曾偷偷幽会,但那歌姬可能已有归属,身不由己,不能嫁给吴文英。后来,他们之间的事被人发觉,那歌姬被拘禁起来,不久便郁郁而终,病逝于榻上。

　　吴文英对爱人的离世感到十分伤心,便离开了杭州,去了苏州。在苏州,吴文英出任仓台幕僚。谁知,他竟遇见了一个与那个杭州歌姬长相十分相似的歌姬,吴文英又爱上了她。他们经常见面,一起划船、戏水。有一日,两个人还折了一片荷叶,顶在头上,笑嘻嘻地回家。后来,不知什么原因,他们竟分手了。过了许多年,吴文英再次回到了杭州。他很是怀念那个死去的歌姬,就为她写了很多词。其中,最为著名的,莫过于这首长达二百四十字的《莺啼序》。

　　吴文英写这首词时,大约五十一岁。过了几年,他竟客死在嗣荣王赵与芮的府邸里。这真是,相爱只是一时,却要用一生的时间来深深地回忆。

## 第 96 夜　徐君宝妻·满庭芳

汉上繁华,江南人物,尚遗宣政风流。绿窗朱户,十里烂银钩。一旦刀兵齐举,旌旗拥、百万貔貅。长驱入,歌台舞榭,风卷落花愁。

清平三百载,典章人物,扫地俱休。幸此身未北,犹客南州。破鉴徐郎何在? 空惆怅、相见无由。从今后,梦魂千里,夜夜岳阳楼。

1275 年,蒙古将领阿里海牙率领水陆大军与宋军统帅高世杰的军队,大战于洞庭湖。宋军溃败,高世杰逃走,蒙古军追至桃花渡,高世杰力穷而降。高世杰投降后,蒙古军仍将其斩首,并用枪挑着他的头,来到岳州招降。岳州总制孟之绍怕死,连忙开城投降。

蒙古军冲入岳州城后,大肆屠杀,并肆意劫掠。混乱之中,徐君宝与妻子走散,下落不明。徐君宝的妻子被一名蒙古兵俘虏。后来,蒙古兵将她献给了自己的首领。

据《南村辍耕录》记载,蒙古首领强迫徐君宝妻做自己的女人,但徐君宝妻誓死不从。蒙古首领十分恼怒,想杀掉她,但又因其貌美不忍杀之。后来,蒙古首领多次强迫徐君宝妻,都被其设计逃脱了。到了临安,一日,这位蒙古首领十分生气,又威胁徐君宝妻做自己的女人,不然便要杀了她。徐君宝妻哄骗他,说:"请等我先祭拜一下先夫,然后再做你的女人吧!"蒙古首领心中大喜,便答应了。徐君宝妻盛装焚香,对着南边,哭泣着拜了两拜,然后,擦干眼泪,在墙上写下了这首《满庭芳》,并在末尾题"岳州徐君宝妻"。

写完这首词,徐君宝妻纵身一跃,跳入楼下的大水池。待到众人听到动静,急忙打捞,这位烈女子却早已断绝了气息,魂归故乡了。

## 第 97 夜　王清惠·满江红

太液芙蓉，浑不似、旧时颜色。曾记得、春风雨露，玉楼金阙。名播兰馨妃后里，晕潮莲脸君王侧。忽一声、鼙鼓揭天来，繁华歇。

龙虎散，风云灭。千古恨，凭谁说？对山河百二，泪盈襟血。客馆夜惊尘土梦，宫车晓碾关山月。问嫦娥、于我肯从容，同圆缺？

◎鼙（pí）鼓：古代军队中用的小鼓。

　　王清惠,字冲华,是南宋第六位皇帝赵禥的嫔妃。赵禥是宋理宗赵昀胞弟赵与芮的儿子。宋理宗无子,便将赵禥抱养过来,立为皇太子,并命人悉心教育。但赵禥天生智力低于常人,宋理宗去世后,赵禥接受遗诏,登基为皇帝,是为宋度宗,时年二十五岁。

　　宋度宗称帝后,荒淫好色,不理朝政,将政事全部委托给奸相贾似道以及自己宠幸的嫔妃。宋度宗宠幸的嫔妃很多,有王清惠、俞修容、胡美人、朱春儿、朱夏儿、朱端儿等,但宋度宗与王清惠最为亲近。原因是,王清惠在众嫔妃中,文化水平最高,不仅颇通经史,还善于为文。宋度宗继位后,连奏折都看不懂,王清惠就经常代替他审阅公文。据史书记载,王清惠"鹤骨癯貌",从长相上看,她并不悦目,可见,她并不是以色媚主之人。

　　宋度宗在位十年,南宋王朝岌岌可危。在他去世那年,元军就已经攻破樊城、襄阳,随后,鄂州失守。贾似道迫于形势,不得不亲自率兵迎战。但很快,兵溃于池州丁家洲。接着,元军占领了建康,第二年,便兵临临安。谢太后见大势已去,派文天祥与吴坚出城议和。元军统帅伯颜扣留了文天祥,并胁迫谢太后下诏,命天下州县放弃抵抗,投降元朝。三月,伯颜兵不血刃就占领了临安,随后,便命人将宋恭帝赵㬎(年仅五岁)、两宫嫔妃、外戚、宗室等数千人,押解到大都。

　　王清惠亦在被俘之列。当她北上至汴京,在夷山驿站栖息时,因有感于亡国与自己作为一个女俘的伤痛,便在驿站墙壁上,写下了这首《满江红》。

后来,王清惠的这首词传遍了全国。文天祥看后,甚为不满,认为其词末尾两句"问嫦娥、于我肯从容,同圆缺",有随遇而安的意思,便说道:"王夫人这首词,欠思量,真是可惜。"于是,他便和了两首《满江红》,其中一首为"代王夫人作",意即王清惠应当如此,才不负民族气节。其词曰:

试问琵琶,胡沙外、怎生风色。最苦是,姚黄一朵,移根仙阙。王母欢阑琼宴罢,仙人泪满金盘侧。听行宫、夜半雨淋铃,声声歇。　彩云散,香尘灭。铜驼恨,那堪说。想男儿慷慨,嚼穿龈血。回首昭阳辞落日,伤心铜雀迎新月。算妾身、不愿似天家,金瓯缺。

王清惠并未辜负文天祥的心愿。她到了大都后,便以庶母的身份,一心辅导宋故主赵㬎以诗文。后来,赵㬎的母亲全太后出家为尼,王清惠也跟随她去了。可见,王清惠至死,并未变节,是一个有气节的女词人。

王清惠死后不知多少年,章丘李生来到了大都。某夜,他在旅馆里,因愁闷无聊,便对月唱了一首诗:"万里倦行役,秋来瘦几分。因看河北月,忽忆海东云。"晚上听到隔壁有一妇人,倚楼而泣。第二天,李生便去拜访这个妇人。几番询问之下,李生方知,这个妇人是宋旧宫人金德淑。金德淑问李生:"你是不是昨天晚上唱歌的那个人? 歌词真佳作也。"李生说:"歌词不是我写的。有一个从杭州来的书生,和我同舟,我夜夜听他吟唱,所以记住了。"金德淑哭着说道:"这是王清惠寄给汪元量的诗。当年,我和王清惠同在宋宫中,关系十分亲密,如今我流落异乡,而王清惠却早已是泉下之人了。"说完,又泪如雨下。李生见状,也不禁感怀不已。

# 第98夜　周密·法曲献仙音　吊雪香亭梅

松雪飘寒，岭云吹冻，红破数椒春浅。衬舞台荒，浣妆池冷，凄凉市朝轻换。叹花与人凋谢，依依岁华晚。

共凄黯。问东风、几番吹梦？应惯识当年，翠屏金辇。一片古今愁，但废绿、平烟空远。无语销魂，对斜阳、衰草泪满。又西泠残笛，低送数声春怨。

周密,字公谨,湖州人。宋末四大词人(周密、王沂孙、蒋捷、张炎)之一。其祖上原是济南人。北宋末年,金人南下,他的曾祖父周秘散尽家财,随宋高宗南渡,一家人便在湖州住下,后官至御史中丞。周密的祖父周珌曾任刑部侍郎,父亲周晋曾任富春县令、汀州知州,可以说,周密是地地道道的官宦人家出身。

周密青少年时期,一直随父亲四处宦游,先是在浙江富春县,后来还去了福建。二十岁左右,周密以门荫入仕。可谁料,他的父亲病逝,他只好居家守丧。居丧期满,周密便自荐到临安知府马光祖幕下,协助打理京畿漕运。

马光祖是南宋名臣,有"南包公"的美誉。周密在马光祖幕府做了两年,因颇有才干,被朝廷派到毗陵督买公田。督买公田是奸相贾似道的主意,主要是通过发行"国债",大量收购豪强的私田,将之变为公田,然后通过征收租税,解决国家财政危机。这本是一个天才的设计,可在执行过程中,地方官吏为了迎合贾似道,多加租税,严重地损害了田主的利益。周密到任之后,力改其弊,除去浮额十之有三,大大违逆了贾似道的意思。周密知道大祸将至,便以母病为由,辞官回家。

后来,周密又做过一些小吏的工作,直到 1276 年,周密四十五岁时,才做了义乌县令。可谁料,周密刚上任不久,元军就攻破了临安,随后继续南下。周密一看大事不妙,连忙弃官而逃。第二年,他逃到家乡湖州,却见家园早已毁于战火,到处都是断垣残壁,狼藉一片。周密伤心不已,只好去杭州投奔他的妻兄杨大受。后来,杨大受的弟弟送给了周密一块地,周密便在此盖了房子,从此在杭州定居下来了。

　　宋亡之后,周密不再出仕,而是把主要精力放在著述、诗社聚会之事上。1280 年左右,周密与王沂孙、李彭老等人在杭州西湖边的聚景园聚会。聚景园原是皇家园林,是宋孝宗为了孝顺太上皇宋高宗建造的养老之所。宋高宗去世后,宋孝宗曾陪同成肃太后多次临幸过,其堂匾都是宋孝宗亲笔题写。只可惜,宋亡之后,此处便荒芜不堪,甚为凄凉。其园中有雪香亭,亭旁有梅花数枝,可堪吟咏。周密与王沂孙、李彭老游览这个破园子时,感慨前朝覆灭之事,都写了一首《法曲献仙音》词咏梅。周密写的这首最为上等,流传也最为广泛。

　　周密身材高大,相貌俊逸,终生未娶,晚年以整理宋朝文献为己任,著有《齐东野语》《癸辛杂识》,可谓是宋代笔记小说领域的一代巨擘。

## 第 99 夜　王沂孙·天香　龙涎香

孤峤蟠烟，层涛蜕月，骊宫夜采铅水。讯远槎风，梦深薇露，化作断魂心字。红瓷候火，还乍识、冰环玉指。一缕萦帘翠影，依稀海天云气。

几回殢娇半醉。剪春灯、夜寒花碎。更好故溪飞雪，小窗深闭。荀令如今顿老，总忘却、樽前旧风味。谩惜余熏，空篝素被。

◎槎（chá）：木筏。　◎殢（tì）：滞留；困于。

王沂孙,字圣与,会稽人。他大概比周密小一些,与周密是挚友,交游颇为频繁。他曾到杭州拜访周密,周密也曾到绍兴在他家住了一个多月。后来,他们经常在一起结社聚会,吟诗赋词。其中,以 1279 年他与周密、唐珏、张炎等人在绍兴的吟咏活动,影响最大。

这次吟咏活动,之所以影响最大,主要是他们用词隐晦地揭发了一桩惊天的罪行。这桩罪行,就是西夏僧杨琏真迦盗窃南宋皇陵之事。

杨琏真迦是党项人,曾拜藏传佛教萨迦派首领八思巴为师。忽必烈登基后,尊八思巴为国师,统领全国佛教事务。他的弟子杨琏真迦便顺势成为江南释教总统,掌管江南佛教事务。

后来,元军攻下临安,杨琏真迦竟打起了南宋皇陵的主意。1285 年,绍兴泰宁寺僧宗允、宗恺盗砍宋陵树木,守陵人前来阻拦,双方随之发生争执。宗允等人竟恶人先告状,诈称宋陵侵占泰宁寺土地,并出具文书,要求归还。于是,杨琏真迦便以调解纠纷为名,带领大批官兵、丁夫,并伙同演福寺僧允泽,来到了绍兴的宋六陵。

宋六陵不仅埋葬着宋高宗、宋孝宗、宋光宗、宋宁宗、宋理宗、宋度宗六位南宋皇帝,还有众多后妃、宗室、大臣等,是一个庞大的墓葬群。杨琏真迦等人闯入之后,守陵人前来阻拦,允泽便拔刀威胁,守陵人无奈,只好大哭而去。随后,他们便像强盗一样恣意妄为,不仅劈开棺材盗取陪葬的珍宝,还随意将帝王的尸骨扔在乱石荒草之中。最骇人听闻的是,他们在盗窃了宋理宗墓中的陪葬品后,竟将宋理宗的尸体倒挂在树上,沥尽其体内的水银,撬走其口中的夜明珠。七日之后,杨琏真迦竟将宋理宗的头砍下来,曝晒数日,做成酒器,供自己饮用。

绍兴人唐珏听闻此事后,悲愤不已,便变卖家中财物,得金百两,并在集市上买了许多酒肉,然后,请乡里的少年尽情地吃喝。吃罢,一少年问:"唐先生,你请我们吃酒,是想让我们做什么?"唐珏便说:"今日想请你们帮个忙,去收拾先帝们的尸骨,你们愿意吗?"众少年都答应了。一个人问:"山上有官兵把守,要是被发现了,这可怎么办?"唐珏说:"没事,这事我都想过了,如今野外到处都是死人的骨头,我们用他们替换掉皇陵里的残骸,谁又能辨认得了呢?"于是,众人便做了几副木柜,铺上黄绢,并在木柜上写上某某皇帝的名字,然后分头行动,收拾起皇帝们的遗骸,精心安葬了。第二天,唐珏又用重金酬劳了这些少年。后来,唐珏又与友人林景熙假扮成乞丐,背着一个竹筐,在山上捡人骨,又贿赂西僧,得到了一些皇帝的遗骨,装在盒子里,谎称是佛经,偷偷地拿出来,葬在兰亭山南,并从常朝殿挖了些冬青树,栽在上面当作标识。

王沂孙是绍兴人,唐珏可能向其亲口讲述过这桩可怕的罪行。他们的这次聚会填词,就是要以词的形式,隐晦地揭发杨琏真迦的罪行。众人用不同的词调,分别以"龙涎香""莼""蟹""蝉""白莲"为题,写了三十七首词,"龙涎香""莼""蟹"暗指皇帝,"蝉""白莲"暗指后妃。其中,以王沂孙《天香·咏龙涎香》最为精巧,寓意最为深厚。

王沂孙的这首词,虽未直接写杨琏真迦掘墓一事,但上阕写龙卧而吐涎、鲛人盗采龙涎、龙涎化作断魂心字,无不让人联想到宋理宗的尸体被倒挂在树上,被强行沥出腹中的水银,下阕表面上写家庭生活,但怀念的往日温馨的生活场景,又无不让人联想到,作者是通过追忆南宋覆灭前的幸福生活,寄托自己对前朝的追思。

## 第100夜　蒋捷·一剪梅　舟过吴江

一片春愁待酒浇。江上舟摇，楼上帘招。秋娘渡与泰娘桥。风又飘飘，雨又萧萧。

何日归家洗客袍。银字笙调，心字香烧。流光容易把人抛。红了樱桃，绿了芭蕉。

蒋捷,字胜欲,号竹山,阳羡人。蒋捷是蒋之奇的后人。蒋之奇曾以薛宗孺捏造的欧阳修与儿媳妇吴春燕有暧昧之事弹劾欧阳修,名声很差。但蒋捷的先辈中,也有英烈之士,比如蒋兴祖。

蒋兴祖是北宋末年人,曾任开封府阳武县令。金兵攻打汴京时,途经阳武县,有人劝他弃城而逃,他说:"我家世代受国家庇护,怎能在国家危难之际临阵脱逃呢? 我将以死殉国,方不负平生之志。"后来,蒋兴祖战死,其妻子与长子死于掠杀,他的女儿也被金兵掳走。行至雄州驿,蒋兴祖的女儿在驿站墙壁上,写了一首《减字木兰花·题雄州驿》。其词曰:

朝云横度,辘辘车声如水去。白草黄沙,月照孤村三两家。　　飞鸿过也,万结愁肠无昼夜。渐近燕山,回首乡关归路难。

这首词写尽了乱世之中,国破家亡、人世无常的悲哀,也写尽了乱世中女子备受蹂躏的凄惨命运。

蒋捷也生在朝代更替的乱世之中。他年轻时,学习刻苦,很有一番立志报国的雄心。1274 年,二十九岁的他考中了进士,但此时,南宋王朝已经摇摇欲坠,他还没有得官,南宋便灭亡了。

之后,蒋捷四处飘零,以给人抄书艰难度日。他足迹所到之处,主要是江浙一带,包括临安、龙游、吴江等地。这首《一剪梅》,描写的就是他在国破家亡之后,四处飘零的羁旅之苦。

后来,蒋捷回到家乡,以教书为生。他曾在毗陵的陶氏家塾做过一段时间的私塾先生。元成宗大德年间，宪使臧梦解、陆垕章曾向朝廷推荐蒋捷，但被蒋捷拒绝了。他宁操贱业，也不愿变节为官。他不肯变节、甘于淡泊的品格，很是让后人敬仰，加上这首《一剪梅》里"流光容易把人抛。红了樱桃，绿了芭蕉"，他被后世人尊称为"樱桃进士"。

晚年，蒋捷寄居佛寺，以给人抄经为生。他颇为著名的《虞美人·听雨》，可能就是其暮年寄居寺庙时的词作。其词曰：

少年听雨歌楼上，红烛昏罗帐。壮年听雨客舟中，江阔云低、断雁叫西风。    而今听雨僧庐下，鬓已星星也。悲欢离合总无情，一任阶前、点滴到天明。

这首词模仿辛弃疾《丑奴儿·书博山道中壁》，用"听雨"一事，概述了他少年时为贵公子时的享乐、中年四处飘零时的惶惑、暮年寄居佛寺时的凄苦，最后结语"悲欢离合总无情，一任阶前、点滴到天明"，说人生至此，高兴也罢，悲伤也罢，早已无动于衷，只管听着雨声，随它去吧！

## 第 101 夜　张炎·解连环　孤雁

　　楚江空晚。怅离群万里,恍然惊散。自顾影、欲下寒塘,正沙净草枯,水平天远。写不成书,只寄得、相思一点。料因循误了,残毡拥雪,故人心眼。

　　谁怜旅愁荏苒。谩长门夜悄,锦筝弹怨。想伴侣、犹宿芦花,也曾念春前,去程应转。暮雨相呼,怕蓦地、玉关重见。未羞他、双燕归来,画帘半卷。

张炎,字叔夏,号玉田,临安人,是整个宋朝词坛的殿军。张炎出身名门世家。他的六世祖就是南宋著名抗金将领张浚,四世祖是曾资助过著名词人姜夔的贵公子张镃。他的祖父张濡曾任浙西安抚司参议官,他的父亲张枢曾任宣词令、阁门簿书。张炎年轻时,家中巨富,俨然贵公子。他经常和友人泛舟西湖之上,并刻意学姜夔的词,曾以《南浦·春水》一词赢得了"张春水"的美誉。

可谁料,一场可怕的灾难忽然从天而降。1275 年,祖父张濡在镇守临安附近的独松关时,因误杀了元世祖忽必烈派来的使臣严忠范,拘留了元使廉希贤,并将之送到临安,惹怒了忽必烈。于是,忽必烈命丞相伯颜率领大军,直扑独松关。张濡战败,仓皇南逃,但仍被元军擒获。元军攻下临安后,忽必烈下令,将张濡处以磔刑,并将张濡家的财产、人口,全部没收。在此劫难中,张炎仓皇逃遁了,可怜他的祖父死无全尸,父亲张枢也下落不明,他的妻子等人,竟也被元军强掳北上,做了别人家的奴仆。

张炎遭此劫难后,四处躲藏,后来,风声松了些,他才回到杭州。可往日的贵公子,今日竟成了落魄王孙,就是看见了自己的旧居,也是逡巡不敢上前,只能远远地张望一眼。后来,张炎隐居在杭州,并与周密结为挚友。

可张炎的内心有一根隐刺,一直让他痛得发狂。那就是他的妻子被人抢走了,他很想再见她一面。1290 年,元政府决定缮写金字《藏经》,就从全国征召了大量的文人名士。张炎因擅长书法,与沈尧道、曾子敬一起被纳入应召之列。张炎对这次应召,内心是抵触的,但想着到了大都,有可能见到他日夜思盼的妻子,他便应召北上了。

到了大都,张炎便投入紧张的写经工作中。大约过了半年,《藏经》基本修缮完毕。此后,张炎便四处寻找他的妻子。他可能寻到了妻子,但因为他的妻子已是别人家的奴仆,两人竟不能团聚,只能泪眼对着泪眼,远远地望上一眼。

张炎失意痛苦之余,便去买酒浇愁,谁料,竟遇见他的故人沈梅娇。沈梅娇是杭州歌女,临安陷落时,被元军强掳至此。两人乍相遇,真是又惊又喜,便把酒言欢。沈梅娇为张炎唱了两首周邦彦的词,《意难忘》和《台城路》。歌罢,张炎便为沈梅娇填了一首《国香》,并将它写在沈梅娇的罗帕上。

其词曰:"莺柳烟堤,记未吟青子,曾比红儿。娴娇弄春微透,鬟翠双垂。不道留仙不住,便无梦、吹到南枝。相看两流落,掩面凝羞,怕说当时。　凄凉歌楚调,袅余音不放,一朵云飞。丁香枝上,几度款语深期。拜了花梢淡月,最难忘、弄影牵衣。无端动人处,过了黄昏,犹道休归。"

张炎辞别了沈梅娇,不久便南归了。张炎回到杭州后,就开始在江浙一带流浪。他真是赤条条来去无牵挂,无儿无女,仿佛那天上的孤雁,孤零零的。这首《解连环》,就是他流浪江浙之地时,因思念妻子而写的一首情词。

张炎在江浙之地,浪游了十多年,最后,又回到了杭州。张炎晚年生活十分凄苦,主要靠给人算命艰难度日。在七十多岁时,他郁郁而终,一点声息也没有,只留下一部《山中白云词》供后人缅怀、揣摩与研究。